문학 기행

강원의 문인을 찾아서

문학 기행

강원의 문인을 찾아서

2023년 7월 25일 초판 1쇄 발행

글 권혁진
펴낸이 원미경
펴낸곳 도서출판 산책
편집 김미나 정은미

등록 1993년 5월 1일 춘천80호
주소 강원도 춘천시 우두강둑길 23
전화 (033)254_8912
이메일 book8912@naver.com

ISBN 978-89-7864-124-1 정가 18,000원

이 책은 춘천문화재단의 문화예술기금 지원으로 제작되었습니다. 춘천문화재단

문학 기행

강원의 문인을 찾아서

권 혁 진

도서출판 산책

들어가며

『조선의 핫플레이스, 강원의 명소』가 장소 중심의 글이라면, 이 책은 인물 중심의 글이다. 전자가 문인들이 즐겨찾아 시를 창작하던 공간을 조명했다면, 이 글은 강원도라는 공간에서 활동했던 문인들의 삶과 창작을 다뤘다. 높은 관직에 올라 훌륭한 정치를 한 사람도 있다. 나라의 위기를 구한 장군도 있다. 예술로 한 시대를 아름답게 수놓은 예인도 있지만, 시문을 남긴 문인을 대상으로 하였다.

앞선 연구자들의 글이 없으면 이 책이 나오지 못하였을 것이다. 일일이 참고문헌을 달지 않았지만 대부분의 공은 선행 연구자들의 몫이다. 논문 형식의 글이 아니기 때문에 부족한 점이 많을 수밖에 없다. 전체를 다루기 보다는 그가 살았던 생활 공간을 중심으로 살펴보았다.

바른 것을 지키기 위해 목숨을 바친 춘천의 홍재학, 화천 곡구정사에서 노년을 보낸 김창흡, 김화 매월대에서 절의를 지킨 김시습은 아쉽게도 책에 실리지 못했다. 김시습은 춘천과 양양, 김창흡은 인제와 철원에서 다루었기 때문에 부득이하게 다른 지면을 기다리게 되었다.

남한강변 법천사지를 찾았을 때 가슴이 텅 빈 느티나무만이 반겨주었다. 정시한이 낚시를 하였다는 조대釣臺와, 조대 아래 우담愚潭이 궁금했다. 정시한이 지팡이를 짚고서 왕림하던 곳이다. 선생은 부모의 상을 마친 후, 내가 즐거워하는 바를 따를 터이니 나를 막지 말라고 선언하였다. 바로 길을 떠났다. 조대에 앉으니 선생의 결연한 모습이 보이는 듯했다.

양양 읍내에서 남쪽에 위치한 법수치리 계곡으로 들어갔다. 검달동은 김시습이 노년을 보내던 곳이다. "땅은 외져 사람의 일 없고, 봄을 맞은 마음 슬프고 차가워라." 따뜻한 봄날에도 어김없이 슬픔이 찾아왔다. 바람에 흔들리는 나무는 김시습의 마음인 듯했다. 흐르는 구름을 보니 그처럼 유람하고 싶어졌다.

미처 다루지 못한 분도 있을 것이다. 과문한 탓이다. 혹 기회가 된다면 보충할 것을 약속한다. 출간하는데 춘천문화재단에서 도움을 줬다. 감사드린다. 옆에서 응원해준 순지와 순원, 그리고 아내에게 고마움을 전한다.

차례

I

영서 북부

Ⅱ 영서 남부

III

영동

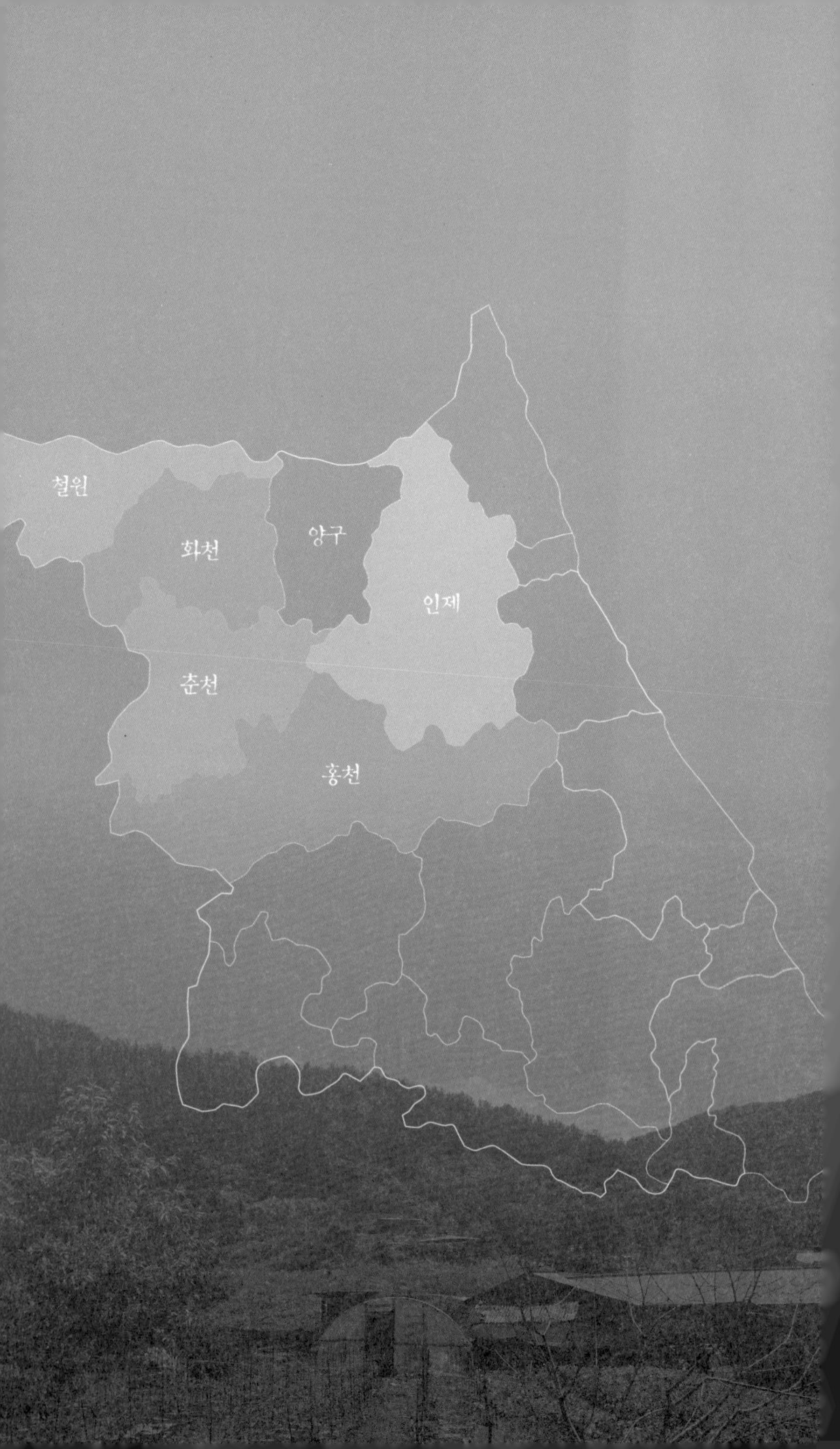
철원
화천
양구
인제
춘천
홍천

영서북부

갓 벗고 옷의 티끌 털어버리세

산은 높지 않아도 신선이 살면 명산이다

이자현

다시는 서울에 들어가지 않으리

산은 높지 않아도 신선이 살면 명산이 된다는 말이 있다. 아무리 높고 웅장한 산이라도 신선이 없으면 여느 산과 별 차이가 없다는 뜻이다. 당나라 사람 유우석이 지은 「누실명陋室銘」에 나오는 문장이다.

청평산은 전국에 널리 알려진 명산이다. 청평산이 알려진 이유는 경치가 뛰어나서가 아니라, 뛰어난 인물이 거처하였기 때문이다. 박장원朴長遠은 「유청평산기」에서 이렇게 말한다. "춘천의 청평산은 본디 소봉래로 불렸으니 관동 지방에서 일대 명산이다. 온 나라에서 명성을 떨칠 수 있었던 것은 어찌 단지 산수가 뛰어나고 기이하다는 것 때문이겠는가? 예로부터 널리 알려진 인물들

이 머물러 살았다. 고려조에는 이자현李資玄이 있고, 이조에는 김열경金悅卿 같은 이가 있으니, 전기에서 살펴볼 수 있다. 그들의 고결한 기풍과 뛰어난 운치는 지금 듣는 사람들까지도 떨치고 일어나게 할 만하다. 이는 다른 산에서는 자주 찾아보기 힘든 일이다." 청평산이 유명한 이유는 경치의 빼어남도 있지만, 이자현, 김시습과 같이 뛰어난 인물들이 은거라는 방식으로 거처했기 때문이었다. 그중 이자현이 청평산과 먼저 인연을 맺은 후 전국적인 지명도를 갖게 되었으니, 청평산은 이자현이 살면서 명산이 되었다고 평가해도 무방하리라.

이자현은 이의李顗의 맏아들로 자는 진정眞精이다. 용모가 헌칠하며 천성이 담박하였다. 1083년에 진사과에 합격하여 1089년에 대악서승이란 벼슬을 역임한다. 젊은 시절의 이자현은 순탄한 삶을 살면서도, 현실에서 벗어나려는 마음이 한 구석에 있었다. 산천승지를 탐방하여 도풍道風을 즐기던 은원충殷元忠을 만나 숨어 살 수 있는 곳을 묻고, 세상을 피해 살만한 곳을 항상 마음속에 간직하였다. 현실적인 세계관과 가문의식이 젊은 시절 이자현의 사고를 완전히 지배하지 못하였음을 보여준다.

1089년. 앞길이 보장되어 있던 이자현은 갑자기 현실 세계를 떠나게 된다. 표면적인 이유는 부인의 죽음 때문이다. 원인을 탐색해보면 이자현의 피세避世는 단순하지 않았다. 먼저 주목할 것은 다시는 서울에 들어가지 않으리라고 결심한 부분이다. 그는 벼슬을 버리고 세상을 피하여 다니다가 임진강을 건너면서 스스로 맹세하기를, "이제 가면 다시는 서울에 들어가지 아니하리라." 하였다. 예종睿宗이 두 번이나 명하여 차와 향과 금으로 수놓은 비단을 특별히 내리고 대궐에 들어오라고 명하였으나, 강을 건널 때 처음 먹었던 마음을 저버리고 싶지 않아 끝내 명령을 받들지 않았다. 1117년에 임금이 남경南京에 행차하였다. 공의 아우를 보내어 임금이 행차한 곳에 오라며 손수 쓴 시 한 편을 그에게 내렸다. 그는 표문을 올리어 이를 사양하였으나, 임금의 간절한 마음을 돌이킬 수는 없었다. 마침내 그해 8월에 남경에 나아가 뵈었다. 임금께서는, "도덕이 높은 노인을 여러 해 동안 사모하였는데, 신하의 예절로 보아서는 안 된다."하고 궁전 위에 올라서 절할 것을 명하고, 임금께서도 답례로 절하였다. 자리에 앉아 차를 내어놓고 조용히 얘기하시고, 잠시 삼각산 청량사에 머무르게 하고 선학禪學의 교리를 질문하였다. 공은 마침내 『심요心要』 한 편을 저술하여 올리고, 산으로 돌아갈 것을 청하였다. 그러자 임금은 차, 향, 도구, 의복을 내리시어 그가 떠나는 길을 돌봐주었다.

1121년에 이르러 상서尙書는 다시 왕의 명을 받들고 산중에 나아가서 특별히 능엄강회楞嚴講會를 개최하게 하니, 여러 곳에서 학자들이 모여들어 강의를 들었다. 1122년에 인종仁宗께서 특별히 측근의 신하를 보내어 간곡히 위문을 베풀고 차와 향과 의류를 내리었다. 1125년에 공의 건강이 조금 안 좋아지자 나라에서는 신하와 어의를 보내어 문병하시고 차와 약을 내리었다. 공은 장사지낼 곳을 미리 정해 두었는데 하루는 문인에게 말하기를 "나는 오래 살지 못할 것이다. 내가 죽은 뒤에는 문인인 조원祖遠이 계속하여 이 절에 머무르고, 조원 이후에는 다시 도와 행실이 있는 사람을 택하여 서로 계속하여 주장이 되게 하라." 하였다. 이해 4월 21일에 또 문인에게 이르기를, "인생의 목숨이란 덧없는 것이어서 나면 반드시 죽음이 있는 것이니, 부디 슬퍼하지 말고 도에 정신을 두어라." 하더니, 말을 마치고 입적하였다. 죽을 때에 임해서도 정신이 혼미하지 아니하여 보통 때처럼 웃으며 이야기하였다. 입적할 때 이상한 향기가 방안에 자욱하더니, 차츰 온 산골에 두루 퍼져서 사흘 동안이나 그치지 않았다. 온몸이 옥같이 깨끗하였고 몸을 움직이는 것이 살아 있을 때나 마찬가지였다. 1089년부터 1125년까지 산에 거주한 것이 37년이고, 나이는 65세였다.

그의 학문은 공부하지 않은 것이 없었으나, 깊이 불교의 이치를 연구하였고, 특히 참선을 좋아하였다. 스스로 말하기를, "일찍이

청평사

『설봉어록雪峰語錄』을 읽었는데 모든 천지가 모두 눈[眼]이다. 너는 어디에 쭈그리고 앉아 있느냐는 말이 있다. 이 말에 바로 번쩍 깨달은 바가 있었다. 이때부터는 부처님의 가르치심에 대하여 다시는 의심하거나 막히는 것이 없었다." 하였다.

산에 있으면서 채소 음식과 누비옷으로 검소하고 절제하며 청정한 것을 낙으로 삼았다. 다른 계곡에 집을 지었는데, 암자 · 불당 · 정자 등이 모두 10여 개소나 되었다. 불당은 문성聞性이라 하였고 암자는 견성見性, 선동식암仙洞息庵 등으로 각기 그 이름이 있었다. 날마다 이 속에서 생활하는데 어떤 때는 홀로 앉아서 밤이 깊도록 자지 아니하기도 하며, 어떤 때는 반석 위에 앉아 하루가 지나도록 돌아오지 아니하기도 하였다. 견성암見性庵에서 입정하였다가 7일 만에 나오기도 하였다. 일찍이 문인에게 말하기를, "내가 대장경을 다 읽고 여러 서적을 두루 보았는데 『능엄경』이 제일이다. 마음의 근본을 새겨주고 중요한 방법을 발명하였다. 선학禪學을 공부하는 사람이 이것을 읽는 사람이 없으니, 진실로 한탄할 일이다." 하고 드디어 제자들에게 이것을 공부하게 하니, 배우는 자들이 점점 많아졌다.

갓 벗고 옷의 티끌 털어버리세

12세기에 들어오면서 세속적 삶의 현장을 떠나 탈속적 공간인 자연의 세계에 은둔하거나, 은둔 지향을 보여준 인물들이 적지 않게 출현하게 된다. 이들의 작품은 탈속적인 분위기를 지닌다는 평어를 공유하고 있다. 예종이 신하들과 창화한 기록은 40여 회에 이르는데 대부분 불특정 다수인 주변의 신하들인 경우가 대부분이었다. 이러한 상황 속에서 곽여郭輿와 관련된 기록이 수차례에 이른다. 곽여는 당시 사람들이 금문우객이라 불렀듯이 시에서도 탈속적인 분위기를 찾을 수 있다.

청평산 산수는 상수湘水 물가 흡사한데 淸平山水似湘濱
여기서 우연히도 옛 친구를 만났다네 邂逅相逢見故人
삼십 년 전에 함께 과거에 걸렸는데 三十年前同得第
일천 리 바깥에서 제각기 살고 있네 一千里外各栖身
뜬구름 골에 듦에 일찍이 일이 없고 浮雲入洞曾無事
밝은 달 여울엔 티끌조차 물들지 않네 明月當溪不染塵
말없이 오래도록 바라보고 있노라니 擊目無言良久處
드맑은 옛 정신이 서로 비치는구나 淡然相照舊精神

곽여가 청평산에 은거하던 이자현에게 준 시이다. 사신이 되어 관동으로 가던 차에 지은 시는, 곽여의 현실 세계와 이자현이 은거하는 청평산 사이의 거리를 일천 리라는 수량으로 표시하여 거리감과 단절감을 부각시킨다. 또한 일이 있음과 없음, 티끌이 있음과 없음으로 현실과 청평산의 성격을 대비시킨다. 공간적 배경인 청평산은 현실과 멀리 떨어진 곳이고 현실과 반대되는 성격을 지닌 곳이다. 현실과 단절되었으며 한가롭고 청정한 탈속의 공간이다. 미련은 정신적 교감을 나누는 과정에서 자연과 합일되는 모습을 그리고 있다. 곽여 자신은 현실 속에 있지만, 그의 의식이 지향하고 있는 것은 현실이 아닌 자연이라는 것을 보여준다.

따뜻한 기운 산에 차서 문득 봄이 돌아왔는데 暖逼溪山暗換春
홀연히 지팡이 짚고 숨은 이를 찾아왔네 忽紆仙杖訪幽人
백이, 숙제 세상 숨음은 천성 보존 위함이고 夷齊遁世惟全性
직稷, 설契이 왕업에 부지런한 건 자기 위함 아니었지 稷契勤邦不爲身
조칙詔勅 받은 오늘 패옥 소리 쟁겅대나 奉詔此時鏘玉佩
어느 날에 갓을 벗고 옷의 티끌 털려는가 掛冠何日拂衣塵
어느 때나 이곳에서 함께 숨어 지내면서 何當此地同棲隱
종래의 불사신을 길러나 볼까 養得從來不死身

곽여의 시에 차운한 이자현의 시이다. 이자현은 임금이 두 번이나 대궐에 들기를 명령했으나 거절하고 자신의 은둔 생활을 지켰는데, 곽여에게도 자신과 같은 삶을 살 것을 권유하고 있다. 다른 측면에서 보면 완전히 자연에 귀의를 실행하지 못하는 곽여에 대한 비판이기도 하다. 시에서 이자현은 백이 숙제의 삶과 직과 계의 삶을 대치시키며 서로 비교하고 있다. 전자의 삶은 천성을 보존하는 삶이고, 후자의 삶은 개인적인 부귀영화를 위한 삶이 아니라 나라를 위한 삶이다. 자기의 삶은 백이 숙제의 삶에, 곽여의 삶은 직과 설의 삶에 대입시키고 있다. 둘 다 나름대로 의미 있는 삶이지만 결국 이자현이 추구하고자 하는 삶은 자연 속에서 귀의하여 천성을 보존하는 삶이며, 곽여에게도 갓 벗고 옷의 티끌 털어버리고 함께 은둔의 삶을 살아서 영원히 죽지 않는 신선의 세계를 획득하자고 권유하고 있다. 현실을 부정하고 자연으로의 귀의를 실천하여 자연과 합일하면서 천성을 보존하고자 하는 뚜렷한 의식의 지향을 보여준다.

그림자는 산을 나가지 않겠습니다

벼슬을 버리고 임진강을 건너면서 다시는 서울에 들어가지 아니하리라 결심하였지만, 세상살이가 자기 마음대로 될 수 없는 법이다. 예종이 시험에 들게 한다. 두 번이나 신하에게 명하여 차와 향과 금으로 수놓은 비단을 특별히 내리고, 대궐로 들어오라고 명한다. 1117년에 남경으로 행차할 때 행차하시는 곳으로 나오기를 청한다. 말이 청이지 명령이다. 일단 이자현은 글을 올려 사양한다. 나중에는 임금의 간절한 마음을 돌이킬 수는 없어 남경으로 가긴 했지만. 두 번 글을 써서 완곡하게 임금의 요청을 거부한다. 「진정표」 두 편이 『동문선』에 실려 있다. 거절한 두 편의 글은 청평산에 있을 때 지어졌다.

새가 즐기는 곳은 무성한 수풀이고, 물고기가 즐기는 곳은 깊은 물이라고 합니다. 물고기가 물을 사랑한다고 하여 새를 깊은 연못에 옮기지 못할 것이요, 새가 수풀을 사랑한다고 하여 물고기를 깊은 숲에 옮기지 못할 것입니다. 사람들의 편안히 여기는 바를 편안히 여기지 않고, 제 편안함을 편안히 여깁니다. 사람들의 즐거움을 즐거이 여기지 않고, 제 즐거움을 즐거워합니다. 엎드려 바라건대, 폐하께서는 천지와 같으신 넓은 도량으로 간절한 정성을 통촉해 주시고 평소의 욕망대로 하도록 해 주소서. 그림자는 산을 나가지 않으면서, 맹세코 일생의 뜻을 마치려 합니다.

사람들이 편안하게 여기는 것을 따르지 않고 내가 편안하게 여기는 것을 편안히 여기겠다는 다짐이다. 남의 시선, 남과 비교하는 시선을 거두고, 나에게로 돌아와야 할 시간임을 깨우쳐준다.

청평식암과 차 유적지

청평사를 구경하고 해탈문을 지나서 선동계곡으로 들어가면 오른쪽에 길가 바위 윗부분에 '청평선동清平仙洞'이란 글씨가 새겨져 있다. 박장원은 「유청평산기」에서 "길 옆 돌 표면에 또 청평선동清平仙洞이라고 새겨진 네 글자가 있는데, 자체는 선동식암仙洞息庵의 글자와 같았다."라고 증언해준다. 이 글씨의 주인은 이자현이다. 글씨 주변엔 푸른 이끼가 듬성듬성 나 있다. 바위와 같이 검은 회색의 글씨는 오랜 세월 비바람을 온몸으로 견뎌내었음을 여실히 보여준다. 언제부터인가 바위와 한 몸이 되어 버렸다.

계곡을 따라 더 올라가면 식암이다. 김상헌은 "식암은 둥글기가 고니의 알과 같아서 겨우 두 무릎을 구부려야 앉을 수가 있다.

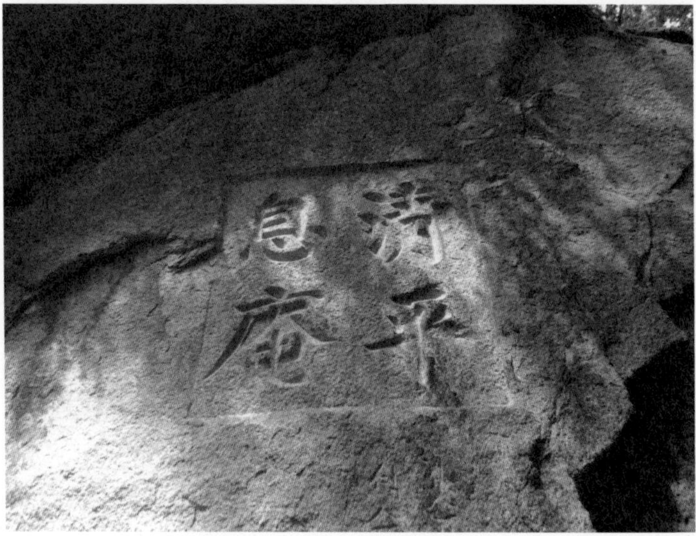

청평식암 글씨

이자현이 찻물을 뜨던 곳

그 속에 묵묵히 앉아 있으면서 몇 달 동안 나오지 않았다."라고 옛 전적을 인용하면서, 지금의 작은 암자는 바로 후대 사람들이 세운 것이라고 말한다. 김상현이 찾을 당시에 이자현이 거처하던 형태는 사라지고, 새롭게 지은 암자가 김상현을 맞았다. 이자현이 여기서 수도하였다. 바위에 청평식암淸平息庵이라 새겨진 글자가 천년의 세월을 뛰어넘어 또렷하다. 김상헌은 "암자 뒤의 석벽에는 청평식암이라는 네 개의 큰 글자가 새겨져 있었는데, 진락공 이자현의 글씨라고 한다"라고 알려준다. 정갈하며 힘 있는 해서체의 자획은 이자현의 굳은 의지를 보는 듯하다.

계곡으로 내려가면 이자현의 자취를 만나볼 수 있다. 너럭바위에 네모꼴로 판 것이 눈에 뜨인다. 이자현이 예불을 드리기 전 손을 씻던 곳이고, 차를 끓일 때 물을 뜨던 곳이다.

눈으로 확인할 수 있는 유적도 있지만, 눈에 보이지 않는 흔적이 더 많다. 청평산이라는 이름 자체가 이자현과 관련된 것이며, 청평산과 청평사가 전국에 이름을 떨치게 된 것도 온전히 이자현 때문이다. 이황의 시 「청평산을 지나다 느낌이 일어」는 이자현의 명성에 향기를 더하게 했다. 그는 '이자현처럼 명성과 부귀를 신을 벗듯 떨치고 화려한 생활에서 몸을 빼고 원망하거나 뉘우침이 없이 끝까지 변하지 않은 자는 절대로 없거나 아주 드물 것이니, 역시 높일 만하지 않겠는가'라며 시를 지었다. 이후 조선의 선비들은 이자현의 은거를 찬양하였고, 춘천 부근을 지날 때면 반드시 청평산을 찾아서 시를 남기곤 했다. 시뿐만 아니라 청평산을 유람하고 유산기를 남겼다.

청평사 세향원에서 시름을 덜어내다

김시습

근심이 사라지누나

청평산 자락의 청평사는 고려 광종 24년인 973년에 백암선원白岩禪院이란 이름으로 창건된다. 폐사되었다가 1068년 이의李顗가 중건하고 보현원普賢院이라 하였다. 1089년 그의 아들인 이자현이 벼슬을 버리고 이곳에 은거하자 도적이 없어지고 호랑이와 이리가 자취를 감추었다고 한다. 이에 산 이름을 청평산淸平山이라 하고 절 이름을 문수원文殊院이라 한 뒤, 견성암見性庵 · 양신

암養神庵 · 식암息庵 등 암자를 짓고 크게 중창하였다. 1327년 원나라 황제 진종晉宗의 비가 불경 · 재물을 시주하였고, 1367년에 나옹懶翁이 복희암에서 2년 동안 머물렀다. 1555년 보우普雨가 이곳에 와서 대부분 건물을 신축하였다. 2010년 문화재청은 '춘천 청평사 고려선원'을 국가지정문화재인 명승 70호로 지정하게 된다.

이자현의 의해 알려진 청평사는 김시습金時習, 1435~1493 때문에 더 입에 오르내리게 된다. 청평사로 들어오면서 시를 읊조린다.

나그네 청평사에서 有客淸平寺
봄 산 경치 즐기나니 春山任意遊
새 울음에 외론 탑 고요하고 鳥啼孤塔靜
꽃 떨어져 실개울에 흐르네 花落小溪流
맛난 나물은 때를 알아 돋아나고 佳菜知時秀
향기론 버섯은 비 맞아 부드럽네 香菌過雨柔
시 흥얼대며 선동에 들어서니 行吟入仙洞
씻은 듯이 사라지는 근심 걱정 消我百年愁

전국을 떠돌아다니던 김시습은 청평사를 찾게 된다. 때는 봄. 그는 새소리 때문에 더 적막한 산속임을 깨닫게 된다. 새소리만 들리는 적막 속에 침묵을 지키고 있는 탑은 김시습의 고독감을 배가시킨다. 더구나 만발했던 꽃은 떨어져 개울 물 위로 떠내려가고 있다. 자기의 신세와 같다고 생각했을까? 봄날이 더 비극적인 나그네는 꽃이 만발하고 있어도 낙화를 생각했을 것이다. 청평사에 들어와 시간이 조금 흐르자 조금씩 변화된다. 긴장한 시선은 차츰 이완되어 간다. 나물과 버섯의 맛과 향기를 느끼며 절로 홍얼거린다. 가슴속에 맺혀있던 고독과 분노, 근심과 회한은 어느새 사라져 버린다. 치유의 장소는 청평사가 있는 선동仙洞이다. 허균은 이 시를 '한껏 한적하다'고 평한 바 있는데, 바로 시의 3~4련을 주목한 평일 것이다.

시끄럽게 지난 행적 묻지 마시게

김시습의 『매월당시집』에는 청평사와 관련된 시가 여러 편 실려 있다. 청평사를 한 차례 방문한 것이 아니라 몇 차례에 걸쳐 방문한 것으로 추정하기도 한다. 청평사에 머물렀던 시기에는 세향원細香院에서 생활하였다.

청평사

『유점사본말사지』에 따르면 김시습은 세향원을 새로 지어 거주하였다. 김상헌은 「청평록」에서 '절의 남쪽 골짜기 속에 세향원이 있는데, 청한자淸寒子가 머물러 살던 곳으로 지금은 무너졌다'고 기록하였다. 청한자는 김시습의 호이다. 김익희는 「매월당의 옛 거처를 찾다」라는 시를 짓는데, 제목 옆에 '매월당의 옛 거처는 영지 서쪽에 있으며, 세향원이라 한다'고 설명한다. 열경悅卿은 김시습의 자이다. 성해응의 경우 청평산을 소개하는 글 중에 '청평사 남쪽 계곡 가운데에 세향원이 있는데, 청한자가 살던 곳이나 지금은 폐허가 됐다'라고 언급하고 있다. 조인영은 청평산을 유람하고 「청평산기」를 남긴다. '별원別院을 세향원이라 하는데, 청한자가 세상을 도피하여 살던 곳이다'라는 구절이 보인다.

김시습의 시 중에 「청평산 세향원 남쪽 창에 쓰다」란 작품이 보인다. 두 번째 시를 살펴본다.

석양으로 산빛은 점점 붉어지는데 夕陽山色淡還濃
지친 새들 돌아갈 줄 알아 저녁 종소리 따르네 倦鳥知歸趁暮鍾
바둑판 그대로 둔 채 오는 손님 맞아들이고 棋局不收邀客訪
선방 잠가두고 구름 짙길 기다리네 丹房慵鎖倩雲封
네모 못엔 천 길 산봉우리 비치고 方塘倒插千層岫
절벽에선 만 길 물 내달리며 떨어지네 絶壁奔飛萬丈淙
이것이 바로 청평산 선경仙境의 운치 此是淸平仙境趣
어이하여 시끄럽게 지난 행적 묻는가 何須喇喇問前蹤

석양이 산을 붉게 물들이자, 때맞춰 종소리는 울린다. 종일 날던 새는 하루를 마감하기 위해 돌아온다. 평화롭기 그지없다. 산속 풍경만 그런 것이 아니라 세향원에서 거처하는 김시습의 일상도 시간에 얽매이지 않고 느긋하다. 한가롭게 바둑 두다 오는 손님 맞아들이고, 손님과 한담을 나누느라 시간 가는 줄 모른다. 이러한 것은 세향원이 위치한 곳이 신선들이 사는 곳이기 때문이다. 그곳에선 시비의 근원이 되는 예전의 행적이 필요 없다. 그냥 여유롭게 하루하루를 보내면 된다. 오랜만에 맛보는 이완된 삶일 것이다. 허균은 『성수시화』에서 "세속을 벗어나 화평하고 담아하니 아름다운 글귀나 다듬는 사람들은 앞자리를 양보하여야 할 것이다."라고 평했다.

세 번째 연은 영지와 구송폭포를 형상화한 것이다. 영지는 청평산의 견성암이 비친다는, 우리나라에서 가장 오래된 연못으로 알려져 있다. 구송폭포는 폭포 옆에 아홉 소나무가 있는 대가 있었기 때문이다. 영지와 구송폭포가 가까이 있는 곳에 세향원이 있다는 것을 시는 보여준다.

청평사를 방문했던 사람들은 세향원의 위치에 대해, '절의 남쪽 골짜기', '영지 서쪽 골짜기', '몇 리 떨어진 곳'이라고 기록하였다. 그렇다면 세향원은 어디에 있었을까? 영지에서 조금 떨어진 곳에 이자현의 부도로 알려진 곳이 있다. 부도 옆으로 조그마한 두 개의 계곡이 합쳐진다. 두 계곡 사이의 능선을 따라 백여 미터 정도 올라가면 바로 세향원터가 있다. 터 앞과 오른쪽은 약간 넓은 평지다. 석축이 아직도 남아 있다.

설잠, 학매를 가르치다

설잠雪岑은 김시습의 법호이다. 그는 청평사 세향원에 머무르면서 유유자적한 생활만 했을까? 그는 20대 후반에 『묘법연화경』 언해 사업에 참여할 정도로 불교에 조예가 깊었다. 40대에 『묘법연화경별찬』·『화엄경석제』 등을 집필하는 등 탁월한 불교 저술가로 이름을 떨쳤다. 이러한 깊이는 청평사에서 학매學梅와의 인연을 만들었다. 학매는 부용영관이 용문사에서 자문을 구하기 위해 찾아올 정도로 고승이 되었다. 윤춘년의 「매월당선생전」은 학매와의 관계를 알려준다. "제자 스님 중에 도의道義와 학매學梅가 있다"는 대목은 학매와의 관계를 명확하게 알려준다.

세향원 석축

학매 스님은 시와 글을 배우는데 學梅髡者學詩書
집은 소양강 가의 초가집이네 家在昭陽江上廬
짜던 베 자른 어미가 처음 찾아와서 斷織有親新覲到
글 논할 자리 없어 내게 참여시켰네 論文無地已參余
소나무는 푸른 일산 구름은 솜뭉치 같고 松如翠蓋雲如絮
서리는 옥가루 같고 달은 얼레빗 같네 霜似瓊糜月似梳
너와 내가 점찍은 것은 묵은 인연이니 點爾與吾曾有夙
푸른 산 조용한 곳에서 스승을 따르라 靑山穩處必從渠

김시습의 「학매에게 주다」라는 시 두 수 중 하나이다. 이 시는 학매가 공부하러 김시습에게 왔음을 보여준다. 부모님과 함께 찾아온 학매에 대한 인상은 어떠했을까? 세 번째 연은 청평사를 품고 있는 청평산의 자연에 대한 묘사일 수도 있지만, 학매의 모습에 더 잘 어울릴 것 같다. 푸른 소나무 같고, 흰 구름과 같이 때가 묻지 않은 것처럼 보였다. 내면적으로는 서리 같고 달과 같이 명징하다. 이렇게 만난 것은 예전부터의 인연이니 나를 따라서 열심히 도를 닦자고 따뜻하게 말한다.

신선처럼 청평산을 거닐다

김시습의 자취는 세향원뿐만 아니라 서천西川에도 있다. 요사채 앞 화장실에서 옆으로 내려가 시내 위쪽을 바라보면 색다른 계곡이 얼굴을 내민다. 너럭바위에 깊게 물길을 내며 떨어지는 폭포, 미끄러지며 떨어지는 물은 바위에 커다란 웅덩이를 만든 후 흘러간다. 울창한 숲이 만들어내는 푸르름 사이로 폭포는 하얗게 부서지며 소리를 낸다. 두려움을 줄 정도의 굉음도 아니고, 힘없이 졸졸 소리를 내는 것도 아니다. 편안한 마음으로 받아들일 수 있을 정도의 적당한 소리이다. 푸르름 속에 하얗게 부서지는 물, 물이 들려주는 화음. 바로 이곳이 서천이다.

경내에서 서남쪽으로 70보 떨어진 곳이 서천이다. 서천의 아래쪽에 절구처럼 생긴 연못이 있다. 연못 위쪽에 대臺가 있고, 대의 위쪽에 큰 소나무 한 그루가 있다. 이를 독송獨松이라 부른다. 매월당 김시습이 예전에 대 위에 정자를 지어 놓고 거처하였다고 한다.(서종화, 「청평산기」)

절구처럼 생긴 못은 언제부터인지 '공주탕'이란 이름을 얻었다. 위쪽에 대臺가 있고, 대 위에 소나무 한 그루가 있었다고 서종화는 적고 있다. 소나무는 사라진 지 오래다. 수양산에서 고사리를 캐며 절의를 지켰던 백이 숙제처럼, 김시습은 청평산에서 절개의 이미지로 그려졌고, 그를 연상케 해 준 곳은 서천이었다.

김시습은 세향원과 서천 소나무 아래 정자를 중심으로 청평산의 이곳저곳을 거닐었다. 발길은 선동仙洞까지 미쳤다. 해탈문을 지나면 두 계곡이 만난다. 그곳에서 화살표를 따라 오른쪽 계곡으로 접어들면 가느다란 폭포가 소리를 내며 반긴다. 폭포 오른쪽 석벽에 '청평선동淸平仙洞'이라 새겨진 글씨는 이곳이 선동임을 알려준다. 매월당은 「선동」을 흥얼거린다. "가는 길이 굽이굽이 푸른 산에 접했는데, 찬 샘이 거꾸로 떨어지는 소리만 졸졸졸. (중략) 온 저녁 바둑 보다가 돌아갈 걸 잊으니, 천단에 구름 꼈어도 학은 아직 아니 왔네." 계곡을 따라 올라가면 계곡 오른쪽 높은 바

청평선동 글씨

위 위에 식암息庵이 있다. 여기서 이자현이 은거하였다. 매월당은 「식암연야息菴練若」를 남긴다.

절이 구름 낀 푸른 절벽에 있으니 寺在煙霞翠壁間
벼랑을 뚫어내어 구름 가에 지었네 懸崖開鑿架雲端
바람은 소나무에 불다 경쇠 흔들고 風磨松檜搖淸磬
달은 그물과 작은 난간 비추는구나 月映罘罳壓小欄
시비를 한다 해도 어디 쓸 것이며 是是非非將底用
부지런히 애쓴들 무슨 꼴이 되랴 營營碌碌竟何顏
선동仙洞 소나무 창 아래 앉아서 不如仙洞松窓下
황정경 내외편을 자세히 보리라 兩卷黃庭仔細看

김시습에 대해서는 종래 유교와 불교, 그리고 문학 방면으로 연구된 바가 많았으나 도교 쪽으로는 그다지 다루어지지 않았다.

그의 수련 행적 및 도교사상은 『매월당집』에서 찾아볼 수 있다. 위 시에 등장하는 『황정경』은 내단학 계통의 기본 경전이다. 그가 도교에 관심을 가졌음을 알 수 있다. 시 속에 사용된 수많은 도교적인 언어들도 도교와의 친연성을 알려준다. 한국 도교사에서 그를 주목하는 이유는 고려 중엽 이후 조선 초기까지의 공백기를 깨고 선도의 맥을 다시 잇고, 후학들에게 계승시켜 조선 중기 단학파의 발흥을 가져오게 했다는 사실에 있다.

김시습은 유학자로서 입신양명하지는 못하였다. 그러나 불승으로서, 혹은 도인으로서 누구보다도 자유로운 정신세계를 노닐다 간 경계 바깥의 방랑자였다. 청평산 세향원에서 거주하면서, 다양한 자기의 색채를 보여주었다. 청평산 이곳저곳에 그의 색채가 아직도 남아 있다.

소양강 보이는 곳에서 책을 쓰다
이정형

이정형과 춘천 샘밭

지퇴당知退堂 이정형李廷馨, 1549~1607을 아시는가? 이정형은 춘천시 신북면 천전리와 인연이 있다. 천전리가 낯설다면 '샘밭'은 어떤가? 소양강댐으로 가기 전에 있는 마을, 혹은 세월교를 건너자마자 마적산 밑에 있는 마을이다. 천전리에는 이정형을 기리는 사당이 있어 지금도 매년 두 번씩 제사를 지내고 있다.

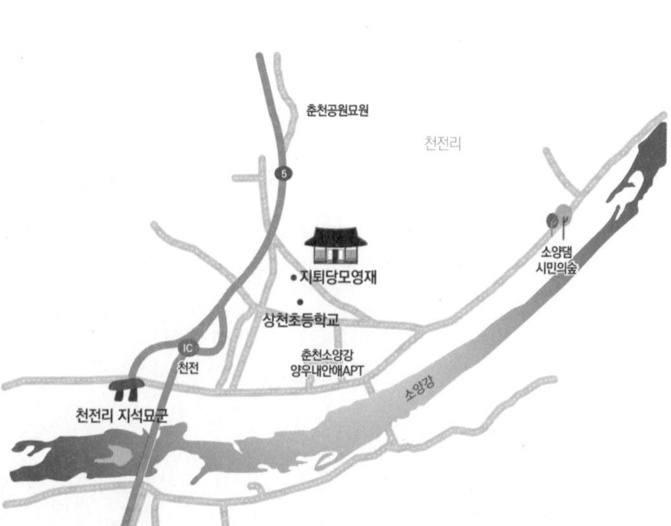

그는 1549년 서울에서 태어났다. 14세의 나이에 문과 초시에 장원하였으나 부친의 명으로 전시에 응시하지 않다고 하니, 총명함을 알 수 있다. 이정형뿐만 아니라 그의 집안은 문장에 능한 학자들이 줄을 이었다. 이유원은 『임하필기』에서 서울 '한림동翰林洞'의 유래를 적고 있다.

> 남문 밖에 팔한림동八翰林洞이 있는데, 지퇴당 이정형이 한림을 지냈고, 형인 이정암과 아우인 이정겸도 역시 한림을 지냈다. 손자들인 이경상, 이경환, 이경과와 증손들인 이박과 이후가 모두 한림이 되었기 때문에 사람들이 그렇게 불렀다.

잘 나가는 집안의 자손이었다. 그가 춘천을 처음 방문한 것은 24살 때였다. 선조 25년인 1592년에 임진왜란이 일어났을 때는 그의 나이 44세였다. 좌승지로서 임금을 모셨는데, 의병을 모집하여 왜군과 싸우기도 했다. 그러다가 선조 30년인 1597년에 천전리로 오게 된다. 이듬해 예조 참판, 대사성에 제수되었으나 정인홍 등이 득세하자 병을 핑계 대고 나가지 않고, 저술 활동에 전념하였다. 이후 강원도 관찰사를 역임하기도 했다. 선조 40년인 1607년에 병이 나자 약간의 글만 남겨둔 채, 그동안의 저술을 불태우고 돌아가셨다.

천전리를 왜 찾았을까? 천전리에 세거한 경주 이씨 국당공菊堂公의 9대손이었기 때문이다. 샘밭으로 불리는 이곳은 막국수 집이 밀집한 곳으로 유명하다. 소양강댐 입구는 벚꽃이 만발하는 춘천의 명소 중의 하나이다.

지퇴당영모재

천전삼거리에서 옛 배후령길로 접어든다. 잠시 후 상천초등학교를 찾아 우회전한 후, 초등학교 오른쪽 담장을 따라 올라가면 이정형 사당이 보인다. 사당은 높은 지대에 서 있다. 사당의 공식 명칭은 지퇴당영모재知退堂永慕齋이다. 지퇴당이 돌아가신 후 1632년에 후손들이 사당을 건립하였고, 1979년에 중수한 건물이 낡자 1990년 중반에 새롭게 지은 것이 현재의 모습이다.

굳게 잠겨있어 담장 밖에서 두리번거리다 주민에게 물어보니 후손의 집을 알려주신다. 지퇴당파 10대손이다. 그분에 의하면 요즘도 3월 15일과 9월 15일에 제사를 올린다고 한다. 집안에 들어가 보니 족보를 액자 안에 써서 보관하고 계신다.

다산 정약용은 『산행일기』에 샘밭을 방문한 일을 적어 놓았다.

약암約菴과 한韓·우禹·오吳 세 사람은 청평산에 들어가 폭포를 보고 저녁때 돌아왔으며, 연아淵兒는 샘밭에 가서 참봉 이목李棨과 여러 이씨를 방문하였다.(정약용, 『산행일기』)

1820년에 정약용이 춘천을 찾은 이유는 조카의 혼사 때문이었다. 샘밭에 사는 이씨 집안과 사돈을 맺기 위해 춘천을 방문했다가 청평사에 들른 것이다. 지퇴당 이후 후손들은 계속 샘밭을 지키고 있었고, 정약용 방문 이후에도 이 자리에서 지퇴당을 추모하며 살고 있다.

샘밭에서의 저술 활동

샘밭에서 활동은 자세하지 않다. 문집에 나타난 그의 행적은 글쓰기 행위만 또렷하게 남아 있다. 그가 주목받는 이유 중 하나가 바로 그가 남긴 저술 때문이니 매우 중요한 점이다. 이정형의 기록은 당대부터 중요성을 인정받았다. 조선왕조실록에 실려 있는 광해군 1년(1609)의 사료 중 다음과 같은 기록이 전해진다.

실록청이 아뢰기를, "임진년 이전의 『실록』을 지금 수정하여 편찬하려고 하는데 고증할 만한 자료가 전혀 없어서 착수할 수 없으니 매우 걱정스럽습니다. 고故 지사知事 유희춘柳希春, 고 참판 이정형李廷馨이 기록한 개인의 일기가 다행히 춘추관에 보관되어 있습니다. 그러나 전에 행장을 지을 때 그 일기를 보았더니, 이정형은 조보朝報에 나온 것 가운데 뚜렷한 약간의 말만을 기록하였으므로 15, 16년 전에 기록한 것이 단지 1권뿐이었고, 유희춘의 일기는, 1년에 한두 달의 사건만 기록하고 다른 달의 사건은 모두 기록하지 않았으므로 너무나 소략하여 만분의 일도 고증할 수 없었습니다. 이외에 다시 고증할 만한 자료가 없습니다. 따라서 지금 우선 임진년 이후의 사초를 가지고 한편으로는 먼저 수정하고 한편으로는 여러모로 자료를 수집해야겠습니다."

광해군 7년(1615)에는 이러한 기록도 있다.

춘추관이 아뢰기를, "명종조 이상의 실록은 많아서 쉽게 상고해 낼 수 없으므로, 이정형이 집에 보관하고 있는 일기를 상고해 보았더니, 갑신·정해 두 해에 정전을 피하고 반찬을 줄이고 풍악을 거둔 사례가 있어, 베껴서 올립니다."라고 하였다. 전교하기를 "선조에서 난후亂後에 정전을 피한 일 등등을 상고하여 아뢰라."라고 하였다.

난리 중에 나라의 기록물들이 많이 훼손되었다. 난리 후 부족한 부분을 채우는데 이정형의 기록들이 상당한 역할을 하였다. 그의 기록들은 구체적으로 어떠한 것들인가? 그의 연보에 의하면 『수춘잡기壽春雜記』와 『황토기사黃兎記事』를 춘천에 머물면서 지었다.

임진왜란 전후의 기록인 『수춘잡기』는 을사사화의 전말을 기록한 글이다. 처음에 을사사화의 배경을 간단히 서술하면서 병난으로 문헌이 소실되어 혹시 당시의 사실이 매몰될까 염려돼 기록해 둔다는 자서自序가 있다. 당시 인물 54명에 대한 기록과 권말에 사화의 발생과 끝이 시간의 순서대로 적혀 있다. 김려金鑢가 쓴 발문에 의하면, 김려가 일찍이 을사사화(1545)에 관한 기록으로 접했던 『을사록』이라는 책은 내용이 너무 비속하여 거론할 바가 못 되며, 또 안홍安鴻이 쓴 것이 있다고 들었으나 세상에 전하지 않아 볼 수 없었고, 『을사정란기乙巳定難記』는 이미 판이 훼손되어 고찰할 수 없게 된 것을 한스럽게 생각하던 중, 우연히 이정형의 후손 집에서 이 책을 얻었다고 한다. 너무 간략한 점은 있으나 다른 기록에 비하여 가장 아결雅潔하여 베꼈다고 적고 있다.

사화에서 화를 당한 인물들의 기록인 『황토기사』는 기묘사화와 신사무옥에서 화를 당한 인물들의 전기를 기록하였으며, 수록 인물은 220명이다. 기묘팔현己卯八賢뿐만 아니라 당시에 화를 입은 사람들을 모두 모아 놓았으며 심지어 노비의 일화까지 실려 있다. 김정국이 지은 『기묘당적』과 안당의 손자이며 안처겸의 아들 안로安璐에 의해 저술된 『기묘록보유』를 바탕으로 찬술하였다. 상권의 체제는 첫머리에 상하권 전체에 수록된 인물들의 명단을 목록으로 싣고, 본문은 분장 없이 다만 ㅇ기호만 사용하여 73명의 인물에 대해 내용을 구별하는 형태를 취하고 있다. 인물에 따라 상세한 정도나 내용에 차이는 있지만, 본문은 대체로 성명, 출신지, 급제 또는 출사 시기, 사승 관계, 역임 관직, 출생연도, 평소의 언행이나 행적, 사화 전후의 행적, 처벌 내용 등으로 구성되어 있다. 끝에 저자의 의견을 적어놓았는데 일찍부터 안로安璐의 기록을 보고 정리의 필요성을 느끼던 중 임진왜란으로 국가의 전적이 일소되자 후세 사람들이 잊을까 두려워 편집하였다고 하였다.

청평사를 찾다

춘천에서의 생활은 몇 편의 시를 통해서 엿볼 수 있다. 『지퇴당집』에 실려 있는 시는 그의 속내를 살짝 보여준다. 기해년 늦가을에 청평사를 찾아갔다가 하룻밤을 잔 그는, 시를 지어 스님에게 남긴다.

늙은 몸으로 네 아들을 데리고 老人携四子
흥을 따라 우연히 와서 노네 乘興偶來遊
가을이 늦어지니 단풍잎은 떨어지고 秋晩楓林脫
구름은 희미하게 돌길을 가렸네 雲迷石路脩
쌍폭 아래서 갓끈을 씻고 濯纓雙瀑下
영지 머리에서 산책을 하노라 散策影地頭
문득 청한자 생각나는데 却憶淸寥子
높은 발자취 멀어 짝할 수 없네 高蹤邈寡儔

청평사로 가는 방법은 두 가지다. 소양댐에서 배를 타고 가거나, 차를 이용해 배후령을 넘어갈 수도 있다. 옛사람들은 대부분 소양강을 거슬러 가는 코스를 택했다. 이정형은 소양강을 따라갔을 것이다. 만추에 청평사를 찾은 그는, 구송폭포에서 잠시 머물며 위와 아래의 폭포를 구경한다. 잠시 후 영지에 도착했다. 영지 부근엔 매월당 김시습이 거처하던 세향원이 있었다. 문득 이정형은 매월당의 고고한 절개를 떠올리며 존경의 마음을 되새긴다. 이자현으로 대표되는 청평사이지만, 그는 유자들이 존숭하는 매월당을 먼저 떠올렸다.

춘천 읍내에서 공부하는 유생들이 들른 적이 있었다. 「춘천 유생들에게 준 시」가 푸근한 선생님의 모습을 떠올리게 한다.

공부하는 여러 유생에게 고마우니 多謝靑衿諸士子
눈 속에 술을 갖고 누추한 곳 찾아왔네 雪中持酒款柴荊
유가의 오롯한 맥 마음 터놓고 이야기하고 斯文一脈心肝照
세 잔술에 취기 돌아 의기투합하는구나 取醉三盃意氣傾
춘천은 예부터 살기 좋은 곳[樂土]이라 春府自來稱樂土
땅의 신령 응하여 뛰어난 인물 모았네 地靈應是鍾人英
후생들은 힘써서 덕행을 닦아서 後生努力修天爵
고향 선배 박항朴恒의 발자취 잇기를 繼躅鄕先朴贊成

관아에서 멀리 떨어진 천전리까지 찾아온 유생들과 한잔하며 공맹의 학문에 대해 문답하고, 토론하는 열기가 전해지는 듯하다. 아마도 학생들이 대학자에게 인사차 왔다가 학문의 세계에 대해 강의를 듣고 감명을 받은 것 같다. 한참 동안 유학의 도리에 대해 설명한 후, 선생님의 심정으로 후학들에게 간곡하게 부탁을 한다. 열심히 공부해서 춘천 박씨의 시조인 박항朴恒처럼 훌륭한 사람이 되라고 권유한다. 한두 편의 시이지만 그의 학문 세계와 춘천에 대한 애정을 충분히 느낄 수 있다.

문암서원에 배향되다

1607년에 세상을 하직한 그는 광해군 9년인 1617년에 춘천 문암서원文巖書院에 배향되면서 춘천사람이 되었다. 그는 평소에 퇴

문암서원터 입구

계 이황을 존경한 것으로 유명하다. 평소 이황을 흠모하여 호를 지퇴당知退堂이라 지을 정도였다. 문암서원은 이황을 배향하고 있었는데, 결국 존경하는 이황과 함께 배향되는 영광을 누리게 된 것이다. 『동각잡기』는 이황을 가장 숭배하는 인물로 평가했다. 이정형이 유학에 일가견을 가졌던 때문이며, 동시에 흠모하였기 때문인 것 같다.

정약용의 『산행일기』는 문암서원과 이정형에 대한 정보를 제공해 준다.

> 10리를 가서 문암서원에 이르러 유숙하였다. 서원은 깊은 산중에 있어 평상시에 서울 양반을 보지 못하는 터라 자못 분주히 접대하며 존경하는 기색이 있다. 두 재실에 불을 넣어 온돌이 몹시 따스하였다. 퇴계 선생을

주벽으로 모셨는데, 선생의 외가가 춘천에 있어 어렸을 때 노닐던 유적이 있어서다. 좌측에는 지퇴당知退堂 이공李公을 배향하였으니 만년에 춘천에 퇴거하였기 때문이다. 우측에는 용주龍洲 조공趙公을 배향하였으니 명환名宦으로 문화의 유적이 있기 때문이다.(정약용, 『산행일기』)

내친김에 문암서원을 찾아 나섰다. 한국수력원자력(주) 한강수력본부 안에 터가 있었다고 한다. 터는 운동장으로 변한 지 오래되었다. 마을에 남아 있는 길이름인 '서원길'만이 예전에 문암서원이 이곳에 있었다는 것을 알려줄 뿐이다.

춘천에서의 세 가지 즐거움
신흠

맨발로 석파령을 넘다

조선 중기 한문 4대가 중 한 사람인 신흠申欽, 1566~1628은 평탄한 벼슬 생활을 하다가 계축옥사를 만나게 된다. 1613년 박응서·서양갑·심우영 등이 조령에서 상인을 죽이고 은 수백 냥을 강탈한 사건이 일어났다. 그들에게 '영창대군을 옹립하여 역모를 일으키려고 했다'는 허위자백을 시켰고, 그들로부터 '인목왕후의 아버지 김제남이 자신들의 우두머리이고 인목왕후도 역모에 가담했다'는 자백을 받아냈다. 이로 인해 김제남은 사사되었고, 영

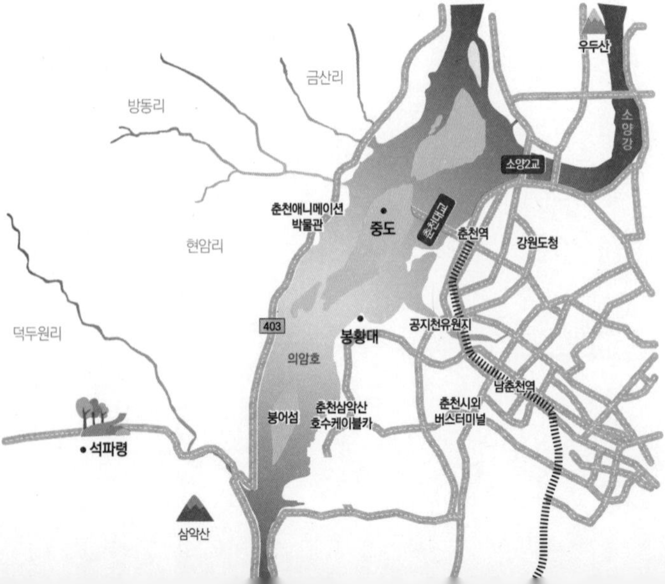

창대군은 강화도에 유배되었다. 그뿐만 아니라 선조로부터 인목대비와 영창대군을 잘 보살펴달라는 유명을 받은 신흠 · 박동량 · 한준겸 등 7대신 및 당시 영의정 이덕형과 좌의정 이항복을 비롯한 서인 · 남인들은 유배 또는 관직을 박탈당하고 쫓겨났다. 이 사건이 계축옥사다. 여기서 끝난 것이 아니었다. 1616년 인목대비의 폐비 및 이와 관련된 김제남에게 죄를 더하는 것에 대해 논의가 있을 때, 신흠은 한응인, 박동량, 서생 등과 함께 사흉으로 지목되어 이듬해 1월에 춘천으로 오게 되었다.

한겨울에 눈물을 뿌리며 맨발로 석파령을 넘은 후 시를 한 수 짓는다. 바로 「석파령을 내려가 신연강 어귀에 머무르다」란 시이다.

석파령길

고개를 넘어 강어귀 따라가다가 下嶺沿江口
배를 타고 옛 성터 들어왔구나 移舟入古墟
낡은 성엔 맥국貊國의 자취 남았고 弊城存貊跡
남아 있는 풍속은 진秦 나라 여파 같네 遺俗似秦餘
들녘은 멀리 고산孤山과 닿았고 野接孤山迥
하늘은 텅 빈 두 강에 이어져 있네 天連二水虛
그 누가 알았으랴, 백거이白居易가 誰知白司馬
늘그막에 여산廬山에 의탁할 줄을 垂老托匡廬

중국 당나라 때의 백거이는 재상의 미움을 받아 강주사마로 좌천되어 여산에서 생활한 적이 있었다. 조정에서 쫓겨나 산 중에서 귀양살이를 하게 된 신흠은 자신의 처지와 백거이의 신세에 빗댄 것이다. 석파령을 넘고 신연강을 건너면서 신흠의 춘천 생활이 시작된다.

문을 닫고 마음에 드는 책을 읽는 즐거움

신흠의 유배 생활은 늘 우울한 그늘 속에 있었던 것은 아니다. 그의 글인 『야언野言』에 널리 알려진 인간삼락人間三樂이 있다.

문을 닫고 마음에 드는 책을 읽는 것,
문을 열고 마음에 맞는 손님을 맞이하는 것
문을 나서서 마음에 끌리는 곳을 찾아가는 것
이것이 바로 인생의 세 가지 즐거움이다.

신흠이 생각하는 인생에서의 즐거움이다. 어떤가? 신흠의 주특기 중의 하나는 독서와 글쓰기였다. 유배를 온 첫해 가을에 『춘성록春城錄』을 짓는다. 일부분을 들여다본다.

> 내가 춘천부에 와서 보니 부사 황공黃公은 오래전부터 알던 친구였다. 그가 나에게 허름한 책상 하나를 주었는데, 이는 대체로 내가 독서광이라는 것을 알았기 때문이었다. 그러나 나는 이미 늙어 서적을 대하는 일이 드물었고, 또 조정에 잘못 보여 이매魑魅를 막기에도 겨를이 없었기 때문에 오직 이 책상에 기대어 꿈나라에 들어가곤 하였다.

『춘성록』은 유배당한 심정, 독서를 하며 느낀 점, 우리나라와 중국의 인물평과 시사평 등을 담고 있다. 고통의 시간을 관통하면서 유일하게 그에게 위안을 주었던 것은 책 읽기였고, 글쓰기를 통해 자기도 모르는 사이에 치유가 되었던 것이 아닐까? 그의 독서는 광狂적일 정도였고, 주변 사람들에게도 널리 알려졌다. 부사는 유배객인 그에게 책상을 건너 줄 정도였으니 더 무슨 말을 하겠는가. 「귀양살이 생활을 기록하여 자신을 비웃음」이란 시에도 그의 독서열은 잘 나타난다. "옷과 이불 한 상자에 책만은 두 상자, 행장이라곤 그뿐이지 나머지는 바라지 않아" 신흠은 그의 인간삼락 중 첫 번째인 '문을 닫고 마음에 드는 책을 읽는 것'은 유배 기간에도 지속되었다. 책 읽기의 결과물인 『춘성록』은 '소양우사'에서의 결과물이고, 이후 거처를 옮기면서도 책 읽기와 글쓰기는 지속된다.

주인에게 모욕당한 신흠은 거처를 옮기게 된다. 거처를 마련한 신흠은 신이 나서 「여암旅庵에 써 붙이다」란 시를 짓는다.

동쪽에 온 삼 년 동안 남의 집을 빌려 살다 東來三載賃人廬
초가집을 새로 얽어 보금자리 마련했네 新結茅茨賦卜居
작은 섬돌은 처마의 물받이를 대신하고 小砌故當簷霤曲
엉성한 울 교묘히 작약 울타리 보충하네 踈籬巧補藥欄虛
풍진에 달군 뼈는 곤궁해도 튼튼하고 風塵傲骨窮猶健
세상 속의 호방한 정 늙어가도 마찬가지 湖海豪情老未除
여암旅庵이 너무 작다 말을 마소 莫道旅庵如斗大
이따금 기운 뿜어 천지를 채운 다오 有時噓氣塞堪輿

비록 작은 섬돌과 엉성한 울타리로 이루어진 허름한 집이라도 내 집보다 편한 곳이 어디 있으랴. 비록 작은 여암旅庵이지만 천지를 가득 채울 기세를 내뿜는다. 내친김에 시조를 지어 홍을 잇는다.

혓가래 기나 져르나 기둥이 기우나 트나
수간모옥數間茅屋이 작은 줄 웃지 마라.
어즈버 만산나월滿山蘿月이 다 내 벗인가 하노라.

'혓가래'는 '서까래'의 옛말이다. 수간모옥數間茅屋은 두세 칸의 초가집을 말하며, 만산나월滿山蘿月은 산에 가득 찬 덩굴풀에 비친 달빛이다. 이 시조를 다시 풀이하면 이런 의미일 것이다. "서까래가 길거나 짧거나, 기둥이 기울거나 뒤틀리거나. 서너 칸 초가집이 작다고 하는 것을 비웃질 말아라. 아! 저 산에 가득히 퍼진 덩굴풀 위로 비친 달빛이 모두 나의 것인 줄로 생각하노라."

신흠은 인간삼락 중 하나인 '문을 닫고 마음에 드는 책을 읽는 것'을 '여암'에서도 계속 즐겼다. 책 읽기는 그의 세 가지 즐거움 중 비중이 제일 컸다. 『야언野言』 중에 또 다른 세 가지 즐거움에 대해 말한 것이 있다.

어느 쾌적한 밤 편안히 앉아 등불 빛을 은은히 하고 콩을 구워 먹는다. 만물은 적요한데 시냇물 소리만 규칙적으로 들릴 뿐, 이부자리도 펴지 않은 채 책을 잠깐씩 보기도 한다. 이것이 첫째 즐거움이다. 사방에 비바람이 몰아치는 날 문을 닫고 청소한 뒤 책들을 앞에 펼쳐놓고 흥이 나는 대로 뽑아서 검토해 보는데, 왕래하는 사람의 발자국 끊어져 온 천지 그윽하고 실내 또한 정적 속에 묻힌 상태, 이것이 두 번째 즐거움이다. 텅 빈 산에 이 해도 저무는데 분가루 흩뿌리듯 소리 없이 내리는 눈, 마른 가지 바람에 흔들리고 추위에 떠는 산새 들에서 우짖는데, 방 속에 앉아 화로 끼고 차 달이며 술 익히는 것, 이것이 세 번째 즐거움이다.

세 가지 즐거움 중 두 가지는 책 읽기와 관련이 있다. 아마도 세 번째 즐거움도 책을 읽다가 잠시 쉴 때의 즐거움을 말한 것이리라. 깊은 밤, 정적에 묻히면 묻힌 대로, 시냇물 소리나 나뭇가지를 흔들고 지나가는 바람 소리가 나면 나는 대로, 산새 가끔 울면 우는 대로 그 속에서 책을 읽는 즐거움! 즐거움이란 결코 먼 곳에 있는 것도, 돈이 많아야 하고 많이 드는 것도 아님을 새삼스레 깨우쳐준다.

문을 열고 마음에 맞는 손님을 맞이하는 즐거움

신흠이 말한 인간삼락 중 또 하나는 '문을 열고 마음에 맞는 손님을 맞이하는 즐거움'이다. 손님은 친구를 의미할 것이다. 부자유로운 환경에서 신흠이 택한 방법의 하나는 '책 읽기를 통한 친구 사귀기'이다. 독서상우讀書尙友인 것이다. 책을 읽어 옛사람과 벗이 된다는 것으로 시대를 초월하여 책을 통해 벗을 사귀는 것을 뜻한다. 맹자는 일찍이 만장萬章에게 벗을 사귀는 비결을 일러준 적이 있었다. 한 마을에서 영향력을 행사하는 사람은 역시 그만한 수준의 사람을 벗으로 삼고, 천하에 이름을 떨치는 사람은 역시 천하에 이름이 알려진 사람을 벗으로 삼는다. 즉 각자 자기의 수준에 맞추어 벗을 사귄다는 것이다. 거기에서 만족하지 못하는 사람은 최고 수준의 벗을 찾게 된다. 옛사람의 글을 읽음으로써 그들을 벗으로 삼는 것이다. 옛사람이 지은 시를 읽고 그들이 쓴 책을 읽는다. 그들을 이해할 수 있을 것이고, 나아가 그들의 시대에 대해 이야기를 나눌 수 있게 된다. 이러한 친구 사귐을 맹자는 상우尙友라고 하였다.

『상촌집』에 「청평에서 돌아오자 여러 문생이 우두정에서 나를 영접하여 술자리를 마련하였는데, 김찰방이 함께 참석하였다. 작별하면서 율시 한 수를 기념으로 주었다」란 시가 있다. 여기에 김경직이 등장한다. 우정憂亭 김경직金敬直, 1569-1634과 도에 대해 토론하면서 교류하였는데 관계가 매우 두터웠다.

김경직은 광해군의 혹정 때문에 서울 생활에 염증을 느껴 관직에서 물러나 춘천의 우두동에서 거처하였다. 신흠의 유배 기간이 1616부터 1621까지였고 김경직은 1615년부터 1623년까지 춘천에 있었으니 상당한 기간 교유를 한 셈이다. 김경직의 묘갈명에는 신흠이 김경직의 학식과 지조를 알고 있어서 매우 중시했다고 적었다.

문을 나서서 마음에 끌리는 곳을 찾아가는 즐거움

신흠의 인간삼락 중 세 번째는 '문을 나서서 마음에 끌리는 곳을 찾아가는 것'이다. 풍경이나 풍물 따위를 구경하고 즐기는 것이며, 이것이 관광觀光이다. 단순히 구경하고 즐기는 사람도 있겠지만, 글을 쓰는 사람들의 경우에는 다른 의미로 받아들였다. 세상의 유명한 산과 큰 강물을 두루 구경하면 글은 거리낌이 없고 매우 특이한 기운이 있게 된다는 믿음이 있었다. 그래서 선인들은 시간이 날 때마다 명산대천을 찾아다녔다.

춘천은 한양에 사는 사람들에게 동경의 공간이었다. "춘천은 평소 거처할 만한 골짜기와 산이 있는 것으로 유명했다. 서울에 사는 사람들이 집 지을 터를 잡으려 할 때 꼭 춘천을 말하곤 하였다. 내가 처음 이곳에 왔을 때 춘천이라는 이름 때문에 끌려서 다녔다. 막상 가서 보니 소양昭陽 일대를 제외하고는 대부분 평평할 뿐 그다지 기이한 절경을 찾아볼 수가 없었다."라고 「강상록」은 알려준다. 알려진 것과는 달리 기이한 절경이 없다고 실토하고 있다. 한편으론 맞는 말일 수도 있다. 유배객의 시선으로 보았을 때 어디건 마음에 맞는 곳이 있을까? 더군다나 그는 춘천에서 오 년 동안 귀양살이하면서 감히 밖에 나가 놀지 못하고 오두막집에 틀어박혀 있었다고 하지 않았던가. 비교적 자유롭게 춘천의 경관을 찾아다닐 수 있었던 것은 유배가 해제되면서부터다. 비로소 세 번째 즐거움을 맛보게 되었다.

광해군 13년인 1621년에 유배에서 풀려난다. 지척에 두고도 찾지 못하던 청평산을 이제야 자식들과 함께 유람하게 되었다. 이자현과 김시습의 유적을 찾아보고 「청평산에서 시를 지어 산승에게 주다」라는 시를 남긴다.

자연 속에 사는 즐거움

신흠은 계축옥사를 만나면서 춘천과 인연을 맺게 되었다. 한겨울에 맨발로 석파령을 넘고, 신연강을 건너면서 신흠의 춘천 생활이 시작되었다. 관아가 있는 춘천부의 남촌에 당도하여 호장 박선란朴善蘭의 집에 거처를 마련했다. 이곳은 춘천 남쪽으로 역로 주변이면서 사방이 막힌 곳이다. 소양우사昭陽寓舍에서 거처하였다. 인간삼락 중 문을 닫고 마음에 드는 책 읽기의 공간이었고, 책 읽기의 결과물을 『춘성록』에서 볼 수 있다.

주인에게 치욕을 당한 신흠은 거처를 옮기게 된다. 전망이 약간 트인 지대에 세 칸짜리 초가집을 짓고 여암旅庵이라 명명하였다. 여암에 머무는 동안 『구정록求正錄』을 짓고, 철학적인 논술을 담은 '선천에 대한 오묘한 이치'를 궁구한 『선천규관先天窺管』도 짓는다.

인간삼락 중 두 번째는 '문을 열고 마음에 맞는 손님을 맞이하는 즐거움'이다. 신체적으로 부자유로운 환경에서 신흠이 택한 방법의 하나는 '책 읽기를 통한 친구 사귀기'이다. 소동파를 친구 삼고, 도연명을 스승으로 삼으며 고통의 시간을 위로하였다. 김경직과 도를 토론하면서 교류했다.

오 년 동안 밖에 나가 놀지 못하다가 유배가 해제되면서부터 '문을 나서서 마음에 끌리는 곳을 찾아가는 즐거움'을 맛보게 된다. 청평산을 자식들과 함께 유람하게 되었다. 자유롭게 이동하며 마음에 드는 곳을 찾아 즐거움을 누릴 수 없었지만, 틈틈이 춘천의 경치를 시 속으로 끌어들여 아쉬움을 달랬다. 석파령과 신연강, 그리고 봉황대, 여울이 등장한다. 우두벌, 봉의산, 청평산 등도 시의 배경으로 등장하곤 하였다.

중도에서 바라본 봉황대

신흠의 활동 공간은 주로 '소양우사'와 '여암'을 중심으로 이루어졌다. 이 공간에서 책 읽기와 글쓰기에 전념하면서 즐거움을 찾았다. 저술과 책 읽기는 그의 학문적 토대를 마련하기에 충분하였다는 평가를 받는다. 책 읽기를 통해 마음에 맞는 손님을 맞이하는 즐거움을 누렸다. 문을 나서서 마음에 끌리는 곳을 마음대로 찾진 못하였지만, 주변의 경물을 시속에 끌어들여 즐거움을 대신하였다.

춘천에서의 유배 생활이 '세 가지 즐거움'의 연속이었을 리 없다. 다만 고통 속에서도 즐거움을 찾으려고 노력했으며, 소소한 즐거움 때문에 시간을 견디어냈다. 춘천의 '소양우사'와 '여암'은 그가 고통 속에서도 즐거움을 누렸던 공간이었다.

13도의군 도총재가 된 문인

류인석

소양정에 올라 다짐하다

소양정으로 향했다. 매월당 김시습, 다산 정약용 등 낯익은 분들의 시가 반갑다. 그중에 류인석柳麟錫, 1842~1915의 시가 눈길을 끈다. 서양과 일본 제국주의 침략에 반대하면서 국내와 해외에서 항일 의병을 주도한 류인석은 1876년 강화도조약이 체결된 후 서양의 세력을 배척하자는 상소문을 올리면서 지행합일의 삶으로 일관했다. 후에 연해주로 망명하여 의병세력의 통합체인 13도의군 도총재로 추대되었다.

그는 '위정척사衛正斥邪'와 '존화양이尊華攘夷'를 실천하는 삶이었다. 위정척사란 정학正學을 옹위하고 사학邪學을 배척하는 것을 말한다. 19세기 후반에 척사의 대상이 서학西學 · 양이洋夷 · 왜倭 등이었으나, 개항 후에는 국가의 자주권을 보호하려는 척왜斥倭운동으로 전환되었다. 갑오개혁 이후 단발령이 내려지고, 을사조약이 체결된 이후에는 의병운동으로 전개되었다.

류인석 초상화

류인석이 소양정에 올라 지은 「등소양정」에는 그의 위정척사의 신념이 배어있다.

춘천의 경치는 동쪽에서 제일인데 壽春形勝冠東嵬
더군다나 소양정이 서 있구나 更一昭陽亭子開
저 멀리 푸른빛 뿜는 삼악산이 드러나고 遠拔靑光三岳出
유장하게 원기元氣를 머금은 두 강 흘러오는데 長涵元氣二江來
꽃 비친 추녀에 옛 분들의 시 걸려 있어 畫軒花暎前人板
맑은 물에 바람 이는 오늘 술잔을 드네 鏡水風生此日杯
오랑캐 노랫소리 기어이 끊게 하면 可使夷音終屛息
우아한 소악韶樂에 혼이 움직여 봉황이 돌아오리 動魂韶樂鳳儀廻

소양정에 오르니 절의를 지킨 원천석과 김시습의 시가 보인다. 시대를 걱정하고 백성의 고통을 아파한 선인들의 작품에 가슴이 아팠을 것이다. 류인석은 다시 의지를 다졌다. 오랑캐를 몰아내서 다시 옛 시절을 회복하겠노라고. 그의 의지가 드러나는 것은 마지막 연이다. 오랑캐 노래를 물리치고 우아한 음악이 울리도록 하겠다는 것은 다른 의미가 아니다. 바로 위정척사를 실현하겠다는 것이다. 소악韶樂은 중국 고대 순임금 때의 악곡 이름이다. 의식을 열 때 소악을 울리면 봉황새가 날아와 춤추면서 축하를 했다고 하니, 다시 회복할 평화로운 시절이다. 류인석에게 소양정은 경치를 구경하며 홍취를 만끽하는 공간도 아니고, 질탕하게 노는 유흥의 공간도 아니었다. 위정척사하겠다고 의지를 불태우던 곳이었다.

가정리에서 태어나다

남면사무소를 지나자 춘천시와 홍천군을 잇는 충의대교가 보인다. 홍천강을 옆에 두고 내려가니 우측으로 주일당이 보이고 강원학생교육원이 나타난다. 왼쪽으로 붉은 지붕의 가정보건진료소 깃발이 펄럭인다. 진료소 맞은편 골짜기는 여우내골이다. 1842년 1월 27일, 이곳에서 류인석이 태어났다. 1939년에 문인인 이정규李正奎가 작성한 행장에 류인석의 유년 시절이 자세하다.

젖을 먹을 때에 늘 글자를 어머니 젖가슴 사이에 썼다. 조금 자라서 겨우 서서 걸을 때 화장실에 가서 재에다 글자를 쓰느라고 오랫동안 나오지 않았다. 어머니가 종일 실을 뽑고 베를 짜느라고 허기진 기색이 있으면, 자세히 살펴보다가 반드시 콩을 구하여 볶아서 올렸다. 조부의 상을 당하여서는 곡하며 슬퍼하기를 한결같이 어른처럼 하였다. 6~7세 때에 이미 큰 도량이 있어, 여러 아이와 놀기를 좋아하지 않았다. 걸을 때는 뛰지 않았고, 앉을 때는 반드시 단정히 하였다. 간혹 같은 또래 아이들의 다툼을 보면 말하기를 "옳고 그른 공론公論이 절로 있으니, 싸울 것이 없다." 라고 하였다.

부친이 병환으로 앓으시며 물고기를 먹고 싶어 하자 강가에 가서 고기를 잡으려 하였으나 구하지 못하였다. 마침 어부가 지나가다가 사연을 물어보고 기특하게 여겨 메기 한 마리를 주어서 들고 돌아와 부친께 공양하였다. 뒤에 어부가 문 앞을 지나가자 선생이 돈 한 꿰미를 가지고 갚으려 하니, 어부가 말하기를 "나는 네 효성을 기특하게 여겼지 어찌 보답을 바랐겠느냐?"라고 하였다.

류인석이 태어난 여우내를 우계愚溪라고 한다. 시 중에 우계와 관련된 「청명날」이 『의암집』에 남아있다.

내일은 한식寒食날 술을 마시고 明爲寒食飮
오늘은 청명절淸明節 시를 읊노라 今作淸明吟
바람 부는 한길은 곧기도 하고 一路風前直
비 온 뒤 천강千江은 깊기도 하네 千江雨後深
다만 춘흥을 즐기며 생활할 뿐이오 只將春動興
물욕에는 마음을 두지 말아라 不許物縈心
신이 나서 우계愚溪댁에 달려갔거늘 喜赴愚溪宅
즐겁게 우정을 나누었다네 壎篪合有音

화서 이항로에게 배우다

14세가 된 류인석은 친척인 유중선의 양자로 입양되어 경기도 가평군 설악면 자잠마을로 거처를 옮기게 되었다. 양증조부인 류영오柳榮五는 낙향하여 한포서사漢浦書社를 세우고 집안의 아이들을 교육하였다. 서종면 노문리 벽계에 거주하던 이항로李恒老를 찾아가 만나본 후 학문과 인품에 감동하였다. 이후 교류하면서 자제들과 인척 아이들을 화서 문하에서 공부시켰고, 류인석도 1855년 3월부터 공부하게 되었다.

화서 선생은 인품을 칭찬하며 극기복례克己復禮를 써 주시고, 의암毅庵이란 호를 지어주었다. 공부에 매진하던 의암은 어느 날 밤에 일어나 앉아서 한탄하면서 말하길 "겨울 추위가 혹독하니, 천하에 얼어 죽는 사람이 많을 것입니다"라고 하였다. 부친의 명령으로 과거 시험장에 가게 되었다. 사람들 속에 아이가 굶어서 쓰러졌는데 사람들의 발에 밟혔다. 급히 구원하여 음식점으로 가서 미음과 국을 먹여 살렸다. 거리에서 사람들에게 물어서 주인이 없는 거지임을 알고 그대로 서울의 집으로 데리고 와서 길렀다. 화서 선생이 이 소식을 들으시고 매우 훌륭한 성품이라고 칭찬하였다. 「앞마을의 가난한 집」이란 시가 그냥 나온 것이 아니었다.

그대여 아시는가 君不見
아침 끼니 없어 배곯는 앞마을의 가난한 집 前村貧家朝無飯
저녁쌀 있을 리 없건만 어린것은 밥만 찾네 夕又無飯兒猶索
두 발을 구르며 졸라대고 울어대니 叫怒撞足仍呼泣
아버지는 말이 없고 어머니는 꾸짖네 乃父無語母强責

솥 팔아서 바꾼 것은 몇 푼도 안 되지만 拔鍋換錢計區區
관리의 징포徵布를 어기지 못하고 吏來徵布不敢逆
방아품[傭舂] 팔아서 얻은 쌀로 밥 짓자니 傭舂得米將向炊
이웃집 부자가 빚 독촉하는구나 東隣貸主來促迫 (생략)

이런 일도 있었다. 마을 사람의 소가 논의 벼를 뜯어 먹자, 선생은 천천히 끌어다가 시원한 곳에 매어두었다. 소 주인은 두려워하여 오지 못하자 종에게 명하여 소에게 꼴을 먹여 보내주게 하였다. 또한 뜰 앞에 배가 새로 익었는데 밤에 훔치려는 자가 있었다. 선생은 그가 놀라 나무에서 떨어질까 우려하여 문을 열어 소리를 내지 않고 다만 책을 암송하였다. 자지 않음을 보여 스스로 배나무에서 내려가게 하였다.

1866년에 병인양요가 일어났다. 화친하자는 주장과 싸우자는 주장이 대립되어 결론을 내지 못하고 있었다. 고종이 이항로를 부르자 류인석은 화서 선생을 모시고 상경하였다. 화서는 싸워서 적을 물리쳐야 한다고 강력하게 주장하고, 고종은 화서의 말을 따라 프랑스 함대를 공격하였다.

이후 류인석은 명산대찰을 찾아 심신을 연마하며 공부하고, 서원이나 사묘를 찾으며 학문을 연구했다. 현등사에 머물며 공부를 한 시기가 이때다. 35세인 1876년에 일본이 병자수호조약 체결을 요구했다. 이때 유생과 더불어 반대 상소를 가지고 상경하였으나 뜻을 이루지 못하였다. 이때 같은 뜻에서 반대 상소를 올린 최익현崔益鉉이 흑산도로 귀양을 가자 통탄해하며 귀향하였다. 이 해 가평 옥계 부근 자리촌에서 성재 선생을 모시고 자양서사를 건립하여 후학을 양성하며 학문 연마하였다.

1882년은 의암의 나이 41세 되던 해이다. 성재 선생이 가정리에서 가정서사를 건립하고 강학을 시작했다. 이곳은 후일 유중교, 류인석, 유중악을 모시는 주일당이 된다. 유중교가 제천으로 가자 류인석이 뒤를 잇고, 류인석이 또 제천으로 가자 유중악이 다시 뒤를 이어 가정서사에서 후학을 가르쳤다. 1893년 유중교가 별세하자 류인석과 유중악이 가정서사를 중수하여 스승 유중교의 영정을 모시고 주일당이라 이름하였다.

51세인 1892년에 중암 김평묵이 별세하고, 유중교의 강단에서 강회를 열었다. 1893년엔 성재 유중교가 세상을 떠남으로써 화서학파의 종장이 되었다.

호좌의병장이 되어 압록강을 건너다

화서학파의 종장이 된 류인석은 1895년 5월 제천 장담으로 거처를 옮긴 후 제자들과 유생들을 모아 강의를 하였다. 을미사변과 단발령이 공포되기에 이르자 의암은 변란에 대처할 방법을 논의하여 처변삼사處變三事를 제시한다. 첫째는 의병을 일으켜 적과 싸우는 일[擧義掃淸]이요, 둘째는 해외로 망명하여 옛 정신을 지키는 일[去之守舊]이요, 셋째는 스스로 목숨을 끊어 뜻을 이루는 것[自靖遂志]이다. 의암은 모친상 중이었으므로 고국을 잠시 떠나 잠시 피하여 힘을 길렀다가 후일을 도모하자는 것이었다. 그런데 강원도 원주 안창리에서 의병이 일어나고 춘천을 비롯한 전국에서 의병이 일어나게 되었다.

제천에선 이필희를 대장으로 추대하고 의병진을 형성하였다.

이 부대는 제천 청풍 단양 등지를 점령하면서 크게 승리하면서 강력한 지도자가 필요한 상황이 되었다. 제자들이 의암에게 의병대장을 건의했으나 모친상 중에 있어서 거절하였다. 효도도 중요하지만 위기에 처한 나라를 구하는 것이 급한 일이라는 제자들의 간청을 거절할 수 없었다. 1895년 12월 24일(음력) 영월읍에서 국모의 원수를 갚고 우리 고유문화와 제도를 지킨다는 의미인 복수보형復讎保形의 깃발을 들고 호좌의병대장에 취임하였다.

대장이 된 다음 날 의병 내부에 잠입한 첩자를 잡아 처형하자, 의병들은 사기가 오르고 사방에서 의병들이 구름같이 몰려들었다. 3,000여 명의 의병들은 영월, 제천, 청풍, 단양 등을 점령한 후 전략적 요충지인 충주성을 공격하였다. 1896년 1월 5일(음력) 단숨에 충주성을 점령하고 도망친 충주 관찰사를 답아 처형하였다.

의병대장에 오른 지 7개월 만에 압록강을 건넌 의암은 만주 회인현에 도착했다. 그러나 청나라 관리에 의해 무기를 회수당한 채 병사들을 해산시키고 귀국시켜야 했다. 봉천성 심양으로 옮겨 청나라 원세개에게 군사를 요청하여 일본을 공격하려고 했으나 거절당하였다. 이에 자력으로 항일 투쟁을 전개하기로 하고 조선 이주민이 많이 거주하고 있는 요동 통화현 오도구로 이동하게 되었다.

이곳에 망국단을 쌓고 매달 초하루와 보름에 올라 조국을 바라보며 절을 하였고, 망묘단을 쌓아서 매일 아침 선영의 묘를 바라보며 절을 하였다. 조선인이 사는 곳에 향약을 조직하고 강학 활동을 병행하면서 의병 기지 건설에 박차를 가했다. 1897년 8월 고종이 파견한 칙사가 찾아와 '모든 것을 용서할 것이니 귀국하라'는 칙서를 전했다. 의암은 고심 끝에 평안도 초산에 머물며 상소를 올려 의병을 일으켜 친일 관료를 처단하고 국고를 의병들이 쓴 것에 대한 정당함을 고하였다. 이후 의암은 어머니상을 마치고 국내 사정을 살피며 동해를 따라 북동쪽으로 몇 달 유랑하였다. 지역의 유림과 백성을 만나고 강회를 열며 애국운동과 항일의식을 전파하는 등 다양한 활동을 펼쳤다. 의암을 시해하려는 사건이 발생하자 국내에서 항일 투쟁이 불가능하다고 여겨 다시 중국 망명길에 오른다. 중국 농민들이 곳곳에서 일본과 서양 세력을 몰아내자는 구호 아래 사람을 살해하고 건물을 파괴하는 의화단운동이 일어났다. 이에 만주에서의 활동이 원활하지 않음을 알고 1900년 7월에 귀국하였다.

관일약 조각벽

귀국 후 국내 활동

1900년 7월에 귀국한 의암은 평안북도 강계에 머물렀다. 의암을 음해하는 세력들은 의화단과 조선을 침입해온다는 참소를 하자 고종은 경무관을 파견하여 불러오게 하였다. 의암은 그해 10월 그간의 경위를 상세히 기록하여 글을 올림으로써 반역 혐의를 벗게 되었다. 친일파들의 경계와 의심 때문에 본가에 있기보다는 외지에 머무는 것이 낫다고 여겨 서북지역 일대를 순회하며 강연 활동에 전념하였다. 주로 존화양이와 위정척사에 토대를 둔 강학 활동과 향약 운동, 그리고 일제의 침략에 대한 대응책을 모색하였다. 나아가 국권회복을 위한 거국적인 거의를 구상하고 도모하였다.

1905년 을사조약이 강제로 체결되었다. 한국의 외교권을 박탈하고 통감부를 설치하는 등 식민화를 본격화한 것이다. 의암은 평산에 머물고 있었는데, 관료와 사람에게 통고하는 편지를 전국에 배포하여 거의擧義를 촉구하였다. 의암은 이때 극심한 각기병을 앓고 있어 직접 나서지 못하고 그의 문인들에게 의병항쟁을 지원토록 하였다.

을사조약이 체결된 3년 후 일제는 헤이그 특사 파견을 꼬투리 삼아 고종을 강제로 폐위시키고 순종을 황제로 즉위시키기에 이른다. 4일 후엔 정미7조약을 조인토록 하여 일제가 한국의 국권을 장악하여 차관통치가 시작되었다. 7월 31일에는 일제가 작성한 군대해산 조칙이 발표되었다. 일련의 사태로 인하여 항일독립투쟁이 치열해졌다.

가정리에 머물던 의암은 서울로 가서 힘을 보태려고 하였으나 문인들의 만류로 개성에 머물고 있었다. 의병들이 연이어 패하고 무너지자 러시아에서 의병 활동이 낫다고 여겨 1907년 7월 15일에 원산으로 들어가 잠시 머물게 된다. 음력 10월에 의암 체포령이 내려졌다. 의암의 본가는 일제에 의해 불태워지고 동생 유하석이 살해당하였다. 함께 숙식하던 신봉균도 참화를 당하고 본가의 종손 유익상이 부상을 당해 불구가 되는 등 피해가 커서 피해 지낼 수밖에 없었다. 결국 1908년 음력 2월에 부산 동래로 이동하여 뱃길로 연해주로 떠나게 되었다.

연해주로 향하다

1908년 연해주에 도착한 의암은 블라디보스토크에서 추석을 보낸 뒤 연추 중별리로 이동한다. 이곳에서 연해주 의병과 합세하여 의병규칙을 제정해 항일 의병 활동에 전력을 다했다. 연해주 의병들은 10여 차례 전투에서 전과를 올리자 이를 저지하기 위한 일본의 대응이 심해졌다. 이에 의병들은 상호 간의 규칙과 조직 체계를 갖출 필요를 느꼈다. 의암은 의병 규칙과 관일약 등을 종합하여 의병대를 13도의군으로 편성할 것을 강조하였다. 의병들은 의암의 뜻에 동조하고 마침내 1910년 6월 21일 대한 13도의군의 총대장인 도총재에 추대되고 대한 13도의군도총재가 되었다.

지병을 앓던 의암은 1914년 3월에 연해주를 떠나 중국 봉천성 서풍현으로 옮기게 된다. 이곳에서 잠시 머물다가 홍경현 난천

자로 이동하고 환인현 팔리전자에 있다가 관전현 보달원 고령지 고려구(방취구)로 옮겼다. 74세의 노구에 병을 앓으면서도 학자의 본분을 잊지 않고 「도모편道冒篇」을 집필하다가 1915년 1월 29일에 세상을 떠났다. 이해 설날에 지은 시가 의암의 마음을 알려준다.

오늘은 일흔에 넷을 더한 늙은이 今作七旬加四翁
한평생 어찌하여 일마다 허사런고 一生何事事空空
남은 해가 얼마인지 알 수 없건만 不知餘有幾多歲
하늘이 열어놓는 대도를 보았으면 得見天開大道中

장례에는 문인으로서 건을 쓰고 띠를 두르고 모인 자가 100여 명이었다. 의암의 유해는 21년 후인 을해년(1936) 3월 10일에 고향인 강원도 춘천시 남면 가정리 현 묘역으로 이장되었다. 1946년에 김구는 류인석 묘소에 참배하며 "향불을 피우며 무한한 심사를 하소연하오니 영령께서는 앞길을 가르쳐주소서"라는 내용의 고유문을 낭독했다. 의암은 1962년 건국훈장 대통령장이 추서되었다.

화천의 곡운정사와 화음동정사

김수증

사창리에 곡운정사를 짓다

골짜기 가운데로 가서 집을 지었다. 경술년(1670) 가을에 시작하여 몇 년 사이에 겨우 일곱 칸의 띠 집을 완성하였다. 을묘년(1675) 겨울에 온 집안이 와서 살았다. 띠 집을 지은 후에 초당 세 칸을 짓고 곡운정사谷雲精舍라 편액을 걸었다. 또 농수정籠水亭을 짓고, 가묘를 세웠다. 좌우에 아이들의 방을 짓고 외양간, 행랑, 부엌 등의 부속 건물을 간략하게 마련하였다.(「김수증, 곡운기」)

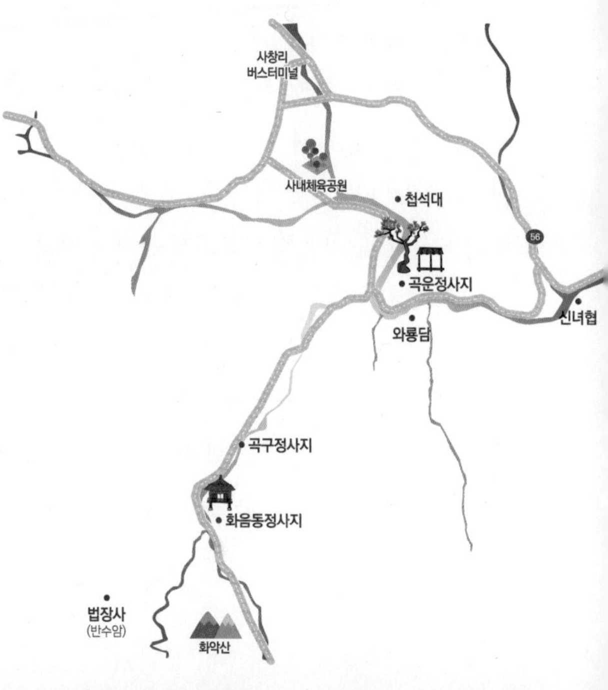

농수정도

김수증은 1670년에 곡운(사창리)에 들어와 집을 짓기 시작하여 몇 년 걸려 일곱 칸의 집을 지었다. 1675년에 온 집안이 이사를 온다. 일곱 칸의 띠 집을 지은 후, 초당 세 칸을 짓고 곡운정사谷雲精舍라고 편액을 걸었다. 송시열에게 편지를 써서 곡운정사에 대한 글을 요청하고, 송시열은 1671년 6월에 「곡운정사기」를 짓는다.

곡운정사가 자리 잡은 터가 금강산 만폭동보다 더 낫다고 말한다. 소요할 수 있을 뿐만 아니라 농사지을 수 있다는 것이 장점이다. 하나를 더 첨가한다면 매월당 김시습의 자취가 있다는 것이다. 매월당에 대한 그의 숭모를 엿볼 수 있다.

송시열은 제갈공명을 추모하는 사당도 지을 것을 부탁한다. 중국 여산의 와룡담 곁에 와룡암이란 암자가 있었으나, 무너져 버리고 터만 남게 되었다. 이에 주희는 사재로 중수하게 한 후, 제갈량의 화상을 안치하게 했다. 송시열은 주희의 이러한 일을 떠올린 것이다. 송시열은 「곡운정사기」를 통해 글로 곡운정사를 그렸고, 조세걸은 1682년에 「농수정도」를 통해 건물의 위치를 자세하게 재현하였다.

농수정에서 시비를 잊고 싶구나

곡운정사에서 중요하지 않은 것이 있으랴만, 그중에서 중요한 것을 하나를 꼽으라면 농수정이 아닐까 한다. 김수증도 스스로 밝혔듯이 그가 곡운에 온 이유가 농수정에 오롯이 담겨있다. 「농수정소서」는 그의 속마음을 여과 없이 보여준다.

> 경술년 봄에 강원도 곡운을 차지해 이미 정사를 짓고 시내 구비 치는 곳으로 나가 농수정을 지었다. 아! 고운孤雲이 시를 지은 뜻은 과연 어디에 있는가? 내가 이 뜻을 취한 것은 시비를 가리는 천성을 없애려는데 가깝지 않겠는가? 아! 혼돈이 죽자 온갖 거짓이 날로 번성하여, 사람이 처음에 받은 것이 녹아 없어져 얻을 수 없다. 세상은 뜨겁고 말 많으니 참된 것을 얻기 어렵다. 불행히도 말세에 태어나 잘잘못이 빈번하니 말썽이 많은 속에 들어가고 싶지 않다. 고운이 일찍이 "속세의 요로와 교통하는 데는 눈길을 준 일이 없고[人間之要路通津 眼無開處] 물외의 청산과 녹수에 돌아갈 때만 꿈꾸었다[物外之靑山綠水 夢有歸時]"라고 했다. 높이 날아 멀리 갈 수 있으나 오히려 알려질까 두려워했으니, 이것

이 어찌 세상을 잊는 것에 과감하여 그렇게 한 것이겠는가? 높은 산 우러르고자 하나 그 사람 멀리 갔구나. 세상 밖의 구름과 산, 내가 사는 이곳이네. 수많은 갈래 맑은 물, 산을 두르고 계곡을 떨치니, 시끄러움 이르지 못해, 시비를 다 잊는구나. 편안하고 한가롭게 노님이여, 내 장차 그 사이에서 늙으리.

농수정은 겸재 정선이 그린 해악전신첩의 30점 그림 중에 곡운 농수정이란 화제로 생생하게 묘사되었다. 김창흡은 '시끄러움으로 시끄러움을 보내려고 했으니 각각 묘한 이치가 있다'고 그림에 적어 놓았다. 정선의 그림은 전해지지 않지만, 조세걸의 곡운구곡도 중 6곡 와룡담도와 농수정도에 농수정의 모습이 남아 있어 눈으로 확인할 수 있다.

조세걸이 그린 농수정의 모습과 주변의 풍광은 문헌으로 전하는 농수정의 모습과 크게 다르지 않다. "남쪽 물가의 소나무 숲이 푸르고 울창하여 정자를 둘만 하였다. 그래서 최고운崔孤雲의 시어를 취하여 농수정籠水亭이라고 이름하였다."라고 묘사했다. 오원吳瑗은 "계곡 옆에 산을 기대고 있는데 나무숲으로 둘러싸여 있어, 자리 잡은 곳이 유달리 그윽하면서도 훤하다."라고 적고 있다. 이하곤은 "2리쯤 앞으로 가면 정자가 날개를 편 듯 있다. 바로 곡운의 농수정이다. 바로 화악산을 마주하고 있으며, 아래로 와룡담을 내려다보고 있어서, 매우 맑고 그윽하다. 정자 앞에 노송 수십 그루가 푸르고 울창하니 더욱 좋다."라고 기록한다. 정약용은 "(와룡담) 서쪽으로 농수정을 바라보면 은연히 소나무 숲 사이에 비친다.", "와룡담은 정자 터의 남쪽 아래에 있다."라고 전해준다. 농수정 주변은 소나무 수십 그루가 에워싸고 있고, 물가에 있어서 와룡담을 볼 수 있을 정도였다. 김창흡의 묘사와 '물소리로 에워싸다'는 정자의 이름에 맞는 곳에 있었으리라.

곡운정사가 있던 곳에 남아 있는 것은 곡운영당뿐이다. 영정을 모셔 둔 사당이 영당이다. 오원은 「행곡운기」 속에서 곡운 선생의 영당에 가서 배알하였다고 적고 있다. 어유봉은 「동유기」에서 숲 있는 기슭에 얌전하게 붉은 칠한 곳을 돌아보니 곡운 선생의 영당이었다고 기록하였다. 남용익은 「유동음화악기」에서 곡운 선생의 사당을 찾아 초상에 배알했다고 적어 놓았다. 정약용은 곡운서원이라 술회한다. 세월이 흐르면서 영당의 이름도 바뀌었던 것 같다.

1940년에 제작된 『강원도지』엔 곡운영당을 '춘수영당春睡影堂'이라 적고 자세하게 설명한다. "사내면 용담리에 있다. 숙종 갑신년(1704)에 건립되었다. 제갈량, 김시습, 김수증, 김창흡, 성규헌을 배향하였다. 중간에 철폐되었는데 기해년에 제단을 설립하였다." 지금도 매년 곡운 선생을 기리는 추모제가 화천군 사내면 유도회 주관으로 곡운영당에서 열리고 있다.

화음동정사의 부지암과 청몽루

1680년 경신환국이 일어났다. 남인이 몰락하고 서인이 득세하게 되면서, 김수증도 정계로 복귀하였다. 회양과 청풍 등지에서 벼슬을 하였다. 1687년에 부인 조씨의 상을 치렀다. 그러던 중 1689년에 기사환국이 일어났다. 왕이 후궁인 숙원 장씨의 소생을 세자로 책봉하려는 것에 반대한 서인들은 내침을 당하고 남인이

정권을 잡게 되었다. 그 와중에 동생 김수항은 유배지에서 사사되고, 김수증은 벼슬을 버리고 곡운으로 돌아왔다.

기사환국 이후 김수증은 곡운정사를 떠나 화음동으로 이주할 계획을 세우고 삼일계곡 주변에 정자를 세웠다. 이듬해 여름에 본채인 부지암不知菴이 완성된 것으로 보아, 정자는 화음동정사를 짓기 위한 전진기지 역할을 한 셈이다. 정자 아래 시내에 있는 길쭉한 바위가 천관석川觀石이다. 흰 요를 펼친 듯하며 열 사람이 앉을 만하다는 묘사가 절묘하다. 천관석 아래 통발을 설치하여 열목어를 잡는 곳은, 천관석 북쪽 물가의 바위와 생김새가 대체로 같기 때문에 호석互石이라 이름을 붙였다.

김수증은 정자에서 추진교趨眞橋를 건너 남쪽으로 수십 걸음 가서 집을 완성하였다. 정사의 중심이며 김수증이 화음동으로 거처

인문석

를 옮긴 이유를 알려주는 것이 부지암不知菴이다. 방 네 칸 집을 짓고, 육유陸游의 시에 "만사는 차라리 잠들어 알지 못하는 것이 낫다.[萬事無如睡不知]"는 말 중 '부지不知'를 취하여 이름을 지었다. 조카인 김창협에게 글을 지으라고 명하였다. 김창협은 "세도世道의 변고가 끝이 없어 굳이 알 것이 없는 일도 있고, 알고 싶지 않은 일도 있고, 차마 알 수 없는 일도 있으니, 차라리 알지 못하는 것을 낙으로 삼는 것이 낫지 않겠는가."라고 생각하며 부지암의 기문을 짓는다.

곡운정사의 농수정과 화음동정사의 부지암은 김수증의 심리상태를 간접적으로 보여준다. 세도의 변화에 대한 건물 주인의 입장을 이보다 더 잘 보여주지 못할 것이다. 김수증은 자신의 마음을 부지암이란 이름을 통해 은유적으로 표현했고, 김창협은 백부의 심리상태를 기문을 통해 대변해주었다.

김수증은 부지암 왼쪽에 두 칸 방을 짓고 자연실自然室이라 하였다. 기묘년(1699) 여름에 두 칸을 증축하고 세 칸을 터서 방을 만들었다. 위쪽 한 칸은 벽 하나를 사이에 두고 노복들의 대기소로 삼았다. 방의 북쪽 한 칸은 작은 루樓를 만들어 방과 통하게 하고 청몽루淸夢樓라 하였다. 방 안에 서가를 설치해 경서, 사기, 제가의 시문 등을 구분하여 꽂아두었다.

자연실 뒤에 바위를 뚫어 절구를 만들고 방앗간을 지었다. 건물을 완성한 후 울타리를 만들고 문을 세웠다. 문의 이름을 함청문含淸門이라 하였다. 문기둥에는 회옹의 "게으르게 문 닫아거니, 찾아올 나그네가 어찌 있으리."라는 구절을 적었다. 비록 문을 세웠으나 깊은 산중이라 찾는 손님 없는 이곳은, 반수암의 스님과 농사일 때문에 오가는 마을 사람뿐이다. 집을 새로 지은 지 몇 년 지났건만 우정을 나눌 친구조차 볼 수 없었다. 조카인 김창흡은 감상에 젖어 시를 지었으나, 김수증 본인은 그 경계를 넘어선 듯하다.

울타리 바깥 채마밭의 명칭은 불가부지포不可不知圃이다. 대문 바깥에 우물이 있어 한천정寒泉井이라 하였다. 우물 아래엔 청여허당淸如許塘이란 못이, 못 옆에 누대를 쌓고 표독립대表獨立臺라 하였다.

월굴암과 송풍정, 한래왕교와 천근석

화음동정사지에서 먼저 눈에 들어오는 것은 개울 가운데 있는 바위와, 위에 있는 정자이다. 정자의 이름은 송풍정이다. 바위의 동쪽에 '월굴암'이라 새겨져 있다. 유심히 보지 않으면 볼 수 없을 정도로 많이 마모되었고, 주변은 이끼가 듬성듬성 있다. 월굴암의 이름은 소강절의 「관물觀物」이란 시에서 가져왔다고 김수증 스스로 말하고 있다. "천근과 월굴로 한가하게 오가니, 삼십육궁이 모두 봄이네[天根月窟閒來往 三十六宮都是春]"란 구절에 있는 천근天根, 월굴月窟, 한래왕閒來往을 각각 바위와 다리의 이름에 사용하였다. 정자가 있는 바위의 이름이 월굴암이고, 월굴암에서 동쪽에 있는 바위의 명칭은 천근석이다. 지금은 없지만 월굴암에서 천근석 방향으로 세워진 다리는 한래왕교다.

1714년에 이하곤이 이곳에 들른 후 「동유록」을 남겼다. "작년(1713)에 물이 많이 흘러와 한래왕교가 무너졌고, 다시 쌓았으나 아름답지 않다."라고 하였다. 1721년에 어유봉이 찾았을 때 화음동의 건물들은 거의 폐허가 되었다고 「동유기」에 적어 놓았다. 아마도 어유봉이 찾았을 때는 한래왕교도 건물과 함께 무너진 것 같다.

월굴암 위에 정자 한 칸을 지었다. 월굴암 위 송풍정은 겸재 정선의 서화집인 『해악전신첩』에 그려져 있었다. 김창흡은 겸재과 함께 금강산을 여행하기도 했다. 이때 이병연李秉淵도 여행에 동참했다. 이병연은 이때 그린 겸재의 그림을 모아 화첩을 만들고 김창흡에게 보여주자, 김창흡은 '이일원의 해악도 뒤에 쓰다'란 글을 지어 주었다. 정선의 해악도 30폭 중에 사창리 일대에 있는 농수정과 송풍정, 첩석대, 칠선동이 포함되어 있었다. 김창흡은 송풍정 그림에 이렇게 글을 지었다.

> 화음동의 바위와 계곡의 꾸밈은 송풍정에서 지극하여 더할 것이 없다. 장쾌하구나! 허공에 지어서 함께 완상할 것이 없구나! 이곳은 곡운 선생님이 기뻐하기도 하고 분개하기도 한 곳이지만, 영리하지 못한 나는 늘 한을 품었다. 지금부터 날마다 마루를 쓸고 닦으면, 티끌을 딛고 내려준 가르침을 잇게 될 것이다.

김창흡은 송풍정의 풍경을 화음동에서 첫째로 꼽았다. 답사객들 눈에 제일 먼저 뜨이는 것이 다 이유가 있다. 화음동정사지를 소개하는 곳마다 송풍정 사진을 싣는 것도 당연하다 하겠다. 송풍정은 아름다우면서도 슬픔을 간직한 장소이기도 하다. 김창흡

송풍정

이 말했듯이 김수증은 이곳에서 자연경관에 기뻐하였지만, 비분강개하기도 했다. 1689년에 일어난 기사환국 때문에 동생 김수항은 유배지에서 사사되고, 자신은 벼슬을 버리고 이곳으로 들어와야 했다. 그러한 일들이 항상 괴롭혔을 것이다. 수양이 부족한 김창흡은 늘 한을 품었노라고 고백하였다. 김수증은 정자로 불어오는 바람에 비분한 마음을 보내고, 정자 밑을 흐르는 물에 강개한 심정을 씻었으리라.

커다란 반석 위에 걸쳐있는 천근석은 김수증의 독특한 글씨를 또렷하게 가슴에 새기고 있다. 천근석은 김수증에게 어떤 의미였을까? 월굴암은 달을 상징하며 천근석은 해를 의미한다. 두 바위를 잇는 다리는 음양소식陰陽消息을 형상화한 것으로 보았다. 양에서 음으로 가는 소消와, 음에서 양으로 가는 식息은 천지의 시운時運이 바뀌어 가는 것을 의미한다. 한래왕교를 통해 월굴암과 천근석을 오고 갔던 그는 세계가 음양으로 이루어져 있다고 뇌이며 현실을 받아들이고자 노력하지 않았을까? 달이 차면 기울고, 기울면 다시 찰 날이 있을 것이다. 지금의 현실도 지속되는 것이 아니라 언젠가 극에 달하면 반전하게 되리라고 스스로 위안했을 것이다.

화음동정사에서 고개를 들었다. 화악산은 저 멀리 장엄하다. 화악산 자락에서 김수증은 노년을 보냈다. 화음동에 정사를 짓고, 이곳에서 주로 생활하였다. 김수증은 걷거나 소를 타고 소요했다.

삼부연폭포 위 진사골에 은거하다

김창흡

철원과 삼부연폭포

철원의 대표적인 폭포 중의 하나가 삼부연폭포다. 철원군청에서 동쪽으로 약 2.5km 떨어져 있어서 접근하기가 쉽다. 군청 인근에 풍전역豊田驛이 있었다. 여기에 들른 사람들은 근처에 있는 삼부연폭포를 자연스럽게 찾게 되었고, 그러면서 삼부연폭포는 외지 사람들에게 알려지게 되었다. 1631년에 김상헌은 삼부연의 발원지에 마을이 있는데, 난리를 피할 만한 곳이라 들었다. 길이 험하여 갈 수가 없자 시를 지어 아쉬움을 달랬다. 삼부연과 난리를 피할 무릉도원으로 인식된 용화동에 대한 시는, 풍전역을 지나는 사람들이 삼부연을 찾게 하는 동인이 되었다. 많은 시와 여행기가 창작되면서 삼부연폭포와 용화동의 이야기는 풍성해졌다.

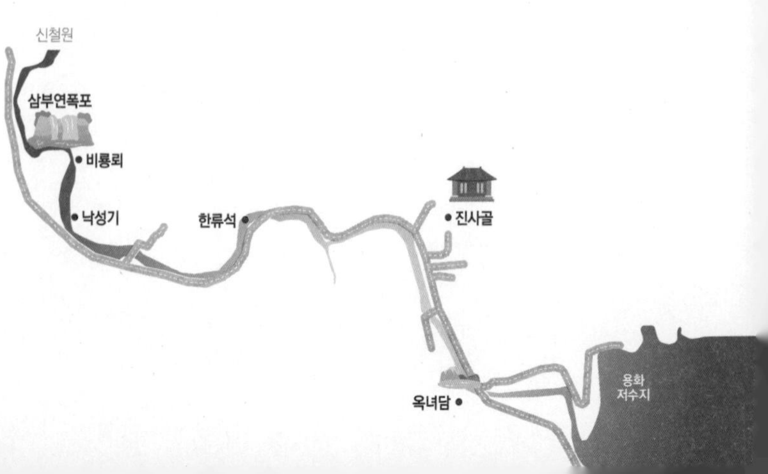

삼연三淵 김창흡金昌翕, 1653~1722이 삼부연과 관련 있다는 것을 아는 사람은 많지 않을 것이다. 삼부연三釜淵에서 부釜자를 뺀 것을 호로 삼았다. 김창흡의 연보를 보니 숙종 5년인 1679년에 삼연으로 호를 삼았다. 김창흡의 집안은 대단하다는 말로 설명할 수 없다. 큰아버지는 화천 사창리에 은거한 김수증이다. 동생인 영의정 김수항은 아들 여섯 명을 두었다. 첫째는 『몽와집』을 남긴 창집이고, 둘째는 『농암집』을 저술한 창협이며, 삼연은 셋째이다. 넷째는 『노가재집』의 저자인 창업이며, 다섯째는 『포음집』의 주인공인 창즙이다. 막내 창립은 문집을 남기기도 전인 1683년 겨울에 형들을 곡하게 했다.

김창흡은 1673년에 진사가 되었으며, 1684년 장악원주부에 임명되었으나 벼슬길에 나가지 않았다. 이후 여기저기에 은거하며 시문을 남겼는데, 대표적인 은거지 중의 하나가 삼부연폭포 위에 있는 마을인 용화동이다. 행정구역상으로 신철원3리이다.

김창흡이 용화동에 은거했다는 기록을 여기저기서 볼 수 있다. 성해응의 『연경재전집』에 「철성산수기鐵城山水記」가 있다. 철원 지역의 유명한 산수를 유람한 후, 자신의 답사 과정을 기록한 기문이다. 그중 김창흡과 관련된 부분은 흥미롭다.

> 삼연의 은거지는 석문 안쪽 6~7리쯤에 있다. 세속에서 진사곡이라 부른다고 한다. 옛터는 잡초가 우거져 사라져버렸다. 지금은 산속 사람이 경작해 상세하게 알 수 없다. 권상사가 말하길, 삼연은 부인을 데리고 은거했는데 몸소 물을 긷고 나무를 했다. 마을의 부인들이 서울의 귀부인을 보기 위해 다투어 왔다. 부인은 줄 것이 없자 해주 먹을 꺼내 주니, 부인들은 먹을 가지고 돌아갔으나 사용할 줄 몰라, 삶아서 먹으

정선이 그린 삼부연 폭포

려고 했다. 애를 써도 익지 않으니 모두 귀한 사람의 입은 보통 사람과 매우 다르다고 말했다 한다. 또 이르길, 산속의 백성들이 간혹 장정을 충원하기 위해 관인에게 끌려가곤 했다. 삼연은 번번이 데리고 와서 관인과 마주 앉아 내기를 했다. 관인을 돌아보고 말하길, 돌아가 관리 아무개에게 방금 김거사와 대국을 했다고 말하라 했다. 관리는 또한 감히 묻지 못하였다고 한다.

삼연이 용화동으로 들어와 살기 시작했을 때가 27살이다. 그가 살았던 진사곡은 현재 용화저수지 밑 마을이다. 지금도 마을 사람들은 진사골이라 부른다. 성해응의 기록은 삼연이 직접 일을 하며 주변 사람들과 격의 없이 생활했을 뿐만 아니라, 이웃 사람들의 억울함을 풀어주었다는 것을 알려준다. 홀로 고상하게 산속에서 은둔했던 것이 아니라, 지역민들과 함께 동고동락했다. 한편 틈틈이 그는 주변의 산수를 유람하였다.

삼부연은 세 개의 가마솥처럼 생긴 연못이란 뜻이다. 폭포 군데군데 형성된 연못을 지칭할 때 쓰는 말이다. 예전엔 이 지역 사람들은 사투리로 폭포를 '락落'이라 하였기 때문에 폭포를 가리킬 때 '삼부락三釜落'이라고 불렀다.

삼부연에서 제일 먼저 눈에 들어오는 것은 폭포다. 시원스럽게 직선으로 쏟아지는 물은 장쾌하다는 표현이 제일 적절하다. 이하진은 삼부연폭포를 보면서 바로 여산폭포를 떠올린다. 처음엔 직선으로 쏟아지는 폭포만 보이다가 시간이 조금 지나면서 위에 굽이치는 조그만 폭포가 보이기 시작한다. 조그만 폭포 밑에 조그만 솥 모양의 연못도 보인다. 폭포 위에 조그마한 폭포와 솥 모양의 연못이 또 있다. 장쾌하게 낙하하는 폭포 위에 있는 두 개의 폭포와 연못은 단조로울 것 같은 삼부연폭포에 변화를 주는 장치다.

폭포에 조금씩 익숙해지자 주변의 바위 절벽들이 눈에 들어온다. 폭포 좌우에 있는 바위는 산이라고 부르는 것이 적절하리라. 남성적인 힘을 느낄 수 있는 커다란 바위는 주변을 압도하는 기를 발산한다. 울퉁불퉁한 근육질의 바위는 검은색과 붉은색이 거칠게 덧칠해져 있다. 건장한 이미지뿐만 아니다. 왼쪽으로 시선을 돌리면 매끄럽게 곡선으로 파여 있는 부분이 눈에 들어온다. 예전에 물이 이곳으로 흘렀다는 것을 보여준다. 언제 형성되었는지는 알 수 없지만, 예전의 물길이 지금과 같지 않았다.

폭포 오른쪽의 바위는 더 많은 이야기를 전해준다. 이현익은 「동유기」에서 오른쪽 벽 위에 조그만 굴이 있다고 알려준다. 오른쪽을 보니 둥그렇게 파인 바위는 짙은 그림자를 드리우고 있다. 이하진은 손톱자국이 있다고 했는데, 바로 굴 주변의 주름진 바위를 묘사한 것이다.

수많은 시인과 묵객들은 폭포를 끊임없이 읊조렸으며, 그림으로도 남겼다. 특히 시는 한 권의 시집을 낼 정도로 넘친다. 신익성은 『낙전당집』에서 "삼부연폭포는 박연폭포에 비해 더욱 기이하고 장엄하다. 골짜기는 그윽하고 깊어 대낮에도 어둑어둑해 오래 앉아있을 수 없다."라고 평가를 한다. 선인들은 늘 박연폭포와 비교하곤 했다. 양쪽에 있는 용들이 서로 어울려 놀았다는 이야기가 오래전부터 전해져오니, 삼부연폭포는 송도삼절의 하나인 박연폭포와 어깨를 나란히 해왔음을 알 수 있다.

태화오곡을 거닐다

김창흡은 삼부연부터 시작하여 자신이 살던 용화동까지 이어지는 계곡에서 뛰어난 승경을 찾아 이름을 붙였다. 이름하여 '태화오곡太華五曲'이다. 시에서 '예전에 소를 끌고 들어와, 태화산에서 숨어 지냈네. 오곡에서 거문고 타고, 돌밭에서 농사지었네.'라고 오곡을 노래했다. 아버지인 김수항은 아들이 철원의 태화산 아래에 집을 지었는데, 태화산은 백운산과 30리 거리라고 하였다. 태화오곡의 태화는 태화산이다.

1곡은 삼부연폭포다. 폭포 상류로 조금 올라가면 왼쪽으로 바위가 용의 비늘처럼 촘촘히 여기저기 박혀있다. 바위는 비룡석이고, 바위 앞 여울이 2곡인 비룡뢰다. 여울은 마치 북두칠성 별자리 모양으로 내달리는 듯하다. 북두칠성을 둘러싼 산들은 온통 바위산이다. 이러한 경치 속에 있으면 시가 절로 지어질 것 같다.

김창흡은 자신을 엄자릉嚴子陵에 비유하였다. 후한의 엄자릉은 칠리탄에서 양가죽 옷을 입고 낚시질하며 왕의 부름에도 응하지 않았다. 김창흡은 비룡뢰를 엄자릉이 낚시하던 칠리탄보다 더 낫다고 읊조린다.

이곡이라 비룡석飛龍石에 여울이 우는데 二曲飛龍石瀨鳴
용 비늘 같은 괴이한 돌 여기저기 늘어섰네 龍鱗恠石列縱橫
끝없이 내달리는 물결 협곡을 품고 있으니 馳波不息長懷勢
옆 언덕이 참으로 북두칠성처럼 흐르네 近岸眞成斗折行

굴원의 구가九歌처럼 문득 지어지니 楚老九歌聊有取
엄자릉의 칠리탄이 어찌 이름을 같이하랴 嚴陵七里豈同名
그대 함부로 물 따라 지나지 말라 勸君莫謾緣流過
머리 돌리니 기이한 봉우리가 또 만들어졌네 回首奇峯又削成

하늘에 있던 별이 떨어져 생긴 것이 3곡 낙성기다. 김창흡은 낙성기를 매개로도 엄자릉에 비유한다. 엄자릉은 어릴 적 후한의 광무제와 함께 뛰놀며 공부한 사이였다. 광무제가 왕망의 신나라를 제압하고 제위에 오르자 모습을 감췄다. 광무제는 세 번이나 사람을 보내 그를 조정으로 불러들였다. 광무제를 알현하는 자리에서 그는 예전 친구 사이처럼 대하며 예를 갖추지 않았다. 광무제와 함께 밤새 얘기를 나누다 임금의 침상에서 함께 잠이 들었는데, 예전의 버릇대로 광무제의 배 위에 다리를 걸친 채 잤다. 광무제가 벼슬을 내리자 엄자릉은 벼슬을 받지 않고 부춘산으로 들어가 몸을 숨겼다. 엄자릉이 은둔한 곳을 엄릉산 또는 엄릉뢰라 하며, 낚시질하던 곳을 엄릉조대라 부른다. 벼슬을 버리고 용화산에 숨은 자신의 처지를 엄자릉에 빗대었다.

속세의 욕망에 물들지 않고 고결한 삶을 살아가려는 의지를 보여주는 것이 세이洗耳다. 허유의 성품을 높이 평가한 요 임금은 자신의 자리를 물려주려고 사신을 보내 그가 은거하고 있는 곳으로 찾아가게 했다. 허유는 전혀 관심이 없었다. 더욱이 임금이 그를 구주九州의 수장으로 삼으려 한다는 사신의 말을 듣자, 그는 들으려 하지 않고 물가에서 귀를 씻었다. 때마침 그의 친구 소부가 송아지를 끌고 와 물을 먹이려다가 허유가 귀 씻는 것을 보고 이상하게 여겨 그 까닭을 물었다. 소부는 허유의 대답을 듣고 허유에게 다

한류석

음과 같이 말한다. "자네가 만일 높은 언덕과 깊은 계곡에만 거처한다면 사람 다니는 길과는 통하지 않았을 테니 누가 자네를 볼 수 있었겠는가. 자네가 일부러 떠돌며 명예를 듣기를 구한 것이니, 내 송아지의 입을 더럽혔네." 자신도 허유와 소부처럼 속세의 욕망에 물들지 않고 고결하게 살고 싶다는 의지를 시를 통해 보여준다.

4곡인 한류석은 용화2교 바로 아래에 있다. 바위 암벽을 휘돌아 흐르면서 너럭바위를 내달리던 물은 조그만 폭포를 두 개 만들었다. 도로 옆에 주차할 공간이 있어 주변의 경관을 감상하기에 적절하다.

5곡 옥녀담은 다른 시에도 등장한다. 「하산」이란 시에 "평생 산수에서 살고자 한 마음, 이에 자주 나그네로 찾게 되네. 옥녀담과 낙성기는 훤하여 마음이 지겹지 않구나. 가엽다 삼부연아, 아쉽다 용화오곡이여, 한 해가 저물어 산조차 소슬한데, 용은 맑은 개울에 잠겨 있구나."라고 노래했다. 「모입용화暮入龍華」란 시에서도 '부끄러이 옥녀담에게 묻네'라는 구절이 보인다. 도로 옆 선녀바위 쪽으로 향하니 바위 밑으로 제법 깊은 못이 보인다. 위로 커다란 소나무 한 그루가 선녀바위를 지키고 있다. 바위 꼭대기에 돌출된 부분은 선녀의 얼굴처럼 보인다. 오랜 세월의 이야기를 들려주는 듯하다.

삼연이 살던 진사골을 찾다

김창흡이 용화동에서 살았다는 기록은 쉽게 찾을 수 있다. 동생 김창즙은 폭포 위에 형이 살던 집이 있는데 버려진 지 오래라고 「동유기」에서 말하고 있다. 성해응은 석문부터 6~7리쯤에 있는데 주민들은 진사곡이라 부른다고 적고 있다. 다른 기록들도 정확한 거리를 밝히지 않았으나, 폭포와 은거지는 어느 정도 떨어져 있음을 보여준다. 이현익은 「동유기」에서 '몇 리 올라가면 김삼연이 살던 집이 있으나 지금은 폐허가 되었다.'라고 알려준다. 오희상의 『노주집』은 '삼부연에서 몇 리를 가면 땅은 더욱 멀고 단절되었으나 십여 울타리가 은은하게 풀 속에 있으니, 용화촌이며 삼연옹이 일찍이 숨어 살던 곳이다.'라고 적고 있다.

진사골 주변의 모습은 시에서 도움을 받을 수 있다. 김창흡이 지은 「삼연신구三淵新構」이다.

진사골 전경

폭포 동쪽 닭 울음 개 짖는 소리 밥 짓는 연기 雞犬人煙瀑布東
초라한 초가집이 높다란 곳에 솟아 있네 白茅爲屋據穹崇
가을과 겨울 사이 천 겹 바위는 어른어른 千巖映發秋冬際
운무 속으로 길 하나 얼기설기 얽혀 있다 一逕盤紆雲霧中
옥을 깎은 듯한 연화봉이 빼어나게 솟았고 削玉蓮花峰秀出
거문고 소리인 양 귀곡鬼谷의 물이 휘돌아 흐르네 彈琴鬼谷水回通
이 속에서 약초 씻고 맑은 바람 소리 들으리니 此中洗藥兼風珮
신선이 사는 띵 갈홍葛洪에게 양보할 것 없다네 未必僊居讓葛翁

진사골의 주인은 여러 번 바뀌었다. 진사골 맞은 편에서 포크레인 소리가 난다. 난리를 피할만한 곳이었을 만큼 속세와 절연되었던 이곳은 개발 때문에 흙투성이가 되었다.

홍천에 비를 내리다

이원익

홍천으로 귀양 오다

조선 중기는 혼란의 시대였다. 특히 선조, 광해군, 인조 시기는 왜구와 여진족의 침입, 인조반정 등으로 나라 안팎으로 정세가 심하게 요동쳤다. 이 시기에 세 왕이 영의정으로 발탁한 사람이 있었다. 바로 이원익李元翼, 1547~1634이다. 이원익의 본관은 전주全州, 호는 오리梧里이다. 1564년(명종 19) 사마시를 거쳐 1569년(선조 2) 별시 문과에 급제하면서 파란만장한 벼슬살이를 시작했다.

임진왜란이 일어나자 이원익은 두각을 나타내기 시작했다. 1592년(선조 26) 평안도 순찰사가 되었고, 피란길에 임금이 탄 수

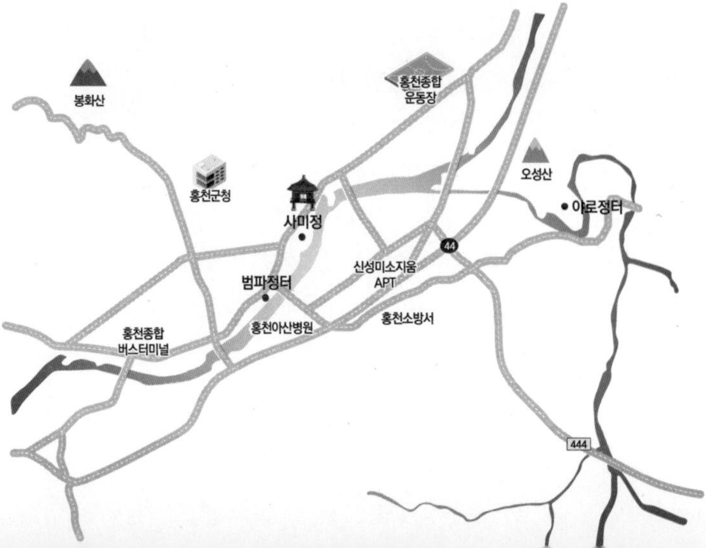

례를 호위하여 따랐다. 명나라 군사와 함께 조선군을 지휘해 평양성을 되찾는 데 성공했다. 임진왜란을 겪으면서 중추부사를 거쳐 영의정에 올랐다.

광해군은 왕위에 오르자 친형 임해군과 이복동생 영창대군을 제거했다. 그것으로 모자라 인목대비를 왕비의 자리에서 물러나게 하였다. 이때 이원익은 어머니께 효성을 다하라는 내용의 상소를 올렸다. 그러자 효도를 하지 않은 일이 없는데 어찌 감히 근거 없는 말을 지어내어 임금의 죄를 만들 수 있느냐며 화를 냈다. 이 사건으로 이원익은 파직당하고 홍천으로 귀양을 오게 되었다. 광해군 7년인 1615년 6월, 그의 나이 69세였다. 73세인 1619년 2월에서야 고향에 돌아가도 된다는 명이 내려졌다.

관직에 있으면서 백성들을 위해 여러 가지 정책을 펼쳤다. 대표적인 정책은 대동법을 주장하고 선혜청을 설치한 것이다. 1608년 방납의 폐단을 없애고 백성들의 부담을 줄여 줄 것을 임금에게 청하였다. 전쟁으로 피폐해진 백성의 어려움을 살펴 민생을 안정시키려는 의도였다.

이원익의 애민 정신은 한결같았다. 관직에 있을 때나 파직되어 벼슬을 하지 않았을 때도 늘 백성의 안위를 걱정했다. 「봄비, 홍천에 유배되었을 때다」는 이원익의 마음을 보여준다.

작년 봄 가뭄에 보리농사 걱정했는데 去年春旱憂無麥
올해는 마땅히 풍년이 들걸 알겠네 今歲應知大有年
아침부터 단비 내려 밭두렁에 가득 甘雨朝來流滿陌
가난한 백성 즐거워하며 밭에서 김매네 疲氓歌舞競鋤田

오직 걱정은 가뭄이었다. 작년에는 가뭄에 보리농사가 흉년이었다. 홍천에 귀양 와서 보니 아침부터 비가 내리는 것 아닌가. 백성이 들판으로 나가 일 하는 것을 보고서야 안심한다. 이원익이 홍천으로 귀양 온 이후 큰 비가 내렸고, 이를 신기하게 생각하여 홍천에서는 상공우相公雨라고 불렀다고 한다.

그는 청백리의 표상이었다. 재상의 자리에 있으면서도 항상 검소했다. 뇌물을 주려는 자에게 오히려 벌을 줄 정도였다. 퇴직한 이원익의 안부가 궁금한 인조는 승지를 보내 알아보도록 했다.

> "사는 집이 몇 칸 초가집에 불과해 바람과 비를 가리지 못합니다. 대대로 선영 아래에서 살아오면서도 한 두락의 밭이나 두어 명의 노비도 없이 그저 온 식구가 월급으로 겨우 입에 풀칠하고 있습니다."라고 보고했다. 임금이 답하기를 "40년 동안 정승을 지냈으면서 몇 칸 초옥에 살며 바람과 비도 가리지 못하니, 그의 청백한 삶이야말로 옛날에 없던 일이다. 내가 평소 그를 경모했던 것은 그의 공덕 때문만이 아니다. 이공의 맑고 검소한 삶의 자세를 관료들이 본받는다면 백성이 곤궁하게 될까 걱정할 것이 뭐가 있겠는가."라고 하였다. (『인조실록』)

이원익은 1634년(인조 12) 여든여덟 살의 나이로 숨을 거두었다. 집이 가난해 상을 제대로 치르지 못하니, 인조가 여러 도구를 보내고 세자가 조문하였다.

홍천에서의 생활

어디에 거처했을까? 짧지 않은 5년을 어떻게 보냈을까? 궁금증을 풀어 줄 자료가 많지 않다. 홍천에서의 유배 생활을 알 수 있는 몇 편 시만이 『오리집梧里集』에 남아 있을 뿐이다. 문집 속의 시는 주로 정자와 관련 있다.

『홍천현읍지』에 범파정泛波亭에 대한 정보가 자세하다. "관아 동쪽 2리에 있으며 가정嘉靖 연간(1522~1566년)에 현감 노연령이 창건한 정자다. 효종 때 현감 김만춘이 중수를 했고, 도광道光 9년 기축년에 현감 한여가 재건했다."라는 기록은 창건과 중수 등의 역사를 알려준다. 1940년에 간행된 『강원도지』는 "객관 앞에 있었다. 지금은 없어졌다."라고 기록했다. 명확하지 않으나 1940년 이전에 범파정이 훼손되었음을 알 수 있다. 범파정을 노래한 한시는 100여 수 이상이 된다. 여행기나 지리지 등에도 어김없이 등장한다. 선인들이 홍천을 대표하는 공간으로 범파정을 꼽았다는 것을 보여준다.

이원익은 범파정에 올라 시를 지어 외손인 이적李稿에게 주었다.

강가 흐릿하고 사방은 온통 숲인데 江上微茫遠近林
마음속 어지러워 가슴이 아프네 胸間攪擾感傷襟
타향살이 전전하다 지금 정자 보는데 覊來俯仰今亭觀
늙을수록 처량해져 예처럼 거문고 타네 老去凄涼舊瑟琴
계절 바뀌어 깊어지니 그리워지는 임금 은혜 節換轉深懷聖澤
시절 변해도 오직 소원은 내 마음 지키는 것 時移猶願守吾心
근심 속 손자 놈 빼어난 모습 대하고 있자니 愁中且對孫兒秀
사랑하고 기뻐하는 마음 절로 솟는구나 愛悅之情自不禁

유배 생활은 만만치 않았다. 늘 속이 쓰렸다. 더군다나 후일을 도모하기에 너무 늙은 나이이다. 정자 밖 풍경도 내 맘 같아서 흐릿하다. 혼란한 심사를 달래주는 것은 거문고밖에 없다. 연주하다 보니 마음이 가라앉는다. 나라의 최고 자리에 앉아 정사를 돌

사미정

보던 오리 정승이 아니던가. 오직 소원은 임금에게 지조를 지키는 것임을 다시금 깨닫는다. 유배 중에도 임금을 원망하지 않는 그는 천상 정승이었다.

인근에 사미정四美亭도 있었다. 사미정은 이구李龜, 1469~1526와 관련 있다. 이구는 호가 사미정으로 이제현의 7대손이다. 그는 1492년(성종 23)에 식년문과에서 병과로 급제하여 예조좌랑 · 고성현감 · 면천군수 등을 역임하였다. 무오 · 갑자사화 때 동생 이원李黿이 김종직金宗直의 문인으로 화를 당하는 것에 연좌되어 홍천으로 유배되었다. 중종반정으로 다시 기용되었으나 병을 이유로 벼슬을 사직한 뒤 홍천 결운리에 터를 잡았다. 이구는 은거하면서 양신良辰: 좋은 때, 미경美景: 아름다운 경치, 상심賞心: 완상하는 마음, 낙사樂事: 즐거운 일라는 뜻의 사미정四美亭을 자신의 호로 삼고 정자를 지었다. 1616년에 이원익은 사미정에 올라 시를 짓는다.

바람과 달 새로운 경치에 남고 風月餘新境
강산을 보니 옛정이 없어지며 江山廢舊情
시간이 지나자 노래와 춤도 다하고 時移歌舞盡
봄이 오자 온갖 풀 푸르러지네 春到草萊靑
풍광은 지금과 옛날이 같고 光景同今昔
흥망성쇠는 보고 듣는 것과 다른데 興衰異視聽
지은 정자에 효성스런 손자 있어 構堂孝孫在
만나 보고서 무거운 빗장 올리네 會見起重扃

정자에 올라 홍망성쇠를 논하는 것은 시간이 흘렀음을 보여준다. 정자 밖 풍경은 한결같으나 사람의 일은 부침이 있다. 사미정이 이구와 관련 있음을 이원익도 익히 알고 있었다. 효성스런 손자는 이구의 종손인 찰방 이방보李邦輔를 말한다. 이 시는 이방보에게 주는 시였다.

이원익이 자주 거동하던 정자가 또 있었다. 바로 야로정野老亭이다. 김상용金尙容, 1561~1637도 야로정과 관련된 시를 『선원유고仙源遺稿』에 남길 정도로 야로정은 홍천의 대표적 정자였다. 유배생활 중에 야로정을 찾아 「이적李積이 야로정에 와서 주인과 실컷 마시고 취하여 시를 차운하여 짓지 못하고 돌아가 누워 정신을 못 차리기 때문에 화답하여 웃으며 술을 경계하는 뜻을 부친다」를 짓는다.

물 위에 뜬 복사꽃처럼 뛰어난 곳 流水桃花名勝區
무릉도원이 비단 그림에 들어온 듯 武陵風景入綃圖
이 속에서 참된 멋 찾을 수 있으니 箇中自可尋眞趣
시름과 즐거움에 술이 있어야 하나 愁樂何須酒有無

야로정은 수타사에서 흘러 내려온 덕치천이 휘감아 도는 곳에 자리 잡았다. 건너편은 대미산성이 자리 잡은 산이 우뚝하다. 물은 산에 막혀 우회하면서 홍천강과 합류한다. 정자가 있는 곳은 바로 무릉도원이다. 술이 따로 필요 없을 정도다. 경치만으로도 즐거움을 찾을 수 있는 곳이다.

이원익과 이괄의 난

검율리 오성산에 이괄李适, 1587~1624이 야루정이란 누각을 짓고 살았다는 전설이 전해온다. 이괄의 장독대가 있는 산봉우리 아래 둔덕에 야루정이 있었다는 말도 마을 사람들의 입에서 입으로 전승되고 있다. 야로정이 '야루정'이라고 알려진 것이다. 이 밖에도 이괄과 관련된 지명이 곳곳에 있다. 홍천읍에서 갈마곡 다리를 건너 10리쯤 동쪽으로 가면 성 터가 있다. 홍천읍지에는 대미산성으로 기록되어 있으나 지역민들은 이괄산성으로 부른다. 서문터와 망대터, 건물터 등으로 추정되는 흔적이 남아 있다. 높이가 80m나 되는 큰 바위는 이괄바위다. 이괄이 소, 이괄의 말 무덤 등도 인근에 있다.

이괄은 선조 때이던 1606년에 무과 급제하여 태안군수를 역임하고, 1622년(광해군 14) 함경도 병마절도사로 부임하기 직전 인조반정에 가담했다. 반정을 성공시키는 데 주도적 역할을 하였으나 논공행상에서 2등 공신으로 밀려난 것과, 아들이 반역의 무고를 받자 공신들에 대한 적개심이 폭발하여 난을 일으켰다. 반란

초기 서울을 점령하는 등 기세를 올렸으나 서울 입성 2일 후 관군에게 패퇴한 뒤, 부하에게 암살되었다.

유독 많은 이괄의 전설을 어떻게 설명할 수 있을까. 어려서 홍천에서 무술을 익히며 자랐다는 전설도 있지만, 문헌자료는 보이지 않는다. 다만 조선왕조실록 인조 2년(1624) 2월 25일에 강원감사 윤안국이 조정에 보고한 내용이 기록되어 있다.

> "이괄의 아우 이해李邂와 조카 이노李櫓 등을 간성군杆城郡에서 잡아 보낼 적에 이괄이 도성에 들어가 변란을 일으켰다는 말을 이들이 듣고 달아났는데, 노는 잡아서 엄히 가두었고 해는 현재 추적하고 있습니다. 이괄의 처남 이원李瑗은 옥에서 탈출하여 적진에 들어가고 이방필李邦弼과 아들 이찬李璨、이관李瓘 등도 모두 적진에 들어가 적의 전령을 가지고 홍천에서 변란을 일으켰습니다. 적이 패한 뒤에 산골짜기로 달아나 숨어 있는 것을 모두 잡아서 효시하고 우두머리 이방필은 엄히 가두어 조정의 명령을 기다리고 있습니다."

이괄에 대한 전설은 이괄과 관련된 사람들의 이야기일 가능성이 있다. 전설이 많은 것은 민중의 영웅으로 추앙을 받았기 때문이리라. 노비와 군졸 등 하층 신분의 참여가 두드러져 단순한 변란이 아니라 신분 해방운동의 성격을 띤 사건으로 평가되는 것과도 관련 있을 것이다.

1624년 이괄의 난 때에 이원익은 80세에 가까운 늙은 몸이었다. 공주까지 임금이 탄 수레를 몸소 호위하여 따랐다. 홍천에서 유배 생활을 하며 야로정에 오른 것은 이괄의 난이 일어나기 전이었다. 두 사람이 직접 맞닥뜨린 적은 없었던 것 같다.

야로정터

이원익은 몸이 늙고 병들어 공무를 다할 수 없으니 퇴직하게 해 달라고 왕에게 여러 번 청했다. 인조는 청을 들어주지 않다가 결국 마지막에서야 퇴직을 허락했다. 1627년(인조 5) 가을이었다.

삼포에서 바른 것을 지키다
이항로

바른 것을 지키고 사악을 것을 물리치다

서양의 천주교가 우리나라에 들어오기 시작한 18세기 말엽에 이항로李恒老, 1792~1868는 태어났다. 17세 때 아버지의 뜻에 따라 과거시험을 보러 갔다가 당시의 부패한 관행에 실망하고 되돌아왔다. 이듬해에 합격하였으나 당시의 뇌물 풍조와 외척의 정치간섭에 실망하여 벼슬길에 나아가지 않고 학문의 길을 택하였다. 학덕이 높아지자 문하로 찾아오는 선비들이 점점 많아졌다.

이항로는 서양의 세력을 인욕으로 가득 찬 사악한 무리로 간주하였다. 그들을 배척하고 전통적인 성리학을 고수하려는 위정척

사衛正斥邪를 부르짖었다. 바른 것을 지키고[衛正] 사악한 것을 물리치자[斥邪]는 것에서, '바른 것'은 전통적인 성리학적 사회 질서이고, '사악한 것'은 서양 문물을 뜻한다. 서양의 학문과 생산물을 물리치는 것을 최대과제로 생각한 그는 강압적 방법으로 통상과 개국을 강요하자 유교적 전통질서를 지키기 위하여 노력하였다. 위정척사 운동은 서양에서 출발하여 일본의 정치 · 경제적 침략에 맞선 반외세 운동이었다. 병인양요(1866)와 병자수호조약(1876)을 지나면서 전국의 유학자는 상소를 통하여 애국 애족운동을 전개하였고, 그의 문인들에게 계승되어 의병운동 및 독립운동으로까지 연결되었다. 의병 활동을 한 류인석柳麟錫과 의병 활동 끝에 대마도에서 순국한 최익현崔益鉉이 이항로의 사상을 계승한 대표적인 문인들이다. 양반 중심의 성리학적 질서를 유지하려 하였다는 점에서 한계를 지니고 있으나, 이후 항일 의병 투쟁에 영향을 주었다.

'기봉강역 홍무의관箕封疆域洪武衣冠'은 조선이라는 땅이 기자箕子가 봉해졌던 영토이고 홍무洪武 때의 의관이라는 뜻이다. 중국 은나라 말기에 기자가 조선에 와서 단군조선을 이어 건국하였다는 설이 있다. 기자조선에 대한 견해는 자료의 해석 방향에 따라 다양하게 인식해 왔으며, 지금도 긍정하는 의견이 있다. 성리학을 지배 이념으로 삼아 건국한 조선 왕조는 왕도정치의 구현과 사대관계의 유지가 이상적인 정치와 외교로 인식되던 시대였다. 그러므로 기자와 같은 중국의 현인이 조선 왕조와 국호가 같았던 고조선에 와서 백성을 교화했다는 설은 명예스러운 일이었다. 기자동래설이 긍정적으로 수용되었고 자랑스럽게 생각하였다. 홍무는 중국 명나라 태조 때의 연호로 홍무의관은 명나라의 문물제도라는 뜻이다.

이항로는 '기봉강역홍무의관'을 써서 보관하고 있다가 적당한 돌에 새겨서 후손에 전하려고 하였다. 큰 바위를 얻기 어려워 보관하고 있다가 홍천 내면 덕탄德灘에서 커다란 바위를 발견하였다.

숭정崇禎 네 번째 정미년 崇禎四丁未
중양절을 맞아 덕탄에서 重陽德灘邊
바위에 여덟 자를 써서 巖面題八字
별세계에 남기노라 留鎭洞中天

간결하게 표현했지만 벅차오르는 가슴을 진정하면서 지었으리라. 선언문같이 짧은 20자 안에 바른 것을 지키겠노라는 굳은 의지를 담았다. 1847년에 서석의 삼신산으로 여행을 가다가 내촌에 있는 덕탄 바위가 이항로의 눈에 들어왔다.

덕탄

학문을 연구하고 농사에 힘쓸만한 곳

1830년, 금강산을 구경하고 돌아오는 길에 삼포에 들렀다. 산은 태고의 기상이 서려 있고 사람들은 순박했다. 지세는 넓고 평탄하며 강물은 굽이쳐 돌아서 살만했다. 뜻을 같이하는 이와 학문을 연구하고 농사에 힘쓸만하다고 여겼다. 그 후 1846년에 아들이 한두 번 왕래하면서 집을 한 채 사 놓았다. 1847년에는 서석 삼신산을 유람할 때 직접 이곳을 찾아 살펴보았다. 이때 덕탄 바위에다 '기봉강역홍무의관箕封疆域洪武衣冠'을 새기게 된다. 1850년에 설악산을 유람할 때 또 삼포에 들렀다. 드디어 1852년, 선생의 나이 61세에 삼포로 이사를 오게 된다. 함께 이사 온 문인이 서너 집 되었다. 일감재一鑑齋를 짓고 가묘와 글방을 세우고 생을 마칠 때까지 살려고 하였다.

선생은 처음 이사 왔을 때 회포를 「초막에서 행하기에 적합한 사항」에 적었다.

점쳐서 무망无妄 괘 하나 얻으니 筮得无妄一
헌軒은 마땅히 이것으로 명명하리 軒當以此名
고정考亭에서 향음주례를 밝히고 闉亭明飮射
정전제로 치국평천하를 강론하면 張井講治平
미친 물결치는 서쪽 바다 안정되고 狂浪安西海
비린내 나는 북쪽 중원 개리라 腥塵霽北淸
하나의 흠도 없게 갈고 닦기를 磨礱無一玷
이 몸이 바야흐로 시행하려네 此物方施行

무망无妄은 주역의 괘 이름이다. 하늘 아래에 우레가 치는 형상이다. 하늘에서 우레가 칠 때 사람들은 두려워 거짓된 마음과 허위의식을 버리고 진실해지기 때문에 거짓이 없는 무망无妄 상태가 된다. 방의 이름을 무망으로 하였다. 고정考亭은 주자가 만년에 거처하며 학문을 강론한 곳이다. 향음주례鄕飮酒禮는 향촌의 선비와 유생들이 향교나 서원에 모여 예로써 주연을 함께 즐기는 향촌의 례다. 향음주례는 고을 관아의 수령이 주인이 되고, 학덕과 연륜이 높은 이를 큰 손님으로 모시고 그 밖의 유생들도 손님으로 모셔서 이루어졌다. 향음주례의 목적은 주인과 손님 사이의 예절 바른 주연을 통하여 연장자를 존중하고 유덕자를 높이며, 예법과 같은 풍속을 일으키는 데 있었다. 이항로는 향음주례를 중시하여 삼포에 이사 오면서 시행하려고 하였다. 장재張載는 평생 경륜을 정전법에 두었는데 이항로도 민생의 안정을 위한 위민사상의 중심에 정전법을 생각하고 실천하려고 하였다. 향음주례를 실시하

일감재 송방당

고 정전법을 시행하면 어지러운 나라가 안정될 것이라는 희망에 부풀어 있었다.

이항로는 민생을 안정시키는 생업은 농업뿐이라고 보았다. 본업인 농업에 힘쓰고 말업인 상업을 억제하는 것은 생업의 대세였다. 농업에 힘쓰도록 하려면 농사를 지을 토지를 제공해야 하는데 당시는 토지 겸병으로 인하여 대다수 백성은 농사지을 토지가 없고 대지주의 소작인으로 전락하여 생활의 안정을 얻을 수 없었다. 그는 토지 겸병 현상과 사유제에서 오는 폐단을 제거하려면 『주례』에서 제시한 정전법을 시행해야 한다고 보았다. 「전지를 구획해 보다」에 그의 생각이 잘 드러나 있다.

> 밭둑을 남북으로 열고 이랑을 동서로 여니 阡開南北畝西東
> 바깥 여덟 개는 사전이고 안의 한 개는 공전이네 外八其私內一公
> 비 온 뒤 봄 밭에서 우임금의 공법을 익히고 雨後春田治禹貢
> 달빛 속 차가운 집에서 시경의 빈풍을 암송하네 月中寒屋誦豳風
> 산을 사랑하여 구당협의 험준함을 계산하지 않고 愛山不筭瞿塘險
> 나라 걱정하여 석름봉의 높음을 언제나 기원하네 憂國長祈石廩隆
> 늙어갈수록 날마다 기이하고 특별한 일이 더하니 老去日添奇特事
> 같음에서 다름을 다름에서 같음을 증험하네 同中驗異異中同

이항로의 경세 사상은 온건한 개혁적 성향이 없었던 것은 아니라는 것을 보여준다. 그는 인재 등용에 있어서도 서얼차별의 철폐, 연좌제 반대 등을 주장했는데 이러한 주장들은 그의 개혁적 성향을 잘 보여주는 것이다. 특히 연좌제를 폐지해야 한다는 주장은 당시의 법제도에 있어서 특기할만하다. 의리 수호 정신과 우국정신은 그의 제자들에 계승되어 의병활동, 구국운동, 독립운동으로까지 연결되었다. 다만 국제적인 정세에 어두워 그의 사상이 쇄국정책의 수행에 일조를 하게 된 것은 부인할 수 없는 사실이다.

하인이 말을 잘 몰아 저물녘에 돌아오는데 暮歸僮馬慣
산의 이름을 다시 물어보지도 않는다네 不復問山名
평온한 강물 속은 맑고도 맑았고 湛湛江心穩
평평한 들판 표면을 달리고 달렸네 駸駸野面平
마당 곳간은 비 온 뒤라 빽빽하고 場囷經雨密
널어놓은 빨래는 별빛 띠어 맑네 洴澼帶星淸
내가 나그네인 줄 완전히 잊었는지 渾忘吾爲客
마을 삽살개는 발걸음에 짖지 않네 村狵不吠行

삼포에서 생활을 노래한 「저물녘에 삼포에 이르다」이다. 고향과 같은 평온함을 느낄 수 있다. 다시는 주변 산 이름을 물어보지 않아도 될 정도로 다 알고 있다. 마을을 에워싸고 천천히 흐르는 홍천강과 군업천은 맑게 빛난다. 두 물이 만나는 곳에 삼포가 펼쳐져 있다. 이제는 동네 개들도 나를 외부인으로 보지 않는다. 고향 같은 삼포로 저물녘에 돌아오는 이항로의 발걸음은 가볍기만 하다.

홍천 삼포에 머무르는 동안 많은 일이 있었다. 1853년 3월에 장남 이준李埈을 곡하였다. 그의 나이 42세였다. 주변 사람이 슬퍼하지 않는 이가 없었다. 1854년 2월에는 삼남 이소李㙾를 곡하여만 했다. 불행은 이것으로 끝나지 않았다. 6월에 둘째의 부인 신씨가 세상을 하직하였다. 슬픔 속에서도 저작 활동을 멈추지 않았다. 「임천오씨태극설臨川吳氏 太極說」을 지었다. 『주역전의동이석의周易傳義同異釋義』을 저술하고, 「주자대전집차朱子大全集箚」를 개수하였다. 제자 유중교에게 『송원화동사합편강목宋元華東史合編綱目』을 편찬하라고 명하였다. 9년여 동안의 삼포 생활을 정리하고 1860년 겨울에 가족을 이끌고 고향으로 돌아갔다.

홍천을 유람하다

수타사가 이름을 얻게 된 것은 용연龍淵과 관련이 있다. 너럭바위 가운데를 뚫고 물이 세차게 떨어지며 깊은 용연을 만들었다. 물이 떨어지는[水墮] 곳에 절이 들어서서 수타사다. 용은 비구름을 관장하는 동물이다. 가뭄이 들면 용에게 비를 내려달라고 빌었다. 홍천 현감이었던 안중관安重觀은 「수타사 용추에서 비 내리기를 바라는 제문」을 지어서 기우제를 지냈다. 용연을 용추라고도 했다. 기우제를 지낼 정도로 수타사 용연은 영험한 곳이었다.

이항로는 용담龍潭이라고 하였다. 폭포 옆 너럭바위에 앉아 시를 짓는다. 「수타사 용담에서 잠시 쉬면서 장난삼아 시를 지어 경담 스님에게 주다. 이때는 1840년 8월 하현이다」.

용이 일어나지 않음을 또한 알겠거니 亦知龍不起
옛 절은 여전히 깊고도 그윽하네 古刹一泓幽
술잔 씻으니 붉은 노을 지고 洗酌紅霞落
거문고 연주하니 깨끗한 물 흐르네 援琴白雪流
모임 참석했던 자취 돌이켜 생각해보니 緬懷參社迹
별들이 모이는 가을이라 더욱 부끄럽네 多愧聚星秋
삼신산 가는 학 타려 하는데 擬跨三神鶴
구름 낀 산기슭 말은 한가롭네 雲岡我馬悠

서석 삼신산을 유람한 해는 1847년이었다. 이때 덕탄을 경유하여 삼신산을 가게 된다.

고색창연한 바위 좋은 줄 생각지 못했는데 不意蒼巖好
푸른 나귀 타고 우연히 단풍 든 산에 이르렀네 靑驢偶及楓
말은 마땅히 기주冀州 북쪽보다 뛰어나고 馬應超冀北
돼지가 어찌 요동遼東과 섞이겠으며 豕豈混遼東
해약海若이 비로소 수레 굄목을 열었고 海若初開軔
상산常山의 뱀은 또 중앙을 친다네 常蛇又擊中
어떻게 하면 작은 집을 지어서 何由置小屋
그대와 함께 생활할 수 있을까 枕漱與君同

삼신산

기주冀州 북쪽은 뛰어난 말이 생산되는 곳이다. 말이 기주 북쪽보다 뛰어나다는 것은 삼신산이 뛰어남을 말하는 것이다. 밑에도 마찬가지다. 요동遼東의 돼지가 머리가 흰 새끼를 낳자 조정에 바치려고 길을 떠났다가 하동河東에 와서 돼지가 모두 흰 것을 보고 돌아갔다는 고사가 있다. 해약海若은 북해의 신이다. 황하의 신 하백이 북해의 신인 약을 보고서야 자신의 견문이 좁았음을 깨닫는다. 굄목을 열었다는 것은 수레를 움직여서 출발한다는 뜻이다. 상산常山의 뱀은 머리를 치면 꼬리가 이르고, 꼬리를 치면 머리가 이르며, 중앙을 치면 머리와 꼬리가 이른다는 뱀이다. 수미가 호응하도록 펼쳐진 진법을 비유하기도 하는데 여기서는 삼신산의 경치가 뛰어나다는 것을 말한다. 뛰어난 이곳에서 집 짓고 살고 싶을 정도로 빼어난 경관이다.

홍천에서 서석면을 지나 양양 방향으로 국도 56호선을 따라가면 왼편으로 서봉사 계곡이 나타난다. 아미산에서 북쪽으로 떨어진 곳에 솟아있는 응봉산 골짜기다. 기암괴석 사이로 맑은 물이 흐르고 곳곳에 짙은 소나무 숲이 드리워져 있다. 웅장한 암벽 아래로는 짙푸른 못이 깊게 패어 있다. 아늑하고 포근한 느낌과 시원함을 동시에 느낄 수 있다. 산이라고 했지만, 산이 아닌 곳이 삼신산이다. 계곡 좌우에 있는 바위 때문에 삼신산이라는 명칭이 붙었다. 마을 주민들은 삼신산에 성황당을 세우고 매년 제사를 지내는 영험한 장소다.

설악산의 주인
김창흡

내설악의 관문 용대리

내설악의 진면목을 보려면 용대2리로 가야 한다. 용대2리를 예전에 갈역葛驛이라고 불렀다. 조선시대에 육로로 여행하는 사람들을 위해 역원제도를 마련하였다. 도로의 중요한 지점에는 약 30리 간격으로 역을 설치하고 여행자가 역마를 이용하도록 편의를 제공하였으며, 교통의 요지에는 원을 설치하여 여행자들이 숙박할 수 있도록 하였다. 역이 있는 마을이어서 갈역葛驛이고, 이곳을 지나는 사람들에게 편의를 제공했다. 지금이나 예전이나 많은 사람이 이곳을 거쳐서 영동과 영서를 왕래했다. 용대리를 이해하

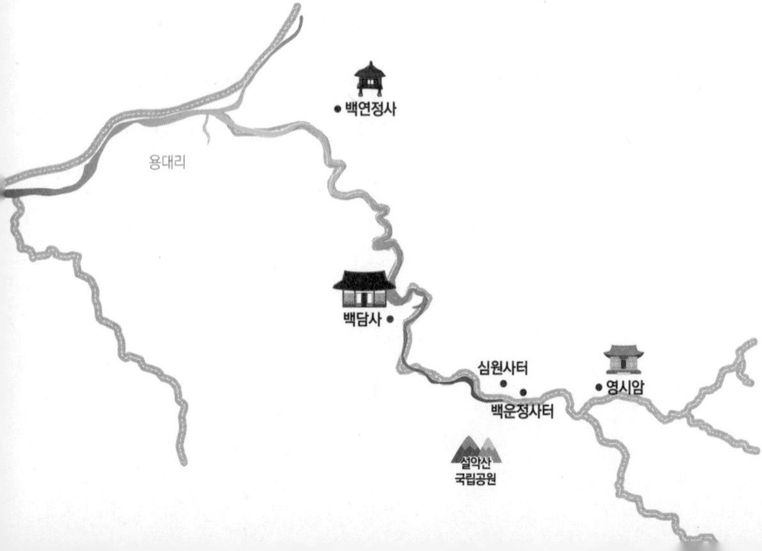

는 키워드 중의 하나가 '역'이다. 또 하나의 키워드가 있다. 시를 창작하던 문학의 공간이었다. 김창흡金昌翕, 1653~1722은 이곳에서 「갈역잡영葛驛雜詠」 400여 편을 읊었다. 형 창협昌協과 함께 성리학과 문장으로 이름을 떨쳤던 그는, 조선시대 문예부흥 운동을 주도한 문인으로도 기억된다.

김창흡은 설악산을 사랑하였다. 한계령에 거처를 마련했다가 대승령을 넘어 백담계곡으로 스며들었다. 백담계곡 입구에 집을 짓더니 점차 내설악의 고갱이로 향한 발걸음을 멈추지 않았다. 용대리의 거처 갈역정사에서 지은 시가 「갈역잡영」이다.

> 늘 그렇듯 밥 먹고 사립문 나서면 尋常飯後出荊扉
> 그때마다 범나비 나를 따라나서네 輒有相隨粉蝶飛
> 삼밭 뚫고 구불구불 보리밭 둑 지나가니 穿過麻田迤麥壟
> 들풀 가시가 쉬이 옷에 걸리네 草花芒刺易罥衣

용대리에서의 하루는 심심하기 그지없다. 설악산에서 채취한 산나물 같다. 담백함만 있을 뿐이다. 집에서 책 읽다가 무료해지면 문밖으로 나가곤 했다. 적막한 산골 마을에서 반기는 것은 나비뿐이다. 산나물 냄새를 맡아서인가. 강아지처럼 쫓는다. 나와 나비와의 경계는 어느새 허물어져 버렸다. 이리저리 걷노라니 바지춤에 도깨비바늘과 도꼬마리가 까맣다. 물아일체가 특별한 것이랴. 농부가 된 김창흡은 용대리에서 이렇게 살았다.

자연에 묻혀 사는 자신의 일상을 꾸밈없이 솔직하게 말하기도 했지만, 주변 농민들의 생활을 시로 끌어들였다. 설악산 기슭에서 살아가는 주민들의 생활 모습을 한 폭의 풍속도처럼 그려냈다. 신유한申維翰이 "삼연옹의 「갈역잡영」은 인제의 풍요風謠라고 일컬어진다"고 평한 것은 지역 주민들의 생활상을 표현한 시의 특성을 적확하게 지적한 것이다.

농부는 이제 산골 집 문을 닫고 人方掩幽戶
구름 또한 높은 봉우리로 돌아가는데 雲亦返高岑
뱁새 쉬지 않고 날아가나니 鷦鷯飛不息
저 숲속에 무슨 즐거움 있는 것일까 何樂在叢林

구름도 산에 있는 굴로 돌아가는 저녁 시간이다. 뱁새도 산으로 돌아간다. 모두 산으로 간다. 마지막 구절이 마음을 흔든다. 도대체 산속 숲엔 무슨 즐거움이 있어서 돌아가는 것일까. 산은 바로 설악산이다. 김창흡은 즐거움을 찾기 위해서 내설악의 깊은 곳까지 들어가서 살았던 것은 아닐까.

백연정사를 찾아서

김창흡은 46세인 1698년 봄에 백연정사百淵精舍를 짓고 설악산의 품에 안긴다. 이곳으로 오기 전에 한계령 쪽에 거처했었으니, 그의 삶은 설악산 심장을 향한 발걸음이라고 해도 과언이 아니다. 백담계곡 깊숙한 곳으로 더 들어가 벽운정사碧雲精舍를 지은 1707년까지 이곳에서 살았다. 백연정사가 있던 곳을 암자골이라 부른다. 백담사의 전신인 선구사가 있던 곳이어서 이름을 얻게 되었다. 몇십 년 전까지만 해도 백담사 대웅전 앞에 있는 삼층석탑이 암자골을 지키고 있었다.

김창흡은 이곳에서의 생활을 일기로 남겨 자신과 백연정사의 모습을 보여준다.

> 10일. 아침 식사 후 석문의 판잣집에 도착해보니 수리와 단장이 자못 마음에 들고 겨울을 지낼 만하다. 농월대에 올라 형세를 두루 관람하였다. 춘발에게 창문을 바르게 하였다. 12일 맑음. 판잣집에 가서 거처하였다. 벽운사의 중이 부처를 메고 골짜기로 들어가는 것을 보았다. 마을 사람들이 모두 물결처럼 휩쓸려 따라갔다. 춘발로 하여금 판자 위에 흙을 더 얹게 하였다.(「설악일기」)

무심한 듯 백연정사의 일과를 담담히 적고 있다. 특별한 일 없이 그날그날을 살아가는 김창흡의 일기는 시골 사람의 냄새가 난다. 겨울을 준비하는 시골 촌부의 모습이 언뜻 스쳐 지나간다. 여물을 끓이던 가마솥에서 김이 모락모락 피어오른다.

설악을 찾는 이들은 어김없이 백연정사를 찾곤 했다. 큰아버지 김수증은 이곳을 방문하였다. "오로봉 북쪽이 바로 그가 사는 곳이다. 언덕을 내려가 물을 건너서 집에 도착했다. 여섯 칸의 크기 집은 서북서를 향해 앉았으며 지붕에 널빤지를 덮지 않았다.(「유곡연기」)"라고 기록하고 있다. 이후 많은 사람이 성지를 방문하듯 이곳을 찾았고, 기록으로 남겼다.

김창흡은 백연정사에서 거의 십 년을 살았다. 설악이 좋아 설악에 안겼지만 언제나 좋을 수만은 없었을 것이다. 그는 노론의 심장부에서 일정한 역할을 했고, 가끔 평정을 잃기도 했다. 그럴 때마다 삼연은 오로봉을 바라보며 마음을 다잡았다. 심란해지면 집을 나섰다. 이리저리 거닐다가 멈춰 선 곳은 농월대다. 한밤에 달 구경하러 나오곤 했지만, 오늘은 폭설이 내리는 낮이다. 주위는 온통 하얀 적막 속에 잠겼다. 사각사각 눈 내리는 소리만 들릴 뿐이다. 한동안 망연히 바라만 보고 있는데 봉정암에서부터 바람이 불어온다. 시내 건너 소나무는 수북한 눈을 내려놓는다. 바람은 살을 에는 듯한 바람이 아니다. 시원한 바람이다. 답답한 마음을 뚫어주고 지나간다.

영시암을 찾아가다

심원사深源寺는 '벽운사碧雲寺'라고도 불렸다. 1712년 김창흡은 형님을 찾아뵙기 위해 백담계곡을 거슬러 올라갔다. 두 형제는 바로 이곳에서 감동의 상봉을 한다.

농월대

동으로 7~8리를 가서 심원사에 이르렀다. 절에서 남쪽으로 앞 시내까지의 거리는 백여 걸음이다. 시내 남쪽에 석봉이 우뚝하게 하늘을 떠받들 듯 서 있는데 이름이 선장봉仙掌峰이다. 절 동쪽으로 백여 보 거리에 형님의 옛 정사터가 있다. 백부께서 이곳의 이름을 벽운계碧雲溪라 지으셨다. 절의 스님들이 작은 암자를 짓는 중인데 아직 공사를 마치지는 못하였다. 형님이 사경士敬과 나준羅浚 그리고 후겸厚謙을 데리고 내가 오기를 기다리고 있었다.(「동유기」)

영시암에 거처하던 형이 동생을 마중하기 위해 심원사까지 나왔다. 김창흡은 영시암으로 가기 전에 심원사 옆에 '벽운정사碧雲精舍'를 짓고 살았다. 1707년에 완성되었으나 1708년에 불이 나서 심원사에서 잠시 거처하였다.

등산로를 가로질러 계곡으로 향했다. 심원사의 또 다른 이름인 벽운사와 벽운정사의 이름이 연유한 것은 벽운계 때문이다. 계곡은 등산로와 많이 떨어져 있다. 하긴 7~8일 밭 갈 정도의 넓이라고 했다. 벽운계엔 울퉁불퉁한 바위들이 자리 잡고, 그 사이로 푸른 물이 흘러오다가 멈춘다. 멈췄던 물은 다시 백담사 쪽으로 내려간다. 머리를 숙여 물을 마시니 속이 시원해진다. 김수증은 이곳의 이름을 벽운계라 짓고, 자신이 살던 화천으로 떠났다. 그곳에서도 벽운계를 잊을 수 없었다.

선동仙源에서 동쪽을 바라보니 유연히 흥이 이네 仙源東望興悠然
바다와 산 가운데에 속세와 달리 뛰어난 곳 있는데 海嶽中間別有天
어떻게 그대와 손을 잡고 가서 安得與君携手去
벽운계 깊은 곳에서 남은 생 보낼 수 있을까 碧雲深處送殘年

설악의 백운계에서 살고 싶다던 그는 다시 오지 못하였지만, 조카 김창흡은 이곳에서 터를 잡고 살았다. 여기가 그러한 곳이라고 아는 사람은 몇이나 될까? 영시암이 코앞에 있어서 발걸음을 재촉할 뿐이다.

벽운정사터에서 출발하여 영시암으로 향한다. 벽운정사에 불이 나자 영시암을 세운다. 숙종 35년인 1709년이다. 영시암의 생활도 잠시, 1714년에 찬모가 호랑이에게 물려 죽자 설악에서의 생활을 접고 산을 나오게 된다.

> (형을) 만나서 매우 기뻤다. 동쪽으로 3리쯤 가서 시내를 건너고 남쪽으로 가서 영시암에 이르렀다. 암자는 북향인데 위치한 곳이 꽤 높다. 뒤에 있는 조원봉은 서쪽의 선장봉과 쌍벽을 이룬다. 시냇물이 암자 앞에서 휘돌아 흐른다. 개울 안쪽의 땅은 가로 세로로 5~6백 걸음은 족히 된다. 시내 밖으로 산줄기가 겹겹이 둘러싸고 있다. 북쪽의 최고 높은 곳을 고명봉이라고 한다.(김창즙, 「동유기」)

영시암을 이처럼 세밀하게 묘사한 글을 찾기 어렵다. 계곡물을 건너면 영시암터다. 물이 휘돌면서 형성한 가파른 벼랑을 올라가면 넓은 평지가 나타난다. 울창한 나무 때문에 가늠할 수 없지만 두 배쯤 될 것 같다. 가로세로 5~6백 걸음이라 했듯이 제법 넓다. 정자가 있던 터를 '동대東臺' 또는 '소광대'라고 했으며, 정자는 '농환정弄丸亭'이라고 하였다. 영시암 뒤쪽에 있는 것이 조원봉이다. 홍태유洪泰猷, 1672~1715는 조원봉을 다음과 같이 묘사한다.

> 절에서 동쪽으로 몇 리 가면 김삼연金三淵 정사에 이른다. 특이한 것은 서루書樓와 마주한 것이다. 봉우리는 하나의 띠처럼 옆으로 펼쳐졌는데 짐승이 웅크려 있는 듯, 새가 돌아보는 듯, 사람이 면류관을 쓰고

심원사 주춧돌

영시암

걷는 것 같기도 하여, 형상이 여러 모습을 하고 있다. 색 또한 맑고 깨끗해서 한 밤의 보름달 같기도 하고, 아침에 쏟아지는 싸라기눈 같기도 해서 한 점 세상의 티끌도 없다. 이곳을 얻어 살면 고결한 사람이 될 것이다.(「유설악기」)

다시 지은 영시암, 사라진 유허비

김창흡이 영시암을 떠난 후 영시암은 급격하게 쇠락하게 된다. 1749년에 인제 현감 이광구가 폐허가 된 것을 보고 안타까워하면서 비를 세웠다. 홍봉조가 마침 방백이었는데, 그 일에 감동되어 비문을 쓰게 된다. 김원행의 시는 폐허가 된 영시암의 쓸쓸함을 보여준다.

유허비 탁본

당시의 풍경은 사라지고 산만 깊은데 當年滅景此山深
황량한 덤불에 무너진 주춧돌 찾을 길 없네 敗礎荒榛不可尋
산봉우리 위에 달만 홀로 높이 밝아 獨有高明峰上月
지금까지도 속세를 벗어난 마음 비추고 있네 至今留照詠歸心

그 후 설정 선사가 옛터를 돌아보고 한탄하다가 여러 사람의 도움을 받아 1760년에 영시암을 중건하게 된다. 중건한 영시암의 성격은 바뀌게 된다. 유학자가 살던 암자에서 스님이 거처하는 절이 되었다. 자연스럽게 유불이 합쳐지게 된 것이다.

이의숙의 「영시암기」를 보면, "암자는 처음에 조원봉 아래 있었으나, 지금은 조금 북쪽으로 옮겨 조원봉과 마주하고 있다. 처음에는 작은 집이었으나 지금은 넓은 구조이다. 비어 있고 지키는 사람이 없다. 오른편에 유허비를 세웠으니, 도백 홍봉조가 지은 것이다."라는 구절이 있다. 다시 지은 영시암은 원래 있던 자리에서 계곡 쪽으로 이동하여 지었다. 중건한 영시암터를 찾았으나 쉽게 드러나지 않는다. 아마도 화전을 일구던 사람들에 의해 많은 변화를 겪은 것 같다. 새로 지은 영시암이 언제까지 이곳에 있었는지 알 수 없다. 유허비의 행방도 묘연하다. 탁본만이 남아 있어 아쉬움을 달래준다.

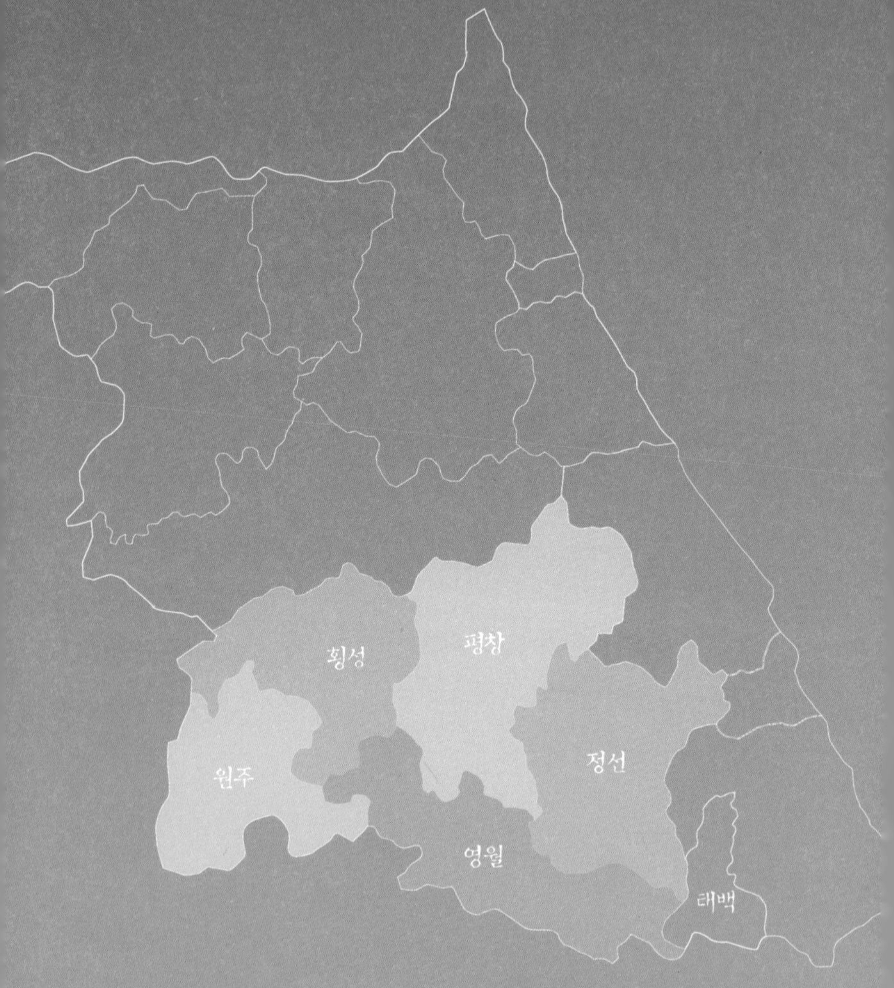

횡성
평창
원주
정선
영월
태백

영서남부

맑은 세상 초야에서 늙다

백 대의 스승이 될 만하다
원천석

영월을 보며 눈물짓다
원호

시대와 불화하다
이달

지팡이가 큰 나무가 되다
허후

우담정사와 청시야초당
정시한과 정범조

원주의 세 여성
임윤지당, 김금원, 박죽서

서민들의 생활상을 기록하다
안석경

율곡의 학문을 밝히다
신범

시대를 풍자하다
김삿갓

고(孤)를 지키는 것은 나의 운명
이자

백 대의 스승이 될 만하다
원천석

시사詩史인 운곡시사

두보는 당나라의 국력이 쇠퇴하는 시기를 살았다. 그의 시는 불안한 사회와 어두운 정치 현실, 그리고 백성의 고통을 노래한 것이 많아서 시사詩史라 불린다. 원천석元天錫, 1330~?은 고려 말기와 조선 초기의 혼란한 시기에 본격적인 시작 활동을 전개하였다. 그의 시에는 백성의 고통이 반영되었다. 백성의 질곡에 동정하는 뜻을 부쳤고, 시대를 시에 서사적으로 반영시키는 작풍을 이루어 놓았다. 원천석의 시도 두보처럼 시사詩史라고 할 만하다. 강원도 관찰사 박동량朴東亮은 「운곡행록시사서耘谷行錄詩史序」

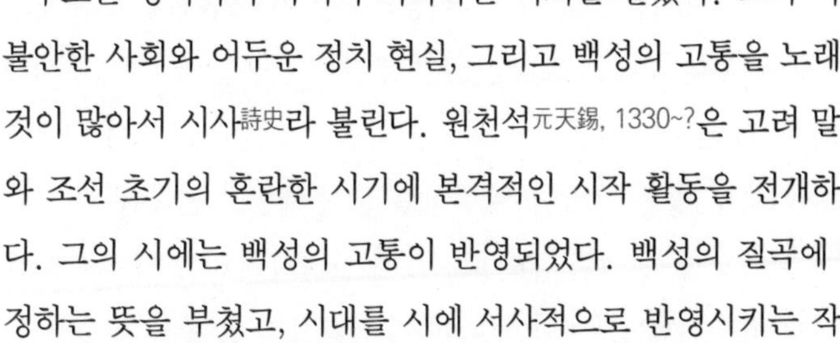

에서 "선생같이 재야에 숨어 계시는 분이 시를 읊고 회포를 서술하면서 사실에 근거하여 바로 썼으니, 말씀 한마디 글자 한 자가 모두 충분忠憤에서 나온 것이다"라고 하였다. 정장鄭莊은 "선생은 은둔해 시와 문장을 지으셨는데 그 문장이 바로 역사였다"고 평하였다.

방산을 떠나 양구군에 이르렀는데 아전이나 백성들의 집이 모두 기울어지거나 땅바닥에 쓰러졌으며 온 마을이 텅 비어 연기 나는 집이 없었다. 길 가는 사람에게 물었더니 대답하기를 "이 고을은 낭천군에서 다스리는 곳인데 예로부터 땅이 좁고 척박해서 백성이나 산물이 보잘 것 없습니다. 요즘은 권세가가 밭을 빼앗고 백성들을 못살게 하는 데다 세금마저 많아 발붙일 곳이 없게 되었습니다. 그런데도 겨울철만 되면 세금을 독촉하는 무리가 잇달아 한 번이라도 명을 어기면 손과 발을 높이 매달고 곤장을 쳐 살과 뼈가 헤어지게 합니다. 살던 백성들이 견디지 못하고 사방으로 흩어져서 마을이 이같이 되었습니다." 원천석은 그 말을 듣고 오언시 여덟 구를 지어 마을이 쇠망해가는 실정을 적는다.

무너진 집에는 새들만 지저귀고 破屋鳥相呼
백성들 달아나니 아전도 보이지 않네 民逃吏亦無
해마다 폐만 더하니 每年加弊瘼
어느 날에야 즐겁게 지내랴 何日得歡娛
땅은 모두 권세가에게 빼앗겼는데 田屬權豪宅
포악한 무리는 문 앞에 잇닿네 門連暴虐徒
남아있는 사람들만 더욱 가여우니 孑遺殊可惜
이러한 고생이 누구의 잘못이던가 辛苦竟何辜

고려 말기의 극심한 혼란상이 한 편의 시에 나타난다. 어떠한 역사적인 사실보다도 더 생생하게 보여준다. 또 이런 시도 있다. 「이달 15일에 나라에서 정창군을 세워 왕위에 올리고 전왕 부자는 신돈의 자식이라 하여 폐위시켜 서인으로 삼았다는 말을 듣고」란 시를 본다.

전왕 부자가 각각 분리되어 前王父子各分離
만 리나 되는 동쪽과 서쪽 하늘가에 있네 萬里東西天一涯
이분들을 서인으로 만들었어도 可使一身爲庶類
정명正名은 천고에 변하지 않으리 寸心千古不還移

1389년 9월 15일에 국가에서 정창군인 공양왕恭讓王을 왕위에 세우고 앞선 왕의 부자인 우왕과 창왕을 신돈의 자식이라고 하면서 폐하여 서인으로 삼은, 이른바 '폐가입진廢假立眞'에 대해 쓴 시이다. 우왕과 창왕이 각각 강릉과 강화로 유배되어 동서로 멀리 떨어져 있게 되었다. 정치적 필요에 의해 두 사람을 서인으로 만들 수는 있겠지만, 그것은 정명正名이 아니기 때문에 언젠가는 그 진실이 밝혀질 것이다. 이러한 표현 속에서 원천석은 우왕과 창왕의 혈통이 신씨가 아니라 왕씨임을 확신하고 있었다.

원천석은 멸망한 고려에 대해 여섯 권의 책을 써서 돌로 만든 상자에 넣어 후손에게 주면서 어진 사람이 아니면 열어보지 말라고 하였다. 여러 대를 전해 내려오다가 자손 중에 한 사람이 몰래 펼쳐 보고는 크게 두려워하며, "우리 가문이 멸족이 되겠다." 하고는 가져다가 불에 태워버렸으므로 책은 전해지지 않는다. 다행히 남아있는 시집이 있어 시사詩史라 부른다.

각림사에서 태종을 가르치다

각림사의 창건연대는 알려지지 않았다. 문헌에 등장하는 시기는 조선 전기다. 태종이 즉위하기 전에 이 절에 묵으면서, 원천석에게 자문하고 깨우침이 자못 많았다고 한다. 당시에는 띠 집 두어 칸이 숲속에 황폐해졌는데, 태종이 즉위한 뒤 특별히 돌보았다. 1410년(태종 10) 12월에는 석초釋超를 주지로 임명하고 향을 하사하였으며, 1412년 10월에는 원주목사 및 승정원에 이 절의 승려들이 전세田稅를 많이 거두어들인 일을 문책하지 말 것과 이 절의 중수를 도울 것을 명하였다. 1414년에는 직접 절을 찾기도 했다. 1416년에 중창할 때 태종은 철 1,000근과 중수에 필요한 재목 1,000주를 내리기도 했다. 1417년 3월에는 태종이 행차하였으며, 그해 9월에는 낙성법회를 열자 『화엄경』을 보내어 봉안하도록 하였다.

『동국여지승람』은 각림사에 대해 이렇게 설명한다. "치악산의 동쪽에 있다. 우리 태조太祖가 왕위에 오르기 전에 여기서 글을 읽었다. 뒤에 횡성에서 강무講武할 때, 임금의 수레를 이 절에 멈추고 고로古老들을 불러 위로하였다. 절에 토지와 노비를 하사하고 고을의 관원에게 명령하여 조세·부역 따위를 면제하여 구휼하게 하였다."

절에서 글을 읽을 때 원천석을 선생으로 모시고 공부를 하였다. 『동사찬요』라는 책은 태종이 미천하던 시절 공에게 배운 적이 있다고 적었다. 운곡 선생 문집 서문에 선생은 우리 태종대왕께서 즉위하시기 전의 스승이라는 기록이 보인다. 운곡이 은거하던 곳은 강림면 부곡리 치악산 자락인데, 그곳은 각림사와 가까운 곳이다. 각림사에 머물고 있을 때, 빗속에 술을 보낸 영천사 당두에게 고마워하며 지은 시가 보인다.

미친 바람 불더니 붉은 꽃 다 쓸어 버리고 嫣紅掃盡狂風際
가랑비 지나가자 부드럽게 푸르러지네 嫩綠初均小雨餘
이 술에 힘입어 온갖 시름 물리치고 賴此麴生攻萬恨
봄 아끼는 새 시를 한가롭게 지어보리라 惜春新句等閑書

강림우체국 옆에 '각림사 옛터' 표지석과 안내판이 태종이 공부하던 곳임을 알려준다. 건물을 지을 때 우체국과 뒤에 있는 교회부터 남쪽에 있는 면사무소까지 절의 유적이 나왔다고 한다. 면사무소에 들르니 건물 뒤 산기슭에 암자가 있었다고 가리킨다.

각림사 옛터

면사무소와 우체국 사이의 밭고랑을 자세히 보니 기와 파편이 여기저기에 흩어져있다. 축대 틈에도 기와 파편이 보인다. 탑은 사라지고 기와 조각과 전설만이 각림사의 역사를 알려준다.

스승을 찾은 태종, 만남을 꺼린 운곡

각림사를 떠나 태종대로 향한다. 얼마 지나지 않아 노구소老嫗沼 마을이다. 태종이 스승 원척석을 만나러 이곳에 왔을 때, 미리 알고 노파에게 자신이 간 방향과 반대로 가르쳐 줄 것을 부탁한다. 잠시 후에 태종이 오자 노파는 원천석의 말대로 반대로 가리켰고, 태종 일행이 길을 떠나자 임금을 속인 죄책감에 물에 빠져 죽었다. 노구老嫗는 노파란 뜻이고 소沼는 연못이다. 안내판 옆으로 좁은 철 계단을 따라 내려가니 깊은 물가에 커다란 바위가 보인다. 바위엔 구연嫗淵이라 새겨져 있다.

치악산 방향으로 길을 나선다. 왼쪽으로 조그마한 비각이 보인다. 계단을 따라 올라가니 '태종대'라 현판을 달았다. 원천석과 태종의 인연을 이야기해주는 역사의 현장이다. 원천석은 피비린내 나는 권력 다툼에 회의를 느껴 관직을 거부하고 치악산 자락에 은거하였다. 태종이 왕위에 오른 후 원천석을 찾아왔으나 원천석은 태종과의 만남을 꺼려 피신한다. 바위에서 기다리다 스승이 자신을 만나려 하지 않는다는 것을 알고 돌아갈 수밖에 없었다. 뒤에 사람들은 바위를 태종대太宗臺라 불렀다. 절벽 아래에 '태종대' 글씨가 크게 새겨져 있다.

태종대

다른 이야기에 귀가 솔깃해진다. 이익의 『성호사설』은 태종대를 태종이 등극하기 이전에 책을 끼고 다니며 휴식하던 곳이라 전해준다. 허목은 같은 듯 다른 이야기를 들려준다. 태종이 동쪽 지방을 순행할 적에 스승의 집에 거둥하였으나, 피하여 만나 주지 않았다. 시냇가 바위 위로 내려가 집을 지키는 노파를 불러 상을 후하게 내리고, 아들에게 벼슬을 내린다. 이기李墍는 또 다른 이야기를 들려준다. 태종이 즉위하자 공의 안부를 물으니 죽은 지 벌써 오래였고, 공의 아들을 특별히 기천현감에 제수하였다고 적었다.

홍경모는 「주필대기駐蹕臺記」에서 처음에는 태종대였다가 영조 때 주필대로 고쳤다고 적는다. 주필駐蹕은 임금이 행차하다가 잠시 어가를 멈추고 머무르거나 묵던 일을 뜻한다. 이유원은 '태종대'란 항목에서 원천석과 태종에 얽힌 이야기를 전해준다. 비각 안을 들여다보니 비석에 주필대라 새겨져 있다.

비각 옆 오솔길은 계곡으로 향한다. 길은 바위 앞에 멈춘다. 바위에 깊게 새긴 태종대 글자가 또렷하다. 바위 앞 시내엔 너럭바위가 넓게 차지하고 있다. 권력과 은둔, 그리고 죽음을 들려주는 태종대 바위에 앉아 비정한 권력을 생각한다. 스승 원천석의 선택을 생각한다. 지금은 이해할 수 없는 노파의 죽음을 생각한다.

고깔 모양으로 생겨서 얻은 이름이 변암弁巖이다. 치악산 정상에서 동남쪽으로 300여 미터 아래에 있다. 원천석이 은둔하여 생활한 곳이다. 바위 아래 수십 명이 앉을 수 있고, 돌우물이 있어 물이 항상 솟는다. 온돌을 만들고 고사리와 나무 열매로 식사를 했던 곳이다. "돌우물 뚫어 항상 물 긇이고, 산나물 거두어 가난 달랜다"는 글귀가 새겨져 있다. 태종이 찾아왔을 때 피신했던 곳이기도 하다.

1374년 45세 되던 해에 변암 남쪽 봉우리 아래 새로 초가집 한 칸을 지었다. 지형이 가파르고 외진데다가 집 모양까지 아름답지 못하고, 앞뒤와 오고 가는 것이 다 마땅치 않은데다 몹시 누추하고 보잘것없었다. 주인의 몸가짐이 도에 어긋나고 뜻을 세운 것이 세상과 맞지 않았다. 집의 누추하고 보잘것없는 것이 주인의 누추하고 보잘것없는 것과 들어맞으므로 집 이름을 누졸재陋拙齋라 하였다.

북으로 깊은 시내 마주 보며 초가집 세우고 北臨深澗搆茅堂
내 여생을 이곳에서 보내려 하네 斷送餘生庶可望
처세하는 지모도 보잘것없으려니와 處世智謀誠有拙
수신하는 사업도 좋은 게 없어 부끄럽네 修身事業愧無良

창 열면 우연히 푸른 소나무와 마주하고 開窓偶對蒼松翠
땅 쓸고 사르면 백출 향기 풍기네 掃地仍燒白朮香
이 경계의 이 사람 향배를 어겼으니 此境此人違向背
길 가는 사람 아마 방향 모른다고 비웃겠지 路人應笑不知方

뜻을 굽히지 아니하다

운곡耘谷 선생의 묘명墓銘을 읽는다. 내 들으니 "군자는 은둔하여도 세상을 저버리지 않는다." 하였는데, 선생은 비록 세상을 피하여 은둔하였지만, 세상을 잊은 분은 아니었다. 절개를 지켜 혼

원천석 묘역

들리지 않고 자신의 순결을 보존하였다. 백이伯夷의 말에 "옛날의 선비는 치세를 만나면 그 직무를 피하지 않았고, 난세를 만나면 구차하게 생존하려 하지 않았다. 천하가 혼란하니, 난세를 피하여 나의 절개를 지키는 것이 좋겠다." 하였다. 그러므로 열전에 "날씨가 추워진 뒤에야 소나무와 잣나무가 가장 뒤에 시드는 것을 알 수 있고, 온 천하가 혼란한 뒤에야 청렴한 선비가 드러난다." 하였으며, 맹자도 "백이는 섬길 만한 임금이 아니면 섬기지 않고 부릴 만한 백성이 아니면 부리지 아니하여 치세에는 나아가고 난세에는 물러났으니, 백이는 성인 중에 청고淸高한 자이다." 하였으니, 선생은 백이와 같은 부류라 하겠다.

고을 사람들이 선생을 위하여 사당을 세우고 제사를 지냈다. 사당은 원주 북쪽 30리 되는 칠봉 마을에 있다.

허목은 다음과 같이 찬한다.

깊은 산속 은둔한 선비 巖穴之士
시세 따라 거취 정하였네 趣舍有時
몸 비록 세상에 아니 나서나 縱不列於世
그 뜻을 굽히지 아니하고 能不降其志
그 몸을 욕되게 아니하여 不辱其身
후세에 교훈을 세웠으니 敎立於後世
하우·후직·백이·숙제 동등하거니 則禹稷夷齊一也
아 선생이여 백 대의 스승 될 만하여라 先生可爲百代之師者也

영월을 보며 눈물짓다
원호

꿈에서 노닌 것을 기록하다

원자허元子虛라는 사람이 있었다. 자질은 뛰어났으나 시대와 불화하여 가난을 견디어야 했다. 아침에 나가서 밭을 갈고 저물 때 돌아와서 옛사람의 글을 읽었다. 역사서를 보다가 역대의 위태로워 망할 지경에 처하거나 국운이 다하는 곳에 이르면, 책을 덮고 눈물을 흘렸다. 마치 자신이 그 시대에 있으면서 망해 가는 것을 보고도 어찌할 수 없는 것처럼 애태우지 않은 적이 없었다.

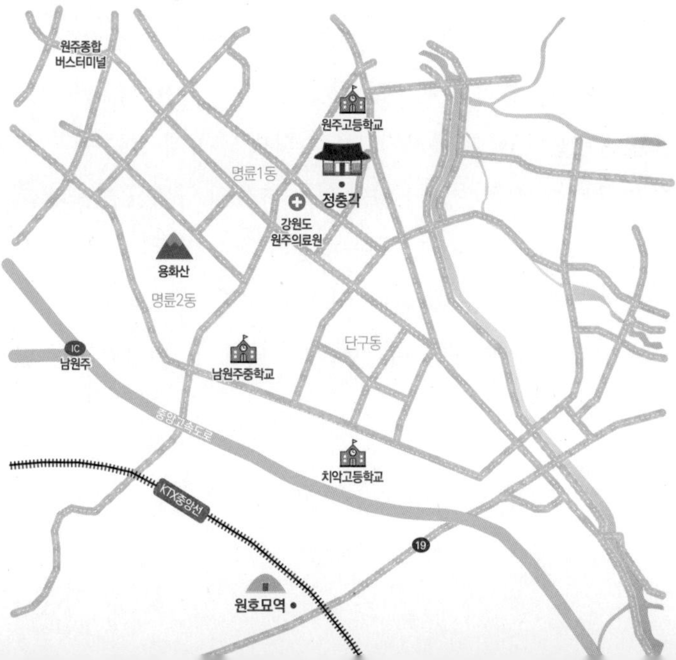

달빛을 따라 책을 펼쳐 보다가 피로하여 의자에 기댄 채 잠들었다. 몸이 홀연히 가볍게 들렸다. 아득하고 멀리 훨훨 날아올라 마치 날개가 돋아 신선이 된 듯하였다. 강 언덕에 멈추니 긴 강물이 굽어 흐르고 뭇 산들이 겹겹이 쌓았다. 서성이는데 발걸음 소리가 나더니 한 사람이 불쑥 튀어나왔다. 다가와서 말하기를 "우리 임금께서 마중하라고 했습니다." 하였다.

따라가니 강가에 우뚝 선 정자가 보였다. 난간에 기대어 앉아 있는 사람은 의관이 임금 같았고, 또 다섯 사람이 곁에서 모시고 있었는데 모두 세상의 호걸들로서 모습이 당당하고 풍채가 늠름하였다. 원자허가 이르는 것을 보고 모두 나와서 맞이하였다. 원자허는 임금께 인사한 뒤에 물러나 자리가 정해지기를 기다렸다가 말석에 꿇어앉았다.

임금이 말하기를 "일찍이 명성을 듣고서 높은 의리를 깊이 사모하였소. 좋은 밤에 우연히 만났으니 의아하게 여기지 마시오." 하자, 원자허가 자리에서 일어나 사례하였다. 자리가 정해진 뒤에 고금의 흥망을 서로 토론하면서 지칠 줄 몰랐다. 복건을 쓴 사람이 중국의 네 성군인 요堯, 순舜, 우禹, 탕湯이 선위를 빙자해 왕을 찬탈한 본보기가 되었다며 격하게 성토한다. 그러자 임금은 네 성군은 죄가 없고 다만 그들의 양위를 빙자한 자가 도적이라고 타이른다. 술이 두어 순배 돌자 임금의 노래를 시작으로 박팽년, 성삼문, 하위지, 이개, 유성원, 복건자가 차례로 세조의 왕위 찬탈에 대한 비감한 시를 읊는다. 원자허도 심회를 시로 읊는다.

지난 일을 누구에게 물어볼까 往事憑誰問
황량한 산엔 한 무더기 흙뿐이네 荒山土一丘
한이 깊은 정위의 죽음이고 恨深精衛死
혼 끊어지는 두견의 시름이라 魂斷杜鵑愁
고국에는 어느 때 돌아가려나 故國何時返
강가 누각에서 이날 놀이하네 江樓此日遊
노래 몇 곡조에 슬픔이 깊은데 悲深歌數闋
지는 달 갈대꽃 핀 가을이로다 殘月荻花秋

읊기를 그치자, 자리에 가득한 사람이 모두 처연히 눈물을 흘렸다. 갑자기 달빛이 검어지고 구름이 어두워져서 비가 내리고 바람이 불었다. 격렬히 내리치는 천둥소리에 모두가 갑자기 사라져 버렸고, 원자허 또한 놀라서 깨어 보니 바로 한바탕 꿈이었다.

꿈속에서 옛 임금인 단종과 순절한 충신들을 만나, 억울하고 절통했던 지난 일을 시로써 토로하면서 스스로 위로하는 「원생몽유록元生夢遊錄」에 등장하는 주인공 원자허元子虛는 원호元昊, 1396~1463를 말한다. 임제林悌, 1549~1587와 김시습金時習, 1435~1493이 지었다는 주장도 있다.

시절을 한탄하다

원호는 1423년(세종 5) 문과에 급제하여 여러 관직을 지냈으며, 문종 때 집현전 직제학에 이르렀다. 1452년 5월 문종이 재위 2년 만에 죽자 그 뒤를 이어 단종이 즉위하였지만, 세종의 아들들이 세력이 강성하여 인심이 흉흉하였다. 단종이 즉위하던 무렵, 안평대군은 재상들과 비교적 원만한 관계를 맺고 있었다. 안평대군은 세종 시절 김종서가 함경도 지역에서 여진을 토벌하며 6진을 개척할 때 함께 참여하기도 했으며, 시, 서, 화에 모두 능해 주변에 많은 문인이 몰려들었다. 이런 분위기 속에서 안평대군은 서서히 실력자로 떠올랐다. 조정은 안평대군, 황보인, 김종서 등 단종을 지지하는 세력과 수양대군을 왕으로 세우려는 세력으로 양분되었다. 안평대군과는 달리 수양대군은 주로 무사들을 적극적으로 포섭했다. 안평대군 세력과 수양대군 세력의 신경전이 지속되던 시기에 원호는 이러한 시절을 한탄하는 노래 「탄세사歎世詞」를 지었다. 『관란선생유고觀瀾先生遺稿』에 실려 있다.

동쪽 산마루를 보니 瞻彼東岡
솔잎이 푸르러라 松葉蒼蒼
따다가 빻아서 采之擣之
고픈 배를 채우네 療我飢腸
아득히 하늘 한쪽 바라보니 目渺渺兮天一方
착잡한 마음이여 오색 빛 구름에 가렸네 懷黯黯兮雲五光
아아, 백이 숙제 아득해 짝할 이 없구나 嗟夷齊邈焉寡儔兮
부질없이 수양산에서 푸른 풀만 캤다니 空摘翠於首陽
세상 사람 모두 의를 잊고 이익만 따르는데 世皆忘義徇祿兮
□□□□ 방황하고 있노라 □□□□而徜徉

수양대군은 문종의 유언으로 단종을 보필하던 황보인 · 김종서 등을 제거하고 동생인 안평대군을 모반의 죄명을 씌워 사사했다. 계유년인 1453년 10월에 정변을 일으켰기 때문에 계유정난이다. 수양대군이 모든 권력을 장악하자 단종은 이름뿐인 왕이 되었다. 원호는 1453년에 병을 핑계로 원주 남송촌南松村으로 낙향하고 세상을 등졌다.

탄세가 시비

원주로 낙향할 즈음 절의보다 권력을 택하는 관리들의 행태를 보고만 있을 수 없었다. 차라리 솔잎을 따서 주린 배를 채우겠다는 다짐에서 불의한 권력에 굴하지 않는 기개를 읽을 수 있다. 구름이 오색 빛을 가린 것은 계유정난을 의미한다. 무왕이 은나라 주왕을 토벌하려고 제후를 이끌고 출전하자 백이 · 숙제는 무왕의 말고삐를 붙들고 간하였다. "부왕의 장례도 치르기 전에 전쟁을 벌이려고 하니 어찌 효라 할 수 있겠습니까? 신하의 몸으로 군주를 살해하려고 하시는데, 이 어찌 인이라 할 수 있겠습니까?" 좌우에 있는 신하들이 이 두 사람을 베려고 하였으나 "이이야말로 의인義人이다." 하고 부축하여 데려가게 하였다. 무왕이 듣지 않자, 백이와 숙제는 수양산으로 들어갔고, 결국 굶어서 죽었다. 백이와 숙제처럼 수양대군의 횡포를 말리는 사람도 없고, 이익을 좇는 세상에 그는 절망했다. 1455년 단종은 수양대군 추대 세력의 압력에 굴복해 스스로 왕위를 수양대군에게 물려주었다. 1456년 성삼문 · 박팽년 · 하위지 등 사육신이 단종 복위를 도모하다 모두 처형되었다.

영월을 바라보며 눈물짓다

1457년(세조 3) 단종은 영월로 유배되었다. 원호는 영월 서쪽에 집을 짓고 관란재觀瀾齋라 하였다. 강가에 나가서 시가를 읊기도 하고 혹은 집에서 글을 짓기도 하였다. 아침저녁으로 멀리서 영월 쪽을 바라보고 눈물을 흘리며 임금을 사모하였다.

간밤에 우던 여울 슬피 울어 지내여라
이제야 생각하니 님이 울어 보내도다
저 물이 거슬러 흐르도록 나도 울어 보내리라

영월 청령포 서쪽에 관란재를 짓고 지내던 때에 지은 작품인 듯하다. 우는 여울물 소리는 왕방연의 시조에서와 마찬가지로 어린 임금에 대한 슬픔의 표상화이거나 어린 임금의 슬픔으로 상징되어 있다. 아침저녁으로 어린 임금이 있는 강 건너를 쳐다보며 울었다던 그가 간밤의 여울 소리를 듣고 상심한 마음을 드러낸 것이다. 그렇게 상심한 이유를 깨우쳐서 그 물소리가 바로 임금의 울음이기 때문이라 유추하였다. 강물이 거슬러 흘러서 자신의 마음을 임금에게 전할 수 있기를 바랐는데, 불가능한 염원을 드러내어 그것이 얼마나 간절한 비원인지를 강조하고 있다. 그는 이맹전, 조여, 김시습, 성담수, 남효온 등과 더불어 단종에 대한 절개를 지킨 생육신인 만큼 어린 임금에게 바치는 충성이 이렇게 절실했다. 단종을 몰아낸 수양대군의 왕위 찬탈은 사대부의 사회를 지향했던 조선초 지식인의 가치체계에 큰 흠집을 내었고, 사대부의 마음속에 반발심을 품게 하여, 사육신과 생육신은 충신의 표상으로 자리 잡게 되었다.

관란재에 살며 손수 농사를 지어 채소와 과일을 바가지에 담아 때때로 강에 떠내려 보내면 청령포에 도달하곤 했다고 홍양호洪良浩의 「관란정유허지기觀瀾亭遺墟碑記」는 전한다. 홍직필洪直弼의 「관란정기觀瀾亭記」에 다음과 같은 일화를 소개한다. 어느 날 과부가 빨래하기 위하여 강가로 나왔다가 원호가 통곡하는 것을 보고 이상하게 생각하여 그 이유를 물으니 "열녀는 두 남편을 섬기지 않으며, 충신은 두 임금을 섬기지 않소. 나의 옛 임금이 영월에 계시므로 이곳에 서 영월을 바라보고 있소."라고 말하며, 제천과 산천을 경계로 하는 이곳에다 관란정을 지었노라고 말하였다. 이를 듣고 있던 과부는 울면서 말하기를 "첩도 불행히 남편이 죽은 탓으로 개가를 하고자 했는데, 지금 말씀을 듣고 보니 비록 못나고 천한 계집일지라도 어찌 열녀가 되지 못하리오."라며 눈물을 흘리고 수절하였다.

조석으로 눈물을 흘리며 문안을 드리던 장소인 관란정은 충북 제천시 송학면 장곡리에 있다. 관란정은 1845년(헌종 11) 원호의 호인 '관란觀瀾'을 따서 원호의 유적지에 건립하였는데, 1941년에 중건되었으며 1970년과 1987년에 다시 고쳐 지었다. 원호유허비元昊遺墟碑는 원호의 충절을 기리기 위해 후손과 유학자들이 세운 비석으로, 관란정을 건립할 때 같이 세웠다.

문밖을 나가지 않았다

삼년상을 마친 원호는 다시 원주 무항霧巷으로 돌아와서 문밖으로 나오지 아니하였다. 이로 인해 다른 사람들은 원호의 얼굴을 볼 수가 없었다. 앉을 때 반드시 동쪽을 향해 앉고, 누울 때는 반드시 동쪽으로 머리를 두었는데, 단종의 장릉莊陵이 동쪽에 있기 때문이었다. 조카인 판서 원효연元孝然이 수행하는 종들을 물리치고 문밖에 와서 보기를 청했으나 끝내 거절하였다. 세조가 특별히 호조참의에 임명해 불렀으나 응하지 않았으며, 한평생 단종을 그리다가 죽었다.

1699년(숙종 25) 판부사 최석정崔錫鼎의 건의로 고향에 정려가 세워지고, 1703년 원천석의 사당에 배향되었다. 1782년(정조 6) 김시습 · 남효온 · 성담수와 함께 이조판서에 추증되었다. 이관명李觀命은 원주 유생을 대신하여 직제학 원호를 칠봉서원에 배향하기를 청하는 상소문을 올리고, 결국 원주의 칠봉서원七峰書院에 제향되었다.

묘역은 판부면 서곡리 내남송 마을에 있다. 내남송 마을은 원극겸元益謙을 시조로 하는 원주원씨 후손들이 집성촌을 이루고 사는 곳이다. 묘역은 생전 원호 선생이 직접 정한 것으로 알려졌다. 완만한 구릉 위에 원호 선생과 부인의 묘가 앞뒤로 있는 것이 특징이다.

원주시 개운동에 원호 선생의 충절을 기리는 정충각旌忠閣이 1703년(숙종 29년)에 건립되었다. 한국전쟁 때 파손됐던 것을 1970년 비석과 비각을 재건했다. 비석을 찬찬히 읽어 내려갔다.

원주 개운동에 있는 정충각(旌忠閣)

원호 묘역

다음 대목에 눈길이 머문다.

평소에 문학을 하고 경전을 공부하는 선비가 하루아침의 화복영욕禍福榮辱의 갈림길에서 두려워하고 본연의 천성을 상실하였다. 홀로 선생은 군자가 소인에게 해침을 당하는 어려운 때를 만나 지조를 잃지 않고 충성을 다하였다. 외로운 충성과 높은 절개[孤忠卓節]는 백 년 후에도 빛날 것이다.

신협申映의 글은 정자程子의 안락정시顔樂亭詩를 인용하며 끝을 맺는다.

물은 차마 폐지하지 못하고 水不忍廢
땅도 차마 황폐하게 되지 못한다 地不忍荒
아! 바른 학문이여! 嗚呼正學
어찌 잊을 수 있으랴 其何可忘

충신관란원선생정충비忠臣觀瀾元先生旌忠碑란 글씨가 아직도 또렷하다.

시대와 불화하다

이달

배운 기법을 완전히 버리다

소식蘇軾의 시를 본받은 이달李達, 1539~1612은 요체를 터득하여 한번 붓을 잡으면 문득 수백 편을 짓곤 했다. 하루는 박순朴淳이 이달에게 말하기를, "시는 마땅히 당시唐詩로 하는 것이 정도네. 소식의 시는 호방하기는 하지만 당시보다 못하네."라고 하면서 시렁 위에서 이태백李太白, 왕유王維 · 맹호연孟浩然의 시를 찾아내서 보여주었다. 작품을 읽어보고 이달은 깜짝 놀랐다. 전에 배운 기법을 완전히 버리고 새로 시를 익히기 시작했다. 문을 닫고 외우면서 시작에 몰두했다. 밤을 새운 적도 있었고, 온종일 자리에서 일어나지 않기도 하였다. 5년을 지내자 어렴풋이 깨우침이 있었다. 시험 삼아 시를 지었더니 옛날의 수법에서 완전히 벗어났다.

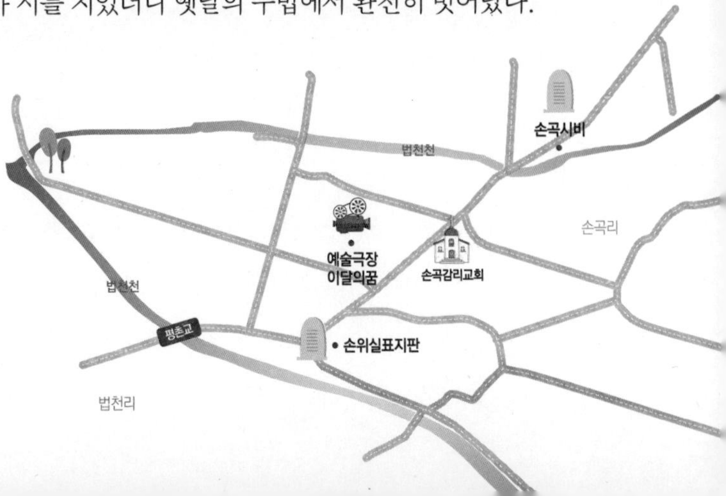

본격적으로 당나라 시인들의 시체를 본받아 장편 · 단편 및 율시 · 절구를 지어냈다. 글자와 구절을 단련하고 성음과 운율을 헤아렸다. 법도에 부당함이 있으면 달이 넘고 해가 가도록 고치기를 거듭하였다. 노력을 기울여 10여 편을 지어서 비로소 세상에 내놓고 읊자, 모두 감탄하며 깜짝 놀랐다. 최경창崔慶昌 · 백광훈白光勳 등도 모두 따라갈 수 없다고 하였고, 고경명高敬命 허봉許篈과 같은 당대의 시로 이름난 이들이 모두 당풍의 시를 짓는다고 치켜세웠다.

최경창과 백광훈이 어떤 사람들인가? 이달과 함께 삼당시인三唐詩人으로 이름을 떨치던 사람이었다. 삼당시인은 당唐 시풍의 창작활동을 통해 인간적 정서를 진솔하게 표현했던 시인들이다. 당시 최고 경지에 오른 불세출의 시인들로 인정받았다. 최경창崔慶昌, 1539~1583은 시가 청절하고 담백하다는 평을 얻었다. 또한 문장에도 뛰어나 하응림 · 송익필 등과 함께 팔문장으로 일컬어졌으며, 서화에도 뛰어났다. 백광훈白光勳, 1537~1582은 선조조에 이산해 · 최립 등과 더불어 팔문장으로 불렸다. 글씨에도 일가를 이룬 사람이다.

이달의 작품 중 「보리 베는 노래」는 널리 알려진 작품 중 하나다.

시골집 젊은 아낙 저녁거리 없어서 田家少婦無夜食
비 맞으며 보리 베어 숲속서 돌아오니 雨中刈麥林中歸
생나무 습기 짙어 불도 붙지 않을텐데 生薪帶濕煙不起
들어서니 어린 딸 칭얼대며 옷 당기네 入門兒女啼牽衣

그 시대 평민들의 삶이 이러했을 것이다. 저녁거리를 위해 밭으로 나선 아낙의 남편은 어디를 갔을까. 아마 이 세상 사람이 아니

손곡 시비

거나 군역을 위해 멀리 떠나있을 것이다. 저녁거리를 위해 선택한 것은 보리다. 다 익은 보리였으면 수확을 하였을 테지만 아직 익지 않은 보리일 것이다. 아쉬운 대로 보리를 베어야 한다. 비는 내린다. 빗속에서 낫질을 하는 여인의 심사를 알만한 시어가 없지만 짐작할 수 있다. 집으로 돌아오다가 땔나무도 한다. 물기가 오른 나무지만 어쩔 수 없다. 문득 남편이 떠오른다. 집으로 돌아오니 어린 딸이 배가 고파 칭얼댄다. 머리에 두른 수건에서 빗물이 흘러내린다. 이달의 고향 손곡리의 아낙이 주인공일까. 조선시대 대부분의 농촌이 이러했을 것이다. 손곡리에 세워진 시비에 「보리 베는 노래」가 새겨져 있다.

온몸 가득 가을 이슬에 젖었네

이달은 이첨李詹의 후손이다. 이첨은 고려 말에서 조선 초기의 문신이다. 어머니가 홍주洪州의 관기였기 때문에 평탄치 않은 삶의 연속이었다. 젊은 시절에 읽지 않은 책이 없었고, 지은 글도 무척 많았다. 사역원 소속으로 중국과 주고받는 외교문서와 관청 공문서 등에 사용되던 독특한 한문의 문체인 이문吏文에 관한 일을 맡아보던 한리학관漢吏學官이 되었지만 합당치 못한 일이 있어 그만두었다. 처음에는 당시 유행에 따라 송시宋詩를 배우다가, 정사룡에게 두보의 시를 배웠다. 최경창과 백광훈을 따라 노닐며 서로 마음이 맞아 아주 기뻐하고 시모임을 결성하였다. 여러 지방을 찾아다니며 시를 지었는데, 주로 전라도에서 많이 모였다. 임제林悌, 허봉許篈, 양대박梁大樸, 고경명高敬命 등과 자주 어울려 시를 지었다. 그의 시는 신라 · 고려 이래로 당시唐詩를 지었다고 하는 사람 중 아무도 그를 따를 사람이 없었다. 이름이 나라에 울렸고, 귀하게 여겨졌다. 증오하고 미워하는 자들도 생겨났다. 여러 번 더러운 누명을 덮어씌우며 형벌의 그물에 밀어 넣었지만 끝내 죽게 하거나 명성을 빼앗을 수 없었다.

이달은 용모가 아담하지 못하고 성품도 호탕하여 검속하지 않았다. 더구나 시속의 예법에 익숙하지도 못하여 이런 것들 때문에 시대와 불화하였다. 고금의 이야기를 잘했으며, 산수가 아름다운 곳에 이르면 술을 즐겨 마셨다. 진나라 사람 왕희지처럼 글씨도 잘 썼다. 마음은 트여 한계가 없었고, 먹고 사는 생업에는 종사하지 않았다. 이 때문에 더 그를 좋아하는 이도 있었다.

평생 몸을 붙일 곳이 없어 사방으로 유리하며 걸식까지 했으니, 사람들이 대부분 천하게 여겼다. 궁색한 액운으로 늙어갔음은 말할 나위도 없이, 그가 시 짓는 일에만 몰두했던 탓이었다. 몸이야 곤궁했어도 불후의 명시를 남겼다. 한때의 부귀로 어떻게 그와 같은 명예를 바꿀 수 있겠는가. 허균은 「손곡산인전蓀谷山人傳」을 지어 스승을 기렸다.

외로운 학이 먼 하늘 바라보며 獨鶴望遙空
밤이 차가운지 다리 하나 들고 夜寒拳一足
가을바람에 대숲도 괴로워하는데 西風苦竹叢
온몸 가득 가을 이슬에 젖었네 滿身秋露滴

「그림 속의 학」이다. 먼 하늘 바라보는 학은 무한한 자유를 꿈꾼다. 먹이를 찾기 위해선 머리를 숙여야 하지만 배고픔은 참을 만하다. 밤이 되자 차가워진 물로 인해 발이 시리다. 그런 것쯤이야 견딜 수 있다. 가을바람이 분다. 대숲에서 요란한 소리를 낸다. 모두 잠들 시간에 홀로 깨어있다. 새벽녘이 되니 이슬이 내린다. 이슬을 피하지 않고 그 자리에 꼿꼿하게 서 있다. 어머니가 기생이었던 탓에 글재주가 뛰어나도 세상에 쓰이지 못했다. 얼굴이 단정하지 못하고 예법에 구속되기를 싫어하는 성미라 가는 곳마다 업신여김을 당하며, 몸 붙일 데가 없는 비렁뱅이, 천덕꾸러기로 일생을 보내었다. 고고한 자태를 가진 학은 이달이다. 현실은 차가운 밤처럼 앞이 보이지 않지만, 시를 의지하고 버텨나간다. 고독과 몸을 휘감고 있는 현실의 고달픔이 있어도, 이슬을 털어내며 먼 하늘만 쳐다본다.

허균을 만나다

허균은 열두 살 때 누이와 함께 둘째 형 허봉의 소개로 이달을 만났다. 허균과 허난설헌의 개혁적 사상과 뛰어난 문재에 끼친 이달의 영향을 짐작할 수 있다. 이달은 아버지와도 교분이 있었던 선비였다. 허균은 『성소부부고』에서 이렇게 토로한다. “나는 젊었을 적에 시를 할 줄 알아서 이달에게 이백을 배웠고 한유 · 소식을 중씨에게 배웠었다.”라고.

허균은 그의 나이 41세인 1609년에 이달에게 편지를 보낸다. 허균의 시에 대하여 성당盛唐의 시와는 관계가 없다고 평하였던 것 같다. 그러자 “근체시가 비록 당시와 흡사하지는 않더라도 나름대로 저의 조화가 있습니다. 저는 저의 시가 당시나 송시와 유사해질까 두려워하며, 남들이 ‘허균의 시’라고 말하는 것을 듣고 싶으니, 너무 건방진 생각이 아닐는지요.”라고 한다. 스승에게 개성적인 시를 쓰는 허균으로 인정받고 싶어 하는 제자의 입장을 볼 수 있다.

1610년에는 이러한 편지를 썼다. “저의 문장은 근래에 진보했는데 손곡옹께서 오히려 알아주지 못하므로, 삼가 한정록서閑情錄序 · 남궁생전南宮生傳 등을 한 통으로 만들어 변생卞生에게 부쳐 보냅니다. 가르쳐 주시는 것이 어떻겠습니까?” 시뿐만 아니라 문장까지도 스승에게 평해달라는 부탁이다.

허균은 짧은 한문 소설 5편을 남기고 있는데 「손곡산인전蓀谷山人傳」은 이달을 주인공으로 하고 있다. 적서차별에 의하여 능력은 있으나 관직에 나아갈 수 없었던 한 인간의 불우한 일생을 그린

손곡리

것이다. 모순된 사회를 비판하려고 하였다는 평가가 있고, 불우한 한 시인의 특이한 일생을 그려내고자 한 것이라는 평도 있는 작품이다.

허균은 『성소부부고』와 『학산초담』에서 이달의 시와 가정사들을 소개했다. 덕분에 손곡 이달의 시세계와 가정사가 세상에 남아 전해온다. 또한 이달의 주옥같은 시 300여 편이 세상에 남아 전해오는 것은, 그의 제자 허균의 역할이 컸다. 허균은 역적으로 몰려 세상을 떠나기 전에, 그의 스승 이달의 시를 한데 모아 『손곡집蓀谷集』을 엮고 「손곡집서蓀谷集序」를 짓는다.

손곡옹은 지체가 미천하여 사람들이 귀중히 여기지 않는 자가 많으니, 저술한 것이 여러 수천 편이었으나 모두 흩어져 없어지고 남아 있는 것이 없다. 나는 젊었을 때 중형의 명으로 손곡옹에게 시를 물어 방향을 아는 데 힘입은 바 있다. 그가 죽으매 남긴 글이 민멸되어 전하지 못하는 것을 아까워하며 평소에 기억하고 있던 시 2백여 수를 모아 판각하려고 했는데, 또 홍유형洪有炯의 처소에서 1백 30여 수를 얻게 되어 이재영李再榮을 시켜 합하여 모으고 분류하여 여섯 권을 만들게 하였다. 손곡옹의 시는 우리나라 여러 이름난 작가를 넘어섰으니, 어찌 나의 글을 기다려 썩지 않는 것이 되랴. 그러나 남긴 시들을 주워 모아 천 년 뒤에까지 전하자는 것이 나의 마음인데 부처님의 머리를 더럽혔다는 나무람을 회피하겠는가? 위아래 수백 년에 이르러 여러 노대가를 평하고서 손곡옹을 언급한다는 것이 너무나도 참월僭越하여 한 시대의 사람들을 놀라게 하는 것임을 알고 있으나 오래되면 의논은 정해질 것이니, 어찌 한 사람도 말을 아는 자가 없겠는가? 드디어 이를 써서 서문으로 삼는다.

임진왜란을 피해 강릉에 머물던 허균은 1593년에 당시의 문인들과 당대 중국 문인들의 시를 공시론적으로 논한 『학산초담』을 지었다. 애일당에 있을 때 낙산사에 가기도 했다. 여러 스님과 주고받은 시가 여러 편이다. 낙산사에 머무르며 예전에 지었던 시를 기록하여 「교산억기시」를 지었다. 세월이 오래가면 기억난 것마저도 차츰 잊게 될 것이므로, 책자에 써서 심심함을 없애기 위한 것으로 삼으며 이름을 억기시라 했다. 스승 이달에 대한 시다.

손곡은 시를 읊어 머리가 희었어라 蓀谷吟詩到白頭
백 편의 시 화려함 수주隨州에 가깝다오 百篇穠麗近隨州
지금 사람 육안으로 아무리 비웃지만 今人肉眼雖嗤點
만고에 흐르는 저 강하江河를 어찌 폐하랴 豈廢江河萬古流

* 수주隨州 : 당나라의 시인 유장경劉長卿이 수주자사隨州刺史를 지냈으므로 부르는 이름임.

시인 이달은 시를 짓느라 고심하여 머리가 희게 변했다. 시에 얼마나 몰두했던가를 보여준다. 당시 사람들은 그러한 이달을 인정하려 하지 않았다. 비웃기조차 하였다. 황하와 양자강처럼 유장하게 흐르는 강물을 어찌하겠는가.

손곡리서 시 공부를

조선조 최고의 시인으로 평가받는 이달의 시비가 원주시 부론면 손곡리에 세워져 있다. 이달은 양반인 아버지 이수함李秀咸과 홍주 관기 사이에서 태어났다. 젊은 시절 손곡리에 살았다. 허균의 「손곡산인전」에 의하면 원주의 손곡에 살면서 자신의 호로 하였다는 대목이 나온다. 박순朴淳이 이달에게 시는 마땅히 당시唐詩로 하는 것이 정도라는 가르침을 주자 전에 배운 기법을 완전히 버리고, 예전에 숨어 살던 곳으로 돌아갔는데 그곳도 손곡리였다. 문을 닫고 외우면서 시작에 몰두했다. 5년을 시 공부에 매진한 곳도 손곡리였다.

건등산建登山이란 시는 손곡리에 머물 때 지었다. 이웃 마을 문막리에 우뚝 솟은 산이 건등산이다.

고려 태조가 무기를 들던 날 麗祖提兵日
수많은 말 이 산에 올랐네 登臨萬馬蹄
많은 영웅 왕권을 다투다가 群雄爭逐鹿
참 주인 마침내 신라를 잡았네 眞主竟操鷄

지난 일 노을과 안개 속 오래됐고 往事煙霞古
남은 자취 초목 속에 혼미하지만 遺蹤草樹迷
삼한을 끝내고 하나로 통일하니 三韓歸一統
공은 이 산과 더불어 가지런하네 功與此山齊

섬강이 흐르는 넓은 평야를 얻기 위해서 왕건과 견훤이 혈투를 벌였던 곳이 문막이다. 건등산과 마주 보고 있는 후용리 견훤산성은 지금도 돌무덤이 남아 있다. 왕건의 군사가 견훤성에 이르는 도로를 차단하여 군량미 조달을 막고, 섬강을 막았다가 일시에 풀면서 횟가루를 풀어 뿌옇게 흐리게 했다고 한다. 굶주림에 허덕이던 견훤의 병사들은 쌀뜨물이 흐르는 줄 알고 이 물을 마시고는 전멸하다시피 하였다. 왕건의 승리로 끝났다는 전설이 지금도 구전되어 오고 있다. 이달은 건등산에 올라 왕건의 공적을 찬양하는 시를 지었다.

손곡리의 또 다른 명칭은 손위실遜位室이다. 이성계가 고려 말 공양왕을 폐위시키고 공양군으로 강등시키고 원주로 추방하였다. 공양왕이 마지막 왕위를 내주고 피신한 마을이라 해서 불러진 이름이다. 신좌모申佐模의 「손곡蓀谷」이라는 시에서도 전설처럼 내려오는 이야기를 확인할

손곡리

수 있다. 예전에 공양왕이 이곳에서 임금의 자리를 내어놓아서 손위실이라고 한다고 기록한 것을 볼 수 있다.

봄이 되자 흐르는 물 도화원 같고 春來流水似桃源
뚜렷이 그림 속의 주진朱陳 같네 歷歷朱陳畫裏村
풀색은 해마다 맘껏 푸르르건만 草色年年隨意綠
어디서 왕손을 조문할 것인가 不知何處吊王孫

* 주진朱陳 : 중국의 서주徐州 고풍현古豐縣에서 주씨朱氏와 진씨陳氏 두 성姓이 서로 혼인하면서 화목하게 살았던 촌락 이름

손곡리는 역사의 땅이다. 손곡리에 드는 순간 문득 역사 속으로 들어간다. 공양왕의 슬픈 이야기가 가슴을 저미게 한다. 시비 옆으로 임경업 장군 유허비가 있다. 임경업 장군의 고향이기도 한 손곡리다. 이달의 시비 앞에선 재능이 있지만 제대로 쓰이지 못한 인재의 한도 읽어야 한다. 시인으로 이름을 떨치면 떨칠수록 원망은 깊어만 갔으리라.

지팡이가 큰 나무가 되다

허후

옳고 그름에 대하여

허후許厚, 1588~1661는 조선 중기의 문신이다. 호는 돈계遯溪 또는 관설觀雪이며 허목許穆의 사촌 형이다. 1623년(인조1) 이항복의 천거로 벼슬길에 들어서고, 1627년 정묘호란 때 의병모집으로 공을 세웠다. 원주와 인연은 1618년 인목왕후 폐비사건을 계기로 치악산 아래 비둔肥遯으로 터전을 옮기고, 둔계遯溪로 호를 삼으면서 시작되었다. 1633년 지평 현감이었을 때 지평에 세력을 부리는 궁노비가 있어 백성의 해악이 된 지 10년이 되었으나, 군현에서도 그를 제지하지 못하였다. 허후는 그가 법을 범한 10여 가지 일을 들추어 헤아려서 법으로 단죄하니, 백성이

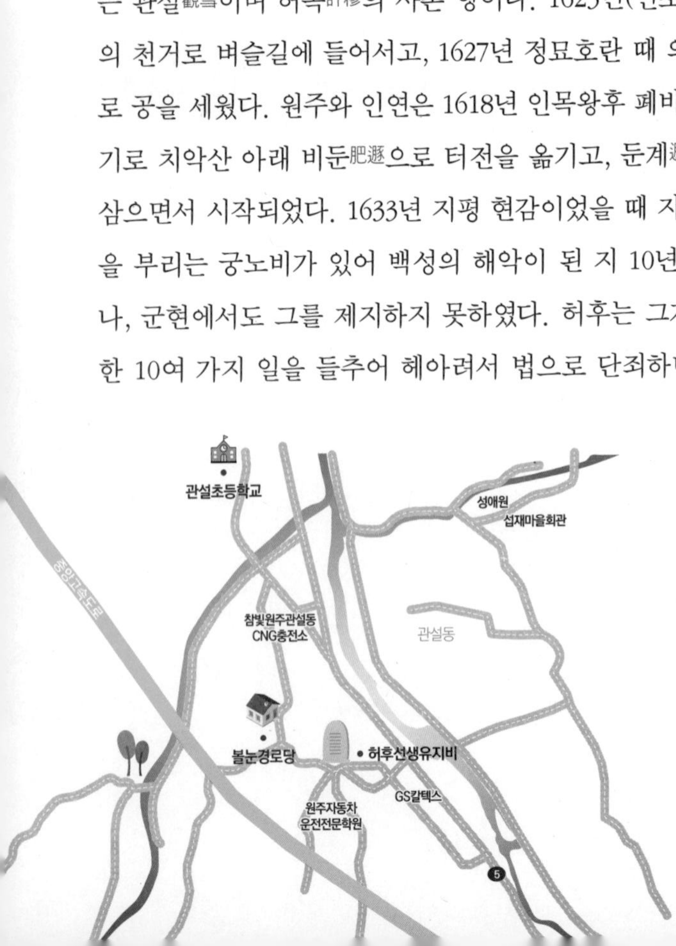

대단히 기뻐하였다. 그러나 함부로 사람을 죽였다는 것으로 논죄를 받아 옥에 갇혀서 겨울과 여름을 지냈다. 고을 사람들이 궐문을 지키며 억울함을 하소연하였고, 때마침 가뭄이 들어 억울한 옥사라 해서 석방될 수 있었다. 풀려나 원주로 돌아와 서재를 짓고 소암素庵이라 이름하였다. 형조좌랑, 공조좌랑, 은산현감을 역임하고, 1644년 세자좌익위가 되었다. 인조가 죽은 후 원주 관설동으로 돌아왔다. 1656년(효종7) 지평장령을 역임하고, 1659년 장악원정이 되었다. 효종의 장례에 자의대비慈懿大妃

관설동

의 복상문제로 예송禮訟이 일어나자, 서인의 기년설과 남인의 3년설을 절충하였다.

참 옳음을 시비하면 옳음이 도로 그르나니 是非眞是是還非
물결 따라 억지로 시비할 것 아니네 不必隨波强是非
옳고 그름 모두 잊고 높은 데 눈을 두면 却忘是非高着眼
능히 옳음 옳고 그름 그르다 할 수 있네 方能是是又非非

「시비를 읊음」은 1659년(효종10) 기해예송己亥禮訟이 일어났을 때 지은 시이다. 1659년 5월 효종이 죽자 인조의 계비인 자의대비慈懿大妃의 복상이 문제가 되었다. 효종은 인조의 둘째 아들이므로 맏아들 이외의 모든 아들이 입는 옷인 1년 복을 입어야 한다는 송시열 등 서인의 주장과, 효종이 왕통을 이었기에 당연히 적통도 이었으므로 맏아들의 옷인 3년 복을 입어야 한다는 윤휴 등 남인의 주장이 맞서게 되었다. 예조의 질문에 그는 "두 쪽 논의를 참작하여 지극히 정당한 길을 정하는 것은, 오직 성상께서 처리하기에 달렸습니다."라고 답했는데, 이러한 그의 주장이 이 시에 그대로 드러난다. 1년 복을 시비하면 효종의 왕통에 대한 문제가 불거지고, 3년 복을 시비하면 실상에 어긋나므로 옳다고 주장하는 것이 어느 쪽이든 상대적 약점을 지니고 있음을 말했다. 치우친 결정을 말라는 것이다. 형세에 따라 억지로 시비하면 문제가 발생한다고 하였다. 옳다고 주장하는 바를 잠깐 잊고 효종의 장례를 잘 치르고 왕실을 잘 받들 것을 생각해야 한다는 말이다. 마지막 구는 대승적 초월이다. 1년 설과 3년 설의 문제점을 모두 초월한 해결책을 마련하여야 각각의 약점을 볼 수 있다는 것이다. 그래서 영의

정 정태화는 장자와 차자 구별 없이 1년 복을 입는다는 경국대전과 대명률의 규정에 따라 1년 복으로 결정했다.

원주에 머무르다

선생이 처음에 원주에 이르러 울업에 자리를 잡고 살았고, 세 번 거처를 바꿔서 관설에 이르렀다. 울업은 집안 생활을 잘하지 못하는 자가 있어서 떠났고, 치악 서쪽 비돈계로 이사하여 16년을 살았으니, 가장 오래 산 곳이다. 후에 다시 원주의 동쪽 주촌으로 거처를 옮겨 조그만 집을 짓고 소암素庵이라고 하였다. 효종 2년(1651)에 원주로 돌아와 관설에 자리를 정하고 살면서 호를 설옹雪翁이라고 하였다. 관설은 단구에서 남쪽으로 10리 지점에 있다. 관설로 옮겨 산 세월이 또 12년이다.

남쪽 지방을 유람할 때 한강寒岡 정구鄭逑, 우곡愚谷 정경세鄭經世 두 현자를 만나고 탄식하여 말하기를, "삼대의 기상이 이 몇 분에게 있구나. 나의 학문은 고인에게 미치지 못한다." 하였다. 형편없는 옷을 입고 형편없는 음식을 먹으며 사람들과 지내면서도 이를 부끄럽게 여기지 않았고, 거처를 반드시 공경하게 하며 말하기를, "움직이고 말하고 행동하는 법칙에서 천지가 자리 잡고 만물이 길러지는 극치를 알 수 있다." 하였다.

언제 지었는지 명확하지 않으나 이사를 하고 난 뒤 지은 시가 『둔계유편遯溪遺編』에 실렸다.

깊은 마을에 다시 새 거처 정하니 深村聊復定新居
가는 곳에 편안하니 흥이 넉넉하네 隨處安排興有餘

사는 게 졸렬하다고 말하지 말라 莫道謀生全短拙
산 가득 풍월이고 상 가득 책이네 滿山風月滿床書

관설의 원래 이름은 '벌논'이었다. '벌논'이 '볼눈'으로 음운 변화를 거치고 '볼눈'을 한자로 옮겨 '관설觀雪'이라 하였다. 허후는 마을 이름인 '볼눈'의 한자어 '관설觀雪'을 자신의 호로 삼았다. '벌논'은 '벌판의 논'이라는 뜻이다. 원래는 들판의 이름이었다가 마을 이름이 되었고, 다시 관설동觀雪洞이라는 행정명으로 확장되었다. '안벌눈', '밧벌눈'이라는 마을 이름이 남아 있어 어원을 명확하게 밝혀주고 있다.

허후의 학문과 도덕을 흠모하여 문막에 살면서 강원감영에 근무하던 황무진이 수시로 문안을 드렸다. 학문에 대하여 의견을 주고받았으며 친분이 두터웠다고 한다. 황무진은 원주시 봉산1동 무진

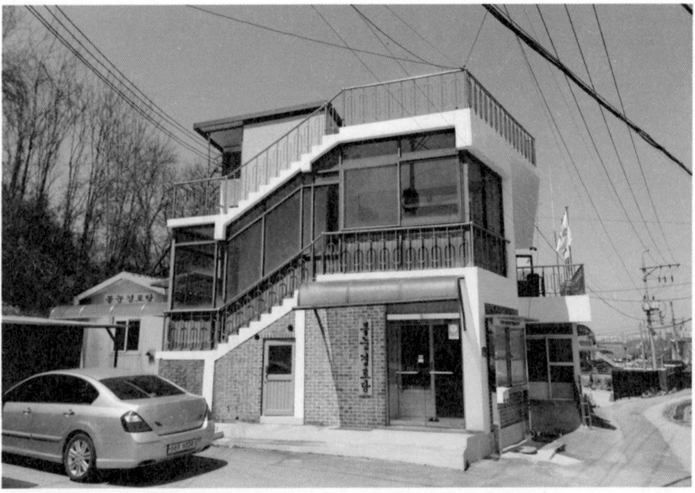
볼눈경로당

고개 너머에서 태어났고 그곳에서 자랐으나 가세가 빈곤하여 문막읍 반계리에 있는 골무내기 마을로 옮겨서 평생을 살았다. 부친을 일찍 여의고 모친을 모시고 살면서 효성이 지극하여 하늘이 낸 효자라는 칭송을 받으며 살았다. 1627년 정묘호란 때에 김창일, 허후 등과 함께 의병 활동을 하였고, 그 공으로 절충장군행용양위부사과에 봉해졌다. 그 후 1634년에 그의 효성을 찬양하기 위해 나라에서 명하여 정문을 그의 집 앞에 세우게 하였고, 효종 3년 85세로 죽자 시호를 충효공이라 하였다. 이듬해에 다시 효자 정문을 세우게 하였다. 성품이 어질고 효심이 극진해서 매일 40리 길을 장밥을 날라 부모에게 봉양하였다. 100일째부터는 호랑이가 공을 태우고 다녀서 국이 식지를 않았다고 한다. 또 노환의 어머니에게 잉어가 특효라는 말에 마을 앞 섬강에 나가 도끼로 얼음을 깨자 잉어가 뛰어올랐다. 아버지의 병환이 위독하자 손가락을 깨물어 피를 드려 살리고, 5년 뒤 돌아가자 묘 옆에 여막을 짓고 생시와 같이 섬겼다. 이에 한준겸韓浚謙이 탄복하여 찬양하는 시를 짓자 김상용金尙容·김창일金昌一·이식李植 등이 따라 선생을 칭송하는 시를 지었다.

정묘년(1627)에 청나라의 침략이 있자 왕이 강화로 옮기고 사방에서 군대를 소집하였다. 원주의 사대부들이 거병을 의논하면서 허후를 추대하여 장수로 삼았다. 당시에 김창일金昌一이 나이가 여든이었다. 선생이 말하기를, "김공은 어른이고 명망이 있는 분이다. 늙었지만 장수는 그분이 아니면 안 된다." 하니, 사대부들이 모두 그렇다고 하였다. 선생은 종사관이 되었다. 김공은 기개를 좋아하였으며 자잘한 예절에 구애되지 않고 군중을 잘 단속하였다. 선생이 그의 지휘를 따르지 아니하니 김공이 화를 내며 꾸짖기를, "썩은 선비와는 함께 일을 의논할 수 없다." 하였다. 선생이 차근차근 극진히 말하니, 김공이 즉시 고치고는 물러나 찬탄하기를, "훌륭하다. 한 시대의 참 선비라 이를 만하다." 하였다. 적이 물러가자 의병들을 포상하였는데 공은 제용감직장에 천거의 절차를 밟지 아니하고 임금이 직접 관리에 임명하였으나 사직하고 취임하지 않았다.

병자년(1636)의 난리에 선생이 산중에서 난을 피하였는데, 중추부사 이현영李顯英과 동래 부사 유여각柳汝恪이 찾아와 군사를 일으켜 적을 토벌할 것을 꾀하였다. 이에 선생이 두 공과 함께 원주로 가서 일을 계획하였으나, 임금이 이미 남한산성을 나왔다는 소식을 듣고 바로 군사를 파하였다.

효종 7년(1656), 선생의 나이 67세 되는 해에 국상國相 원두표元斗杓가 선생을 추천해 선생이 사헌부 지평에 제수되고 장령으로 승진하였으나 끝내 벼슬하지 않았다. 어떤 사람이 말하기를, "언책言責을 맡아 말할 수 있는데, 말하지 않는 것은 어째서입니까?" 하니, 선생이 말하기를, "말이 큰 것은 그 사안이 큰 것이다. 사귐은 옅은데 말이 깊은 것을 옛사람이 경계하였다. 사람이 하는 대로 따라 행하여 큰 것은 버려두고 작은 것을 말함으로써 명예를 구하는 것은 자기 자신을 너무 박하게 대하는 것이다. 그래서 나는 하지 않는다." 하였다.

10년(1659)에 효종이 죽었을 때, 선생의 나이는 72세였다. 장악원정에 제수되어 임금의 은혜에 감사하며 공손하게 절을 올렸으나 얼마 후에 병으로 사직하였다. 현종 2년(1661) 2월 10일에 선생이 운명하니, 향년은 74세였다.

저술로는 성명性命과 천인天人의 근본에 대한 것, 예악禮樂과 문물

文物의 법칙에 대한 것, 인물과 고금의 치란治亂과 흥망興亡에 대한 것, 사방의 토산물과 온갖 생산물에 대한 것, 요얼妖孼과 상서祥瑞, 재앙과 기괴 및 백가百家의 수많은 기예에 대한 것, 여항閭巷에 떠도는 풍요風謠와 숭상하는 풍속에 대한 것 등 모두 수만 마디를 남겼으나 지난해에 집에 불이 나서 서적이 모두 세상에 나오지 못했다.

허후를 추모하다

이익李瀷은 허후가 세상을 떠난 후 그를 추모하는 시를 짓는다.

치악산에 띠를 둘러 초가집 지었나니 雉岳山圍草作廬
설옹께서 떠났어도 유허인 줄 알겠노라 雪翁身遠認遺墟
어진 후손이 도를 품고 싫증 냄이 없었거니 賢孫抱道心無射
처사라 이름을 숨겼어도 사업은 넉넉했네 處士藏名事有餘
언젠가 찾아가서 옛 모습을 뵈었는데 誰昔叩扃參古貌
이제는 봉투 속에 새 편지만 보이누나 秪今緘欵見新書
한 줄기 황천길을 먼저 갔다 들었나니 泉臺一路聞先往
신마神馬가 배회하며 나를 기다리리 神馬遲回定待余

"신마神馬가 배회하며 나를 기다리리"에서 신마는 육체는 죽고 정신만 남은 허후를 가리킨다. 『장자莊子』「대종사大宗師」에 "조물주가 나의 꽁무니를 점점 변화시켜 수레바퀴로 만들고 나의 정신을 말로 변화시킨다면, 내가 이를 이용하여 타고 다닐 것이니, 어찌 따로 수레에 멍에를 멜 필요가 있겠는가."라고 한 데서 온 말이다.

어느 날 집에서 멀지 않은 곳에 짚고 다니던 지팡이를 땅에 꽂았다. 그 지팡이에서 싹이 나고 세월이 흐르면서 거목으로 자랐다. 거목은 1980년대 중반에 불어닥친 태풍에 부러져 허후의 이야기를 소중하게 지켜 온 동네 주민들을 안타깝게 했다. 주민들은 자발적으로 나서서 거목이 부러진 자리에 '관설허후선생식장고수유지觀雪許厚先生植杖古樹遺址'라는 비를 세웠다. 지금은 옛 자리에서 외관설 마을 입구로 자리를 옮겼다.

관설 허후선생 식장고수유지비

원주시 지정면 안창리로 향했다. 안창대교를 건너자마자 좌측에 홍법사지 안내판이 보인다. 앞쪽으로 섬강이 흐르고 뒤편에 영봉산이 아늑하게 감싸는 곳에 절터가 자리를 잡았다. 고려부터 조선 후기의 김정희에 이르기까지 많은 글에 홍법사가 오르내렸다. 홍법사 절터에 조선중기의 문신인 허후許厚를 모신 도천서원陶川書院이 들어선 것은 1693년이었다. 고종 3년인 1866년부터 시작된 서원철폐령 때 철폐되었다. 주변을 돌아보니 민가에 석축으로 쓰인 돌도 범상치 않다. 불당이 있던 자리인 듯하다. 기와 파편은 홍법사지 구역뿐만 아니라 옆의 민가와 밭에서도 대량으로 출토되었다. 홍법사지의 규모를 짐작할 수 있다. 서원이 있던 자리는 나무와 넝쿨로 접근하기조차 어렵다. 조그만 계곡에 우물이 있었으나 그것마저도 자연으로 돌아갔다.

우담정사와 청시야초당

정시한과 정범조

오늘 밤 스스로 깨우치다

원주시 부론면 법천리는 이익李瀷이 존경하던 학자이며, 정약용이 크게 떠받들던 우담愚潭 정시한丁時翰, 1625~1707의 고향이다. 정시한의 후손에는 학자도 많고 고관도 많지만, 현손인 해좌海左 정범조丁範祖, 1723-1801가 특별히 큰 이름을 날린 학자다.

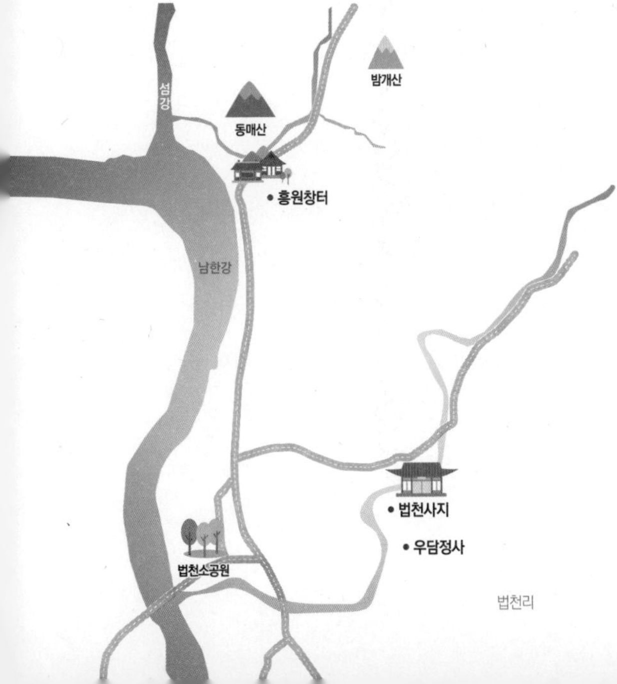

정시한은 평생 벼슬길에 나아가지 않았다. 26세로 생원시에 합격하고, 33세로 문과에 한 번 응시한 이후 꿈을 접었다. 법천에서 부모를 섬기면서 독서와 자녀 교육에 전념하였다. 몇 번인가 조정의 부름이 있었지만, 그는 끝내 응하지 않고 성리학에 깊이 침잠하였다.

1661년(현종2) 「법천정사에서 우연히 읊다法泉精舍偶吟」는 원주 법천 마을에서 지은 시다.

띠 집에서 잠 깨어 의관을 바로 하는데 茅齋睡覺整冠裾
바람은 솔을 지나고 달은 뜰에 그늘지네 風度疏松月蔭階
삼십칠 년 동안 술에 취한 꿈길이여 三十七年和醉夢
오늘 밤 스스로 깨우쳐 새벽 닭 소리 듣네 惺惺今夜聞晨鷄

선생은 시 짓기를 좋아하지 않았는데, 마음에 깨우친 바가 있어 그 뜻을 말함이 이같이 드러나게 되었다. 고개를 숙이면 독서를, 고개를 들면 사색을 하면서 때로는 밤을 새우기도 하였다. 언젠가 피곤하여 베개에 의지하여 잠깐 잠들었다가 깨어나 문을 열어보니 달은 중천에 떠 있었다. 소나무 그림자는 뜰에 어른거렸다. 절구 한 수를 읊었다. 띠 풀로 지붕을 인 작은 집에서 밤중에 잠이 깨어 일어나 의관을 정제한다는 것은 홀로 의식이 깨어있는 상태를 말한다. 도학자의 궁리거경窮理居敬하는 자세다. 두 번째 구는 자연의 운행이다. 바람은 성긴 소나무 숲을 지나가고 달은 뜰의 계단에 그늘을 드리고 있다. 서른일곱 살이 되도록 술에 취한 꿈길 같았다는 것은, 과거 시험장의 혼란을 보고는 과거 공부를 단념하고 성리학 연구를 하겠다고 마음먹은 날들을 돌아본 것이다. 마지막 구는 깨우침이다. 학문의 길이 무엇인지를 스스로 깨우쳐 밤중에 듣는 종소리와 같은 울림을 경험하게 되었다. 성현의 말씀을 일상생활에서 체험해본 연후에 어긋남이 없을 때 배움을 말할 수가 있다고 하는데, 이 시는 이렇게 도학적 깨우침을 표현한 것이다.

정시한의 평생 공부는 지경持敬 한 가지였다. 새벽에 일어나 가묘를 배알하는 것부터 일을 다스리고 사람을 대하는 것에 이르기까지 몸을 청명하게 유지하였고 수없이 마음을 다잡고 내면을 성찰하였다. 욕심이 생겨나면 마치 하얀 땅 위에 검은 점이 박혀 있듯 빨리 깨닫고 쉽게 제거하였다. 일찍이 말하기를 "공부를 하는 것은 지금 당장 해야지 때를 기다려서는 안 된다." 하였다. 고령이 된 후로도 한결같이 허물을 적게 하는 데에 전심하여 진보되어 가는 것을 느낄 수 있었다. 그리하여 말하기를 "내가 여든 살이 되기 전에 죽었더라면 내 인생을 헛되게 산 것이 될 뻔했다." 하였다.

너희들은 나를 막지 마라

1649년(인조27) 정시한은 퇴임하는 아버지를 따라 원주 법천에서 살았다. 초당에서 동쪽으로 수백 보 가서 봉우리가 휘감아 돌고 물이 꺾여 흐르는 곳에 널따랗게 골짜기를 형성한 곳이 법천이다. 신라 시대 법천사의 옛터로 지금도 비석이 남아 있는 곳이다. 절벽을 따라 꺾여 동으로 가면 반 리쯤 되는 곳에 높다랗게 솟아 층층 바위가 되고 평평해져 조대釣臺가 된다. 조대 아래 강물이 고여 소를 형성하는데 곧 우담愚潭이다. 정시한이 일찍이 바위 위에 정자를 짓고 지팡이를 짚고서 왕림했다. 이 때문에 학자들이 우담 선생이라 하였다.

> 내 나이 예순 넘어 부모님과 영원히 이별하였다. 지난 일들 또한 조악한 처사였으니, 만약 다시 아이들에게 연연하여 잡일에 골몰하다 보면 내 일생을 거의 저버리게 되리라. 그러므로 책을 지니고 산으로 들어가 내 즐거워하는 바를 따라야 하지 않겠는가. 너희들은 나를 막지 마라.

48세에 부친상을, 59세에 모친상을 당했다. 1686년 모친상을 마친 정시한은 어느 날 자식들을 불러 모았다. 마침내 "책을 지니고 산으로 들어가리라[携書入山]"라고 선언하였다. 그 길로 길을 떠났다.

속리산과 황악산 · 가야산 · 지리산 일대를 구경하고 상주와 충주를 거쳐 법천으로 돌아왔다. 가까운 치악산을 한 바퀴 돌기도 했다. 횡성과 춘천을 거쳐 금강산 일대를 유람하고, 강릉 경포대와 오대산까지 내친걸음으로 다녀왔다. 네 차례 여행길을 『산중일기山中日記』에 고스란히 담았다.

> 한번 구름 산에 드니 세상 생각이 없고 一入雲山世念空
> 피리 불며 학을 따라 맑은 바람 몰아가네 擬將笙鶴御泠風
> 속세 인연 끝나지 않아 귀로를 찾는데 塵緣未了尋歸路
> 석실을 돌아보니 만학 중에 있구나 石室回看萬疊中

1676년(숙종2)에 연풍延豐 온천에 가서 목욕하고 속리산을 유람한 뒤 산을 나서며 지은 「속리산에서 돌아오는 길에 우연히 지음」이다. 속리산을 유람한 상쾌한 기분과 산을 떠나는 아쉬움을 표현했다. 구름이 자욱하게 끼어 인간 세상과 격리된 깊은 산에 들어가니 세상의 온갖 근심에서 벗어나게 되었다고 하였다. 산에 드니 세상 근심을 잊고 생황 소리에 학을 따라 맑은 바람을 몰아가는 신선이 된 듯했다. 그는 1662년에 진사가 된 장자를 잃었고, 이듬해 문과에 급제한 둘째 아들을 잃었으며, 1672년에 부친상을 당했다. 이렇게 계속되는 가정적 불행을 겪었고, 숙종 즉위 후에 남인 허목의 추천으로 참봉 벼슬에 임명됐지만 나가지 않았다. 이러한 세상살이의 번민에서 벗어난 상쾌함을 맛본 것이다. 아무리 세상의 근심을 잊고자 산속을 헤매어도 새와 짐승처럼 자연 속에 살 수는 없다. 속세 인연을 끊을 수 없어서 집으로 돌아가는 길을 찾는다. 속리산 산중에 보아둔 석실이 못내 아쉬워서 산을 돌아보니 만 골짜기 속에 있는 것이 아닌가. 자연 속에 은둔하고픈 심정을 읽을 수 있다.

1717년 가을에 도동서원이 세웠다. 1721년 9월에 위판位版을 봉안하고 제를 올렸다. 후에 정약용은 도동사를 방문하고 지은 시에 "조정에서 당파싸움 일삼을 때 산림에 으뜸되는 인물이셨네. 오직 세상

도동서원터

영욕을 잊으시고 시종 인간의 윤리 중시하셨네. 우활한 선비에게 경계 끼치고 경지 높아 세속의 비난 면하셨네. 내 여생 본보기 이미 있으니 뉘라서 길 어둡다 한탄만 하리오."라고 하였다.

맑은 세상 초야에서 늙다

배를 타고 남한강을 거슬러 올라갔다. 부론에 이르러 개치나루에 정박하였다. 하천을 따라 올라가니 막힌 듯하였으나 트이면서 넓은 마을 법천리가 펼쳐진다. 동쪽에 우뚝 솟은 현계산이 남북에서 서쪽으로 뻗어 내리다가 강을 보고서 멈춘다. 큰 하천이 동에서부터 굽실굽실 내려와 남쪽의 산과 함께 서쪽에서 강으로 들어간다. 그 가운데 널찍한 땅이 열려있어 넓고 비옥하여 농사를 짓기에 알맞다. 성해응成海應, 1760~1839은 좋은 땅 중 하나로 선택한 곳이 법천法泉이라고 보았다. 그윽하고 고요하며 트이고[幽窈且豁], 시냇물이 뛰어난[溪澗之勝] 강 가의 좋은 마을[洵江上之勝區]이다. 마을 어귀에는 수구막이로 조그마한 야산이 있다. 하천에 임하여 사는 사람들이 60여 집 있다.

시내가 둘러싸며 흐르고 안쪽에 정범조丁範祖, 1723-1801의 집이 있다. 초가집에서 오건烏巾차림으로 묵묵히 앉아 있는데, 시로써 해와 달을 넘겨 보내고 흥취 따라 구름 연기 감상하시는 고매한 분이다. 「법천 판서 댁에 가서 짓다」는 정범조의 꿋꿋한 선비의 풍모를 보여주는 정약용의 시다.

산골이라 오래도록 봄이 있어 峽裏留春久
향기 그윽한 꽃 서울보다 낫네 幽芳勝漢城
아름다운 용모 예 같이 반갑고 鬚眉欣似舊
꽃도 나무도 좋게 맞아주네 花木愛相迎
안석 기대어 천성대로 지내시고 隱几安天性
벼슬 그만두고 세상 멀리하시지 懸車遠物情
원래가 법도 있는 가문이라서 門牆有模楷
흐트러짐 없이 여생 보낸다오 黽勉待餘生

정범조는 벼슬이 형조판서에 이르고 예문관제학에 올라 학문과 문장도 뛰어났지만 청렴하고 단아한 인품 때문에 추앙을 받았다. 1799년 명재상 채제공이 세상을 떠나자, 비문을 받으러 갔을

정범조 집터

때의 일화가 「해좌공유사海左公遺事」에 전해진다.

"정조 경신년(1800) 여름, 나는 채제공의 아들 채홍원과 함께 법천에 갔는데 해좌공이 손을 붙잡으며 기쁘게 맞아주셨다. 그때 집안사람이 벽장의 시렁 안에서 종이 한 묶음을 꺼내 가지고 나가니, 공은 빙그레 웃었다. 내가 찬찬히 살펴보니, 대체로 식량이 떨어진 지 몇 일된 형편이었다. 종이를 팔아 70전을 얻어서 쌀을 사고 말린 고기 한두 마리를 사서 손님들을 대접해주었는데, 그 종이는 비문碑文이나 비지碑誌를 청하는 자가 폐백으로 가져다준 것이었다. 그런데도 공은 태연한 모습이어서 채홍원 또한 깜짝 놀라 탄복하였다."

80에 가까운 나이에 판서를 지냈던 분이었다. 문장과 학문으로 일세의 존경을 받던 분이 아무런 어색함 없이 젊은 손님들을 대접해준다. 안빈낙도의 삶에 만족하던 모습이 너무나 인상적이었다.

공이 주로 머문 곳은 청시야초당淸時野草堂이었다. 1796년에 종약용은 아버지 산소에 성묘를 지내고 돌아오는 길에 방문하였다. 공은 새로 초당을 지었는데, 복사꽃 · 오얏꽃 등 여러 가지 꽃을 심었다. 덩굴 꽃과 괴이한 소나무를 10여 주씩 재배하고 괴석도 10여 개를 안치하였다. 당 위에는 묵화와 행서체 글씨를 붙여 놓았다. 공은 검은 두건을 쓰고 흰옷을 입고 조용히 그 가운데 앉아 있으니, 그 모습이 마치 신선이나 처사와 같았다. "이것이 내가 말하던 청시야초당이다. 나는 맑은 세상에 초야에서 늙으려고 하는데, 이것이 내 뜻이니 너는 알아 두어라."하였다. 그가 지은 「현산우거기玄山幽居記」를 읽으면 은거지가 생생하게 그려져 있다. "사립문으로 들어와서는 울타리 사방에 나무를 심었는데 철쭉, 진달래, 모란, 작약, 장미, 국화 등이다. 때가 되면 꽃망울을 터뜨려 향기가 코를 찔렀다. 뜰 한 곁에는 벽오동, 위성류, 오래된 소나무, 파초 등이 잎과 가지가 뒤섞여 붙어 있어 푸른빛이 옷에 스밀 듯하다. 남쪽 계단에는 괴석 몇 개를 두었는데 오목하기도 하고 깎아지르기도 하여 금강산을 닮았다."

초당에 올라 방으로 들어가면 책상 위에 요순시절의 고문이 있고, 벽에는 하도河圖와 낙서洛書, 팔괘八卦, 그리고 소강절이 우주의 흥망성쇠를 적은 글과 도연명이 살던 마을, 임포가 살던 고산孤山을 그려놓고 살피면서 즐겼다. 이렇게 사노라니 늙음이 이르는 줄도 알지 못하였다. 이에 그 초당을 현산유거玄山幽居라 하였다.

남한강에 배를 띄워 노닐다

차가운 산골짜기 초가집에서 草屋寒山裏
오건차림 묵묵히 앉아 계시어 烏巾坐窅然
시로써 해와 달을 넘겨 보내고 以詩消日月
흥취 따라 구름 연기 감상하시네 隨意弄雲煙
해변 고을 방금 전 인끈 던졌고 海郡新投綬
호당에서 지난날 배를 띄웠지 湖堂舊汎船
문장 또한 모범을 지니셨으니 文章有模楷
옛날 인물 사모할 필요 없어라 不必慕前賢

정약용이 법천리 산중의 집을 찾아가서 지은 시이다. 벼슬을 관두고 시골집에 조용히 은거하는 풍모가 보인다. 흥이 날 때면 시문을 짓기도 하였지만, 앞 강에도 발길이 닿곤 했다. 앞에 흐르는 강은 남한강이다. 남한강은 물산과 인물을 소통시키는 매우 중요한 수로였다. 『신증동국여지승람』은 남한강변에 있는 홍원창을 원주와 평창 · 영월 · 정선 · 횡성 등의 전세와 세곡을 수납하여 조운으로 서울에 가져간다고 기술하고 있다. 조선뿐만 아니라 이미 고려 때 조운제도가 있어서 남방 연해안과 한강 수로에 12조창을 두고 조세로 징수한 미곡이나 포목을 선박으로 운송하였다. 홍원창은 한강의 대표적인 창고였다.

정범조는 「섬강곡」에서 강변에 70가구가 있을 정도로 번창한 홍원창을 그렸다.

흥원창터에서 바라본 남한강과 섬암

등불 켜고 나무 사이로 지나가니 明燈過樹杪
아마도 한양에서 오는 배겠지 知是三江船
금년에는 소금이 풍년이니 今年賣塩多
소금값을 따지지도 않겠지 塩價無論錢

홍원창과 인접한 섬강은 정범조의 「현산유거기」에도 묘사한다. 초당에서 북쪽으로 3리 떨어진 곳에 있는 섬암蟾巖까지 작은 배를 강에 띄우고 아래로 내려갔다. 섬암을 구경하다가 지겨우면 돌아왔다.

원주의 세 여성
임윤지당, 김금원, 박죽서

나를 부인이라 여기지 마라, 임윤지당

임윤지당任允摯堂, 1721~1793은 1721년 함흥 판관을 지낸 임적任適의 딸로 태어났다. 재능을 알아본 둘째 오빠 임성주任聖周는 효경, 열녀전, 소학, 사서 등을 가르쳤다. 학문에 재능이 있어서 형제들과 경전, 역사, 인물, 정치에 대해 토론을 하였다. 1739년에는 원주 출신 선비 신광유와 결혼했으나 결혼한 지 8년만인 1747년에 남편을 잃었으며, 아이마저 어릴 적에 죽었다. 시부모

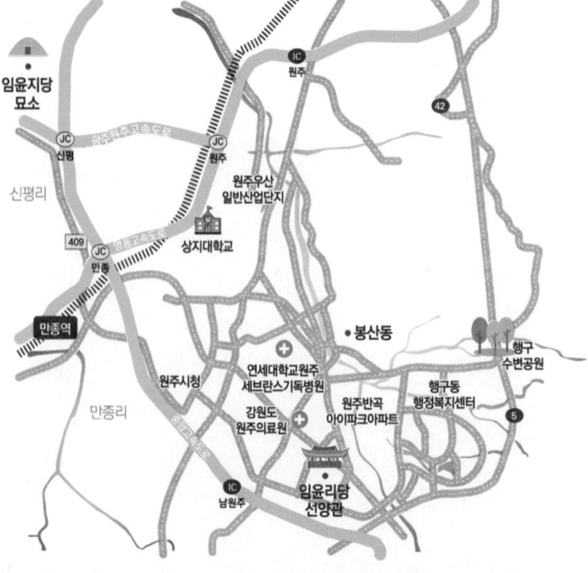

임윤지당 선양관

가 세상을 떠나 시간적 여유가 생기자 오빠 임성주와 편지를 주고받으며 성리학을 문답하였다. 노년에는 오빠를 원주로 모셔와 함께 살면서 학문을 토론하기도 했다. 조선시대 남성의 전유물로 여겨지던 성리학을 여성의 시각으로 연구하여 성리학 분야에 많은 업적을 남겼다.

> 나는 어릴 적부터 성리학이란 학문이 있음을 알았다. 조금 자라서는 고기 맛이 입을 즐겁게 하듯이 학문을 좋아하여 그만두려고 해도 그만둘 수가 없었다. 이에 감히 아녀자의 분수에 구애받지 아니하고 경전에 기록된 것과 성현의 교훈을 마음을 다해 탐구하였다.

예순다섯 살 때 자신의 문집 초고를 베껴 동생에게 보내는 글에서 이런 말을 남겼다. 일생을 존심양성存心養性의 공을 쌓아 나태하거나 방심하는 일이 없었던 임윤지당이었다. 일찍 남편을 여의고 가사를 맡아 낮에는 부녀자의 일에 전력하고 밤이 깊어서는 소리를 낮추어 책을 읽었다. 공부하는 티를 내지 않았으므로 가족들도 그녀의 학문 진취를 알지 못하였다.

임윤지당은 당시의 봉건적 사회 분위기에서 진보적인 여성론을 제기하였다. 남녀는 비록 그 역할이 다르지만, 천성적으로 타고난 성품은 하등의 차이가 없으며, 여성도 교육과 수양을 통해 성현이 될 수 있다고 주장했다. "아 빛난다 비수여. 나를 부인이라 여기지 마라" 「비수에 새기는 명문」 중 한 구절이다. 여기는 비수는 마음의 결단력을 말한다. 이러한 비수를 품고 있어야 사욕을 끊고 마음을 확립할 수 있게 된다. 나를 부인으로 여기지 말라면서 자신이 남성들과 다름없이 마음공부를 하고 있다는 것을 천명한 것이다.

임윤지당은 학문을 시작한 이래로 옛 성인과 같아지는 것을 목표로 살아왔다. 학문을 통해서 차별받는 한 여성에서 자각한 개인으로 거듭났다.

> 내가 비록 부녀자이기는 하지만 천부적으로 부여받은 성품은 애당초 남녀 간에 다름이 없다. 비록 안연이 배운 것을 능히 따라갈 수 없다고 하더라도 내가 성인을 사모하는 뜻은 매우 간절하다.

이 때문에 임윤지당은 여성들의 교육을 통한 실력 배양과 윤리적 실천을 강조하였다. 임윤지당의 심성설은 율곡 이이의 설을 계승하였으며, 인물성동이론은 사람과 사물의 성품에 형식적인 차별을 인정하고 있다. 그러나 근원적인 성품[性]에 있어서는 그

것이 같을 뿐만 아니라 모든 사물이 다 그것을 갖추고 있다고 보았다. 예악설은 대체로 『논어』의 예악설을 토대로 하였고, 특별히 실천적인 면을 매우 강조하였다.

윤지당은 대학과 중용에 대해 이해가 깊었고 의리에 밝았을 뿐만 아니라 자신의 견해를 갖고 있었다.

> 이 문제에 대해 비록 선배 학자들의 정론이 있기는 하지만, 나는 감히 이를 모두 신뢰할 수 없다. 다만 내 견해를 적어두고 후세 성현들의 판단을 기다린다.

선배 학자의 정론을 신뢰할 수 없다고 선언하고 성리학의 핵심 이론인 인심도심설에 관해 자신의 주장이 옳다는 주장은 당시 주자학의 권위에 눌려있던 남성학자들에게도 보기 드문 일이었다. 임윤지당의 학문은 율곡 이이-사계 김장생-우암 송시열-수암 권상하로 이어진 기호학파의 전통을 계승하였다. 당시까지 축적되었던 조선 성리학의 높은 수준을 깊이 이해하였으며, 독창적이고 명쾌한 식견을 가지고 자기 나름의 독특한 학문체계를 수립하였다.

임윤지당은 1739년(영조 15) 19세의 나이로 원주에 시집와서 1793년(정조 17) 작고할 때까지 50여 년간 원주에서 살았다. 살았던 마을은 '봉천鳳川 구석龜石'으로, 현재 원주시 봉산동 원주초등학교 인근으로 추정한다. 그녀의 저술 가운데 중요한 것은 대부분 원주에서 집필되었다.

임윤지당은 어릴 때부터 행동거지와 예의범절이 엄숙 단정하며 의연한 것이 높은 산악과 같았다. 일상적인 생활에서도 나태하거나 흐트러진 일이 없이 엄격하게 절도를 지켰다. 이러한 생활 태도는 시집간 후에나 늙어서도 변치 않았다. 동생 임정주는 누나를 이렇게 회고했다.

내가 갑진년(1784)에 원주로 인사드리러 갔을 때 누님은 춘추가 이미 예순넷이었다. 그런데도 새벽에 일어나 세수하고 머리 빗고 종일토록 단정히 앉아 계시는데 의상이 반듯하고 거동이 방정하신 것이 젊었을 때와 한결같았다. 그곳에서 6~7개월을 머무는 동안 한 번도 나태한 용모를 보지 못했다.

그녀의 심성 수양 정도를 알 수 있다. 한번은 무더운 여름에 책을 읽느라 땀을 흘리며 부채질하는 조카에게 "정신을 집중해서

호저면 무장리 앞산에 있는 임윤지당 묘소

책을 읽으면 가슴에서 자연히 서늘한 기운이 생기는데, 부채질할 이유가 있겠는가? 너희들이 아직도 헛된 독서를 면치 못했구나." 라고 하셨다.

비록 식견이 천박하고 문장이 엉성하여 후세에 남길 만한 투철한 말이나 오묘한 해석은 없지만 내가 죽은 후에 장독이나 덮는 종이가 된다면 또한 비감한 일이 될 것이다. 그래서 한 권의 책을 정서하여 양자 재준에게 넘겨주었다.

평상시 문집 간행을 목적으로 자신의 글을 정서하거나 수정하는 작업을 꾸준히 진행하였다. 자신의 글이 그대로 없어진다면 비감한 일이 될 거라는 말은 동시대의 여성에게는 찾아보기 힘들다. 임윤지당 사후에 시동생 신광우申光祐와 친정 동생 임정주任靖周에 의해 『윤지당유고允摯堂遺稿』가 간행되었는데, 내용은 경전 연구와 성리설에 관한 논설과 선유先儒에 대한 인물 논평으로, 경전에 대한 조예와 성리학의 이해는 당시의 대학자와 견주어 손색이 없었다. 유한준俞漢雋은 「윤지당유고서」에서 "책에는 인성과 천명과 인도와 심성에 대해 말하고 있다. 조예가 깊고 독창적인 데가 있어 몇 마디 단편적인 경구에 조금도 뒤질 것이 없다. 역사를 논한 글도 정밀하고 투철하여 조리가 있다. 문사류는 상세하면서 번다하지 않고 완곡하되 급박하지 않아 외워둘 만하다. 아! 참으로 특이하다."라고 평하였으니 임윤지당을 요령 있게 평한 글이다.

여자가 된 것은 불행이다, 김금원

남자들도 감히 나서지 못한 여행을 훌륭히 마치고 기행문까지 남긴 여성이 있었으니 바로 19세기를 살았던 김금원金錦園, 1817~1850이다. 김금원은 1817년 강원도 원주에서 양반이었던 아버지와 기녀 출신으로 소실이었던 어머니 사이에서 태어났다. 김금원의 '금원'은 '금원당'이라 스스로 붙인 호다. 어릴 적 병치레가 잦았고 남달리 총명했던 그에게 개방적이었던 부모는 당시 여성이 도맡아 하던 힘든 가사보다 글공부를 가르쳤다. 이로 인해 김금원은 경서와 역사서까지 두루 통달하게 되는 지식을 갖추게 된다.

"짐승이 안 되고 인간이 된 것은 다행이다. 오랑캐 땅에 태어나지 않고 문명의 나라 조선에 태어난 것도 다행이다. 그러나 남자가 되지 않고 여자가 된 것은 불행이다."라는 그의 말에서 남녀와 서얼의 차별이 심한 조선에서 태어나 타고난 재주와 기량을 마음껏 떨쳐보지 못한 슬픔과 고통이 느껴진다. 김금원은 이에 굴하지 않고 14살의 어린 나이에 대담한 도전을 준비한다. 바로 당시 남자들조차 감히 엄두 내지도 못한 여행을 홀로 하는 것이었다. 당연히 부모들은 극렬히 반대했으나 굳은 그의 결심을 돌이킬 수 없었다.

김금원은 남장을 하고 제천 의림지, 단양을 거쳐 금강산의 빼어난 풍경을 구경한 뒤 관동팔경, 설악산, 한양을 둘러보고 나서야 여정을 마쳤다. 제천 의림지로 떠나면서 다음과 같은 글을 남긴다. "마치 새장에 갇혀있던 새가 새장을 나와 끝없는 푸른 하늘을 날아오르는 기분이고, 좋은 말이 굴레와 같은 안장을 벗은 채 천 리를 달리는 기분이다."
여행을 마친 뒤, 그녀는 규방으로 돌아가지 않았다. 자신의 처지를 깊이 깨닫고 기생이 되어 시를 잘 짓는 기생으로 이름을 널리 알리고, 1845년 김덕희金德喜의 소실이 되었다. 이후 김덕희와 서울의 삼

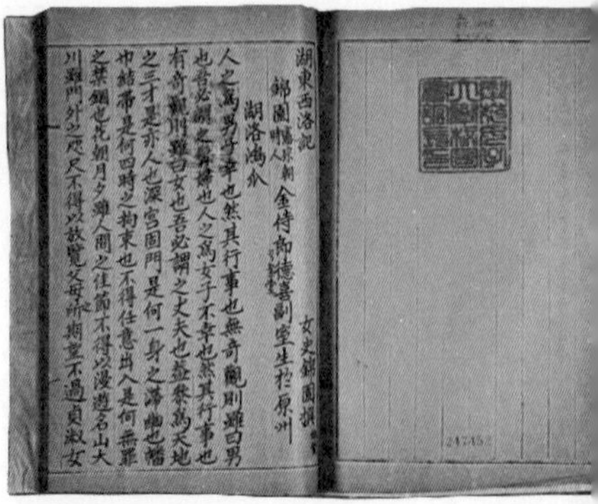

호동서락기

호정三湖亭에 머물면서 같은 처지의 소실, 기생과 '삼호정시사'라는 시를 짓는 모임을 결성하였다. 이후 34세에 「호동서락기」란 시집 형태의 기행문을 집필하게 된다.

> 천하의 강산은 크기도 하다. 한 모퉁이 좁은 국토를 보고 온천지를 다 보았다고 여기기에 부족하고 고금의 일월日月은 변함없으니 백년 사는 뜬 인생으로 만족스럽게 여기기에 부족하다. (중략) 지나간 일도 스쳐 지나가면 눈 깜짝할 사이의 한바탕 꿈이니 진실로 글로 전하지 않으면 누가 지금의 금원을 알겠는가.

조선 최초 여성으로 구성된 시단인 삼호정시사는 지금의 용산 지역에 있는 삼호정이란 정자를 중심으로 결성된 시사다. 자신과 같이 뛰어난 시재를 갖춘 여동생이자 주천 홍태수의 소실 '경춘', 연천 김이양의 소실 '운초', 화사 이판서의 소실 '경산', 송호 서기보의 소실 '죽서'와 함께 한강의 풍광을 시로 읊으며 신분제 사회에 태어난 여성으로서의 깊고 슬픈 마음을 달랬다. 남성 중심의 조선 사회에서 그녀들의 시단 활동을 곱게 보지 않았고, 시단의 주요

인물 중 하나였던 죽서의 죽음과 김금원의 남편이 다른 곳으로 이사함으로 인해 그녀들의 활동은 오래 유지되지 못했다.

1830년 3월 14세 때 설악산 대승폭포를 만난 광경을 살펴보자.

산이 가파르게 깎여 하늘에 닿아 있어 조심조심 나아가 꼭대기에 오르니 대승폭포이다. 하늘에 걸려 아득히 늘어졌는데 진주처럼 곱고 부서진 옥처럼 아름다운 물방울이 좌우로 뿜어대며 내려와 한낮의 우렛소리와 함께 이슬비처럼 자욱이 내린다. 쏟아져 날리는 기세는 바람의 신이 연출하는 말할 수 없는 기이한 장관이니, 중국 여산廬山과 안탕산鴈宕山의 폭포와 어느 것이 더 뛰어난지는 알 수 없다. 이 폭포는 삼천 척이 될 뿐만 아니니 '마치 은하수가 구천 하늘에서 떨어지는 듯'이라고 읊은 구절은 바로 이 폭포의 신기함을 전하는 것이다. 굳이 따지자면 흰 비단이나 흰 눈도 오히려 평범한 말일 것이며, 옥룡玉龍이 은빛 무지개를 허리에 둘렀다고 하면 혹시 그것에 가까울는지 모르겠다. 우비와 모자를 쓴 김에 가까이 가서 폭포를 보려고 하니, 날리고 쏟아지며 튀고 흩어지는 물방울이 한없이 모자 위에 날아온다. 소리는 우레가 치는 것 같고 물방울은 모자를 뚫을 듯해, 비록 물방울이 그렇게 한다는 것을 알면서도 나도 모르게 놀라고 두려워 진정할 수 없다. 아침 안개가 허공에 가득하여 숲과 골짜기를 분간하기 어렵고, 산봉우리들이 구름 사이에 나타났다 가려졌다 하니 마치 푸른 옥을 깎아서 그림 병풍을 둘러놓은 듯하다. 조금 있자 검은 구름이 비로소 걷혀 달은 밝고 바람은 시원한데 산봉우리와 바위의 온갖 기이한 모양들이 전부 내 눈앞에 나타났다. 한 편의 시를 얻었다.

천 개 봉우리 우뚝 서 하늘 찌르는데 千峯突兀稲天餘
가벼운 안개 퍼지니 그림보다 낫구나 輕霧初斂畫不如
설악산 기묘한 경치 좋으니 好是雪岳奇絶處
대승폭포 여산폭포보다 뛰어나네 大乘瀑沛勝庶廬

시 역시 기이하고 고아하다, 박죽서

박죽서朴竹西, 1817년경~1851년경는 원주 사람이다. 박종언朴宗彦의 서녀로 호는 죽서식거竹西識居, 반아당半啞堂이다. 서기보徐箕輔의 소실로 들어간 후 길지 않은 생애를 병으로 고생하면서 한시를 평생의 낙으로 삼았다. 사후에 시 166편을 수습하여 서돈보徐惇輔가 서문을 붙인 『죽서시집竹西詩集』을 간행했다.

죽서는 부친 옆에서 강습하는 것을 보면서 자연히 글을 깨우치게 되었다. 워낙 똑똑하고 책을 좋아하여 소학, 경사를 비롯한 옛 작가들의 시문을 널리 읽었다. 한시의 창작은 일찍부터 시작되었다. 열 살 때 지은 작품이 시집에 수록되어 있다.

김금원은 평생의 지기였던 것으로 보인다. 죽서가 죽었을 때 애석해하는 글을 쓴 바 있다. 김금원이 거처하던 곳 삼호정三湖亭은 당대 뛰어난 여성 시인들이 모여 시문을 창작하는 곳이 된다. 삼호정에서 노니는 모습이 「호동서락기」에 기록되었다.

> 죽서는 동향 사람이다. 송호 서태수의 소실이다. 재기가 영명하고 지혜로워 하나를 들으면 열을 안다. 글로는 한유 소동파를 사모하며 시 역시 기이하고 고아하다.

서돈보가 『죽서시집』 서에서 "지금 그의 시는 뜻은 아름다우나 절주節奏가 촉급하고 사랑이나 근심 같은 것이 마음에 얽히어 슬퍼하는 느낌이 많다."라고 한 이래 죽서 시의 특징으로 애상적인 면이 많이 강조되었다. 이런 애상적 정조는 주로 남편과 친정에 대한 그리움, 그리고 병중 수심에서 비롯된 것으로 보인다.

거울 속 병든 이 몸 누가 가련히 여기랴 鏡裏誰憐病已成
모름지기 약도 없고 놀랄 필요도 없네 不須醫藥不須驚
저승에서 만약 임이 내가 된다면 他生若使君爲我
오늘 밤 상사의 정을 응당 알리라 應識相思此夜情

「부쳐 보낸다」는 시에서 그는 임 그리워 난 상사의 병이기에 세상의 약은 아무 소용이 없으며, 아프다고 놀랄 필요도 없다고 자신의 처지를 담담한 어조로 토로하고 있다. 이런 임에 대한 그리움은 곧 죽은 뒤 임이 내 처지가 되면 나의 이 고통을 알게 되리라는 한탄과 원망으로 이어지고 있다.

죽서는 삼호정시회에 참여하여 다른 동료 여성 문인들과 같이 시작 활동을 했는데 몸에 병이 있은 이후로 자주 참여하지 못했던 것 같다. 「연달아 금원의 편지를 보다」를 살펴본다.

벗은 나를 위해 두세 번 편지하니 故人爲我再三書
한 줄 글 읽기도 전에 뜻이 넘쳐나네 書不成行意有餘
거친 술 오히려 어지니 취해서 즐겨야지 薄酒猶賢當取樂
시든 꽃 비록 있으나 없어지기 쉽다네 衰花雖在易歸虛
몸에 병이 난 이래 서로 안부 묻는 일 없으니 自從身病無相問
인정이 어찌 홀로 지내는 것 좋아하겠는가 豈是人情好獨居
여러 벗 부지런히 안부 묻는 일 부끄러우니 慙愧諸君勤問訊
무리 떠나 속세 끊으려던 생각 오히려 멀어지네 離羣絶俗計還疎

『죽서시집』 발문을 쓴 금원은 죽서를 이미 알고 있는 사람들은 죽서가 재주 있고 지혜로운 명규名閨라는 것은 모두 알지만, 조용한 은거자로서 풍미가 있는 것은 오직 자신만이 알고 있다고 했다. 금원에게 준 시인 「추일귀금원秋日歸錦園」과 「재첩再疊」을 보면 죽서는 금원과 삼호정 모임을 몹시 그리워하여 상사의 눈물을 흘린다고 하며, 꿈속에서라도 만나기를 간절히 소망하고 있다.

「연달아 금원의 편지를 보다」를 보면 그는 자신이 병이 난 뒤로는 자괴감에 빠져 속세와 절연하려는 생각을 가졌던 것으로 보인다. 금원의 계속된 글을 읽고 병약한 심성의 결단이 오히려 잘못된 것이었음을 깨달았다고 하여 내면을 솔직하게 고백한다.

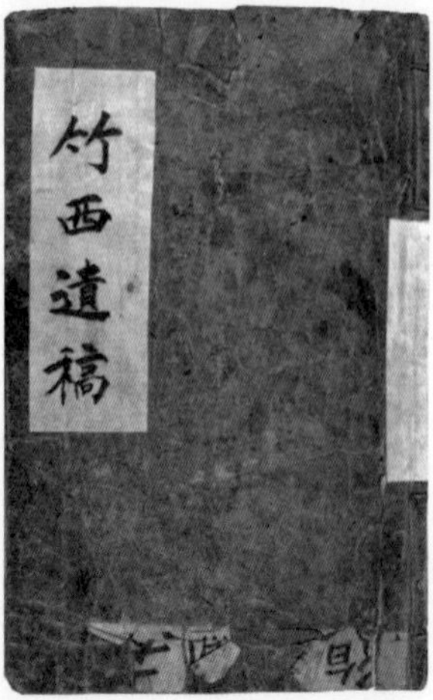

죽서유고

19세기를 살아간 박죽서는 동시대 다른 여성에 비해서 많은 작품을 남겼다. 애상적 정조와 그리움의 세계를 시화했고, 또한 사물에 대한 맑은 감성과 따뜻한 시선을 보여주기도 한다. 자신이 처한 현실을 받아들이면서 삶을 담담하게 시화한 죽서는 19세기 여성의 시사에서 독특한 위치를 점한다.

서민들의 생활상을 기록하다

안석경

섬암에서 청년기를 보내다

충주 기흥에서 1718에 태어난 안석경安錫儆, 1718~1774은 아버지를 따라 서울에서 지내다 낙향하는 부친을 따라 다시 가흥으로 돌아왔다. 이인좌의 난을 피해 제천으로 거처를 옮겼다가, 공조좌랑으로 부임하는 부친을 따라 서울로, 홍천 현감으로 부임하는 부친을 따라 홍천으로 갔다. 23세 되던 1740년, 생활의 근거지를 원주 홍원興原 섬암蟾巖으로 옮겼다.

홍원興原은 홍원창이 있는 마을이다. 남한강과 섬강이 합류하는 곳에 있는 홍원창과 섬암을 정범조丁範祖, 1723-1801는 「현산유거기」에서 묘사한다. "초당의 서쪽에는 큰 강이 흐르는데 산과 나

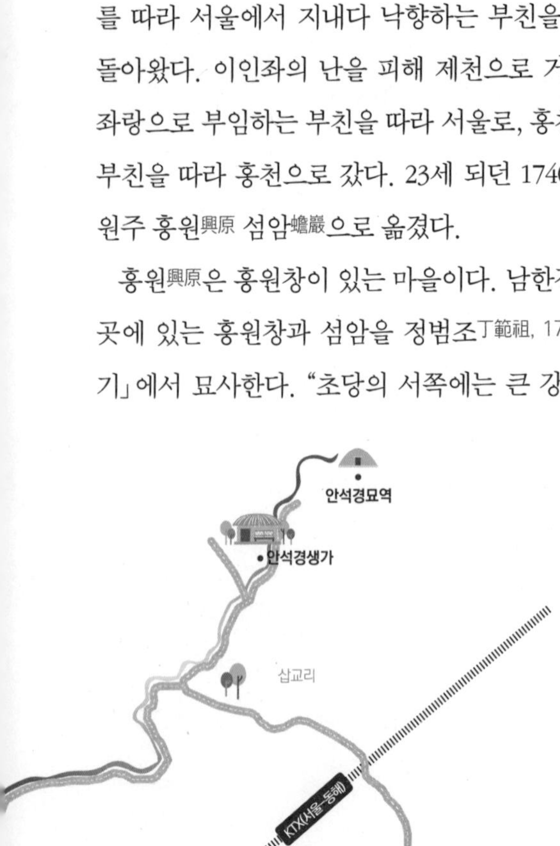

란히 북으로 달려 서쪽으로 꺾이면 한강이 된다. 오르내리는 배가 느릅나무와 버드나무 너머로 날마다 뚜렷하게 보이며 오리와 갈매기들이 날아서 모이는 모습이 모두 책상 앞에서 보인다. 초당에서 북쪽으로 3리 떨어진 곳에 멀리 하늘에 의지하여 높다란 것이 섬암蟾巖이다. 바위 절벽이 비가 오고 나면 더욱 파랗게 되어 섬암 곁의 인가가 어리비친다." 정범조는 작은 배를 강에 띄우고 아래로 내려갔다. 섬암을 구경하다가 지겨우면 돌아왔다. 「봄날 어른과 아이를 이끌고 섬암까지 배를 띄워 노닐다」란 시를 짓기도 했다.

안석경은 홍원창에서 바로 보이는 섬암蟾巖에서 살았다. 홍원창이 있는 남한강은 물산과 인물을 소통시키는 매우 중요한 수로였다. 『신증동국여지승람』은 홍원창에 대해 이렇게 설명한다. "섬강의 북쪽 언덕에 있으며 원주의 남쪽 30리에 있다. 원주와 평창 · 영월 · 정선 · 횡성 등의 전세와 세곡을 수납하여 조운으로 서울에 가져간다." 홍원창은 한강의 대표적인 창고였다. 조선 후기에 홍성했던 홍원창의 모습은 1796년에 정수영(1743~1831)이 그린 '한 · 임강명승도권'에 남아 있고, 정약용의 시에도 살아 있다. 1819년 4월 15일, 정약용은 큰 형과 함께 충주로 가던 중 홍원창을 지날 때 "홍원포興元浦에 있는 옛 창고 건물은, 가로지른 서까래 일자一字로 연했어라"라고 묘사했다. 창고 건물들이 강변을 따라 빼곡하게 늘어서 있었다.

『삽교만록』에 인간성 긍정, 치부, 신분 갈등 등이 주제가 된 「대두大豆」, 「주판舟販」, 「강경江景」, 「영남한사嶺南寒士」, 「검녀劍女」 등의 한문단편이 실려 있다. 그가 삽교에 은거하고 있으면서 과거에 보고 들은, 남한강변의 도회적인 분위기를 창작한 것들이다. 「주판」은 땔나무, 숯, 생선, 소금을 싣고 한강을 따라 서울로 오르내리며, 흉년에 쌀을 서울로 가져가 장사를 하여 부자가 된 사람의 이야기다. 강을 이용하여 장사하는 일을 주판이라 하였다. 주인공이 원주 법천에 살았으니, 바로 홍원창을 배경으로 한 장사꾼 이야기다.

소설의 결말은 이렇다. "원주 법천 땅의 장사꾼은 흉년에 쌀을 싣고 서울로 향하였다. 10년 동안 거래하던 객주는 그에게 도움을 청했다. 장사꾼은 쌀 몇 되의 도움 요청에 대해 들은 척도 않고 다른 객주 집으로 갔다. 그 뒤 다시 옛 객주에게 다시 가보니

안석경 생가터

죽은 줄로 알았던 그 객주는 다른 사람의 도움으로 목숨을 건졌고, 부가가 돼 있었다. 장사꾼은 부끄러움에 남한강에 다시는 배를 띄우지 못했다."

이익과 의리 사이에서 망설임도 없이 이익을 택하였던 장사꾼은 나중에 부끄러움 때문에 한양으로 향하지 못했다. 이미 돈 쪽으로 추가 기울었음을 보여주는 상징적인 사건이었다.

치악산에서 공부를 하다

안석경은 27살인 1744년에 과거에 응시했으나 낙방한다. 이듬해에 또 과거에 응시했으나 낙방하였다. 치악산과 인연을 맺은 1746년은 그의 나이 29살 때이다. 이때 대승암을 거쳐 치악산 정상인 비로봉에 오른다. 35살 되던 1752년에 다시 치악산을 찾는다. 두 번째 방문은 뚜렷한 목적이 있었다. 대승암에서 책 읽기가 그것이다. 당시에 치악산엔 호랑이가 출몰하곤 했었다. 대승암으로 가려던 안석경을 주변 친구들이 극구 말린다. 호랑이가 그의 의지를 꺾진 못했다.

그에게 책 읽기는 어떤 의미를 지니고 있었던가. 대승암에서 머무르며 지은 「치악대승암시서雉嶽大乘菴詩序」를 살펴본다.

옛사람 가운데 권세에서 소름이 끼치고 이익에서 두려움을 느낀 사람이 있다. 권세에서 남을 이김을 제멋대로 함이 심하면 심할수록 더욱 불쾌해지고, 욕망을 함부로 부림이 심하면 심할수록 더욱 부족해지기 때문이다. 만일 9년 동안 중서부에서 권력을 멋대로 할 수 있다고 하여도, 그것은 내가 알 바가 아니다. 대개 국가 권력을 쥐고 9년 동안의 치적을 이룬다고 하여도, 9일 동안 산에 있는 즐거움과 바꿀 수는 없다. 하물며 고요하게 독서하고 한가하게 음송하여 깊은 이치를 천천히 찾아가고 깊은 맛을 상세히 맛봄으로써 책의 정수와 속뜻을 얻을 수 있는 데다가, 높은 곳은 높이고 깊이 들어간 곳은 깊게 한 것을 보고 푸근히 감싸서 길러주어 태어나게 하고 펴나가게 하는 것을 살펴서 사람의 정신과 뜻에 보탬을 줌에야 더 말해 무엇 하겠는가? 아! 사람의 정신과 뜻에 보탬을 주는 데다가, 책의 정수와 속뜻을 얻을 수 있다면, 산속의 즐거움이 어찌 아니 크겠는가? 그렇기에 인간세상의 부귀와 구차하게 비교하고 따질 것도 없다는 사실이 분명하다. 장차 돌아가려 하매 사랑하는 마음이 있어 시 한 수를 지어 남긴다.

과거시험에 합격해 벼슬길에 나가는 것은 자신의 경륜을 펼쳐 백성들에게 이로움을 주고자 한다는 명분을 내세운다고 하더라도, 그것에 수반되는 여러 결과물은 세속적인 명예와 권력과 돈이다. 과거시험이란 장치는 결코 여기서 자유로울 수 없다. 과거시험의 틀 안에 있던 안석경의 경우도 마찬가지였을 것이다. 물론 안석경은 대승암에서 머물며 책을 읽었던 그해에 과거를 보았다. 청년 시절 과거에 몰두했던 그의 세속적 욕망은, 대승암에서 머무를 때 미묘한 변화가 시작되었음을 간취할 수 있다. 안석경은 권력과 이익에 대해 점차 초연해진다. 속세 사람들은 과거를 통해 한순간에 인생 역전을 꿈꿨을 것이다. 과거를 통한 입신양명과, 그 과정에서의 부귀영화는 너무도 달콤하지 않은가 말이다. 그러나 그는 부귀를 위한 책 읽기에서 책 속의 이치를 깨닫는 쪽으로 선회하고 있었다.

10일 동안의 책 읽기는 끝났다. 이제는 산에서 내려가야 한다. 천둥소리가 아니었더라도 마음에 드는 이곳을 떠나야 하기에 밤새도록 잠을 청하지 못하였다. 밤을 이루지 못하자 이 글을 지었을까? 「대승암을 떠나기에 임하여 지은 시의 서문」은 그래서 더욱 마음에 닿는다.

나는 일찍이 성인의 욕망을 막는 가르침을 애쓰고 힘을 다해가며 좇을 필요가 없다고 생각했다. 매번 잡서雜書를 좋아했으니, 넓은 것은 더욱 넓게 해 주어야 이를 꺾을 수 있고, 강한 것은 더욱 강하게 해 주어야 이를 꺾을 수 있다는 것은 사람이 욕심을 없애는 것이 마땅히 이와 같다는 것을 말한다.

지금 산수山水에 대한 욕심으로 말한다면, 9일 동안 머물렀으나 오히려 스스로 만족하지 못하는 것은, 예전에 하루 묵었는데도 만족한 것을 보건데 과연 어떠한가? 대개 감정이 다하기를 기다려 스스로 없어지려고 하는 것은 이치가 아니다. 반드시 처음 싹틀 때 꺾어야 하고, 처음 열릴 때 막아야만 한다. 그러한 후에 도끼를 사용하는 수고로움과 뚝으로 막는 근심에서 벗어날 수 있다.

세상에 부귀와 사치, 화려함을 탐하는 자는 오랠수록 펼치지 못하고, 여색을 좋아하여 방탕함을 좋아하는 자는 깊을수록 만족하지 못한 한이 있다. 대개 일찍이 이것을 보고 탄식하며 괴이하게 여겼다.

지금 대승암의 일로써 보니 사람의 뜻과 같은 것은 진실로 당연하다. 아! 사람의 감정과 욕심은 끝이 없고, 천하의 물건은 무한하다. 무한한 것으로 끝없는 것을 만족시키려 한다면 어찌 만족을 싫어할 때가 있겠는가? 스스로 부족한 것을 근심하여 편안함을 망치니 슬프지 않은가? 나는 대승암에서 욕심을 막는 방법을 깨달았다.

단조로운 것 같으면서도 웅장한 산속에서 그는 책 읽기를 끝내고 하산하려고 한다. 떠나기 전 깊은 밤에 자신의 마음을 적어냈다. 입산 전의 마음과 지금의 변화된 마음을 담담히 펼친다. 처음엔 '넓은 것은 더욱 넓게 해 주어야 이를 꺾을 수 있고, 강한 것은 더욱 강하게 해 주어야 이를 꺾을 수 있다'고 믿었다. 사람의 욕심도 이렇게 해야만 없앨 수 있다고 여겼다. 욕망을 누르지 않고 마음껏 발산해야만 미련이 없어서, 결국은 없앨 수 있다고 본 것 같다.

그는 치악산에 있는 동안 자신의 시각을 교정하게 된다. '처음 싹틀 때 꺾어야 하고, 처음 열릴 때 막아야만 한다.'고 깨달은 것이다. 성인들의 가르침보다는, 제자백가의 자유분방함을 좇던 그는, 그간의 생각이 잘못되었음을 시인한 것이다.

세상 사람들을 현혹시킨 부귀와 명예, 여색은 추구할수록 갈증과 허기를 느끼게 하는 외물外物임을 깨달은 것이다. 이후 한 번의 과거 응시 후 과거 공부를 포기한 것으로 보아 일정한 영향을 미쳤던 것으로 보인다.

안석경은 1749년에 과거에 응시했으나 낙방하고, 1751년에도 낙방하였다. 35세인 1752년 여름에, 치악산 대승암에서 공부를 하였다. 이 해에 과시에 또 응시하였으나 뜻을 이루지 못하였다.

봉복사에서 천하지도를 베끼다

봉복사는 횡성군에 있는 현존 사찰 중에서 역사가 가장 오래된 사찰이다. 절은 647년에 자장율사가 창건하고, 화재로 소실된 것을 671년에 원효대사가 중건하고, 이후 1747년에 서곡선사瑞谷

禪師가 중건하였다고 한다. 한때 승려가 100명을 넘었으며 낙수대 · 천진암 · 반야암 · 해운암 등 암자만 9개나 될 정도로 큰 절이었다.

안석경은 1748년 가을에 권실보權實甫와 왔다가 비가 내려 태기산을 올라갈 수 없었다. 1751년에 혼자 덕고산에 와서 시를 한 수 남긴다. 「봉복사에서 천하지도를 베끼려 할 때 느낌이 있어 읊조리다」란 시이다.

봉복산 산속 여름밤은 길기만 한데 鳳腹山中夏夜長
한 줄기 시냇물 소리 어디로 달리나 溪聲一道走何方
임금님 배는 바다에 머물며 소식이 없는데 龍舟落海無消息
오랑캐 천막은 하늘에 이어져 오히려 주장하네 毳幕連天尚主張
중원의 영웅 중 누가 떨쳐 일어날까 五岳英雄誰奮發
우리나라의 의로운 이는 어둠 속에 스러지네 三韓義烈暗凋傷
새벽녘에 잠자는 스님 깨워 이야기하고 向晨蹴起眠僧語
지도에 글을 적자 한낮으로 치달리네 且筆輿圖趁日光

봉복사는 천하 지도를 보관하고 있었고, 이곳을 찾은 사대부는 지도를 밤새도록 베꼈다. 당시 시대 변화를 예민하고 신중하게 받아들이던 유서 깊은 사찰이었다. 봉복사가 보관하고 있는 천하지도를 베끼다가 안석경은 울분을 터뜨린다. 그가 처한 시기는 조선의 유학자들이 오랑캐라 적대시한 청나라가 중원을 차지하고 있었다. 춘추대의가 대세였던 그 시기에 안석경은 명나라의 회복을 기원하며 영웅의 출현을 갈망하였다. 그의 생각은 자주의식과 자연스럽게 연결된다.

삽교리에 은거하다

아버지는 원주 원홍에서 돌아가신다. 1757년에 나이 40이 되어 원주 손곡蓀谷 안산리에 은거하게 된다. 1761년에 경포대, 설악산 등 관동지방을 유람하고, 이듬해 금강산을 유람하였다. 1765년에 민백순과 금강산을 유람하다. 그해에 강원도 횡성 삽교에 은거하였다. 나이 48세에 덕고산 산신에게 알린다. "석경은 학식도 얕고 계책도 졸렬하며 또한 차마 이 세상에 스스로를 맡길수 없어 명산을 떠돌아다니다가 점쟁이 집에서 늙었습니다. 이제 이 산을 얻어 돌아갈 곳으로 삼아 부친의 책과 형제들을 데리고 은거하고자 합니다.(중략) 밝은 신은 굽어 살피소서." 횡성 남쪽 깊은 골짜기 안에 넓은 땅이 있어 살만하다는 곳이 삽교였다. 가서 보니 수풀이 우거져 있고 쑥이 가득하여 호랑이와 표범, 곰들의 굴로 감히 들어가는 사람이 없었다. 이에 산을 둘러 지도를 만들어 관가에 인권을 내고 나무를 잘라내고 불을 질러 혹은 개간하고 혹은 밭을 만드니 옥토가 아님이 없었다. 가을에 곡식을 거둠이 매우 많자 인근의 백성들이 소문을 듣고 연이어 이르러 몇 해가 지나자 큰 마을이 되었다. 삽교에서 한가로운 삶을 즐기던 그는 벗 임배후가 그의 적막한 삶을 한탄하자 삽교에서의 일상을 이렇게 노래했다.

산속에 봄 술이 익었다기에 山中春酒熟
가랑비 맞고 이웃집 가서 취하였네 黴雨醉隣家
두건 젖혀 쓰고 느지막이 돌아오니 岸幘歸來晩
개울에 비친 꽃들이 쓸쓸하네 蕭蕭映澗花

안석경은 노모와 처자도 버리고 홀로 삽교로 들어왔다고 한다. 남들이 볼 때는 고독해 보였을지 몰라도 이웃 사람과 어울리며 즐겁게 살았다. 취한 속에서도 꽃이 쓸쓸히 보였으니, 내면 깊숙한 고독은 어쩌지 못하였던 것 같다.

밭 갈고 나니 달콤한 밤잠 중에도 耕餘甘夜睡
봄날 꿈에 시냇물 소리 요란하네 春夢亂溪聲
장저長沮와 얘기하는 것 같으나 似與長沮語
몽롱하여 뚜렷하지 않구나 矇朧不可明

연작시 「삽교만흥霅橋漫興」 중 하나다. 몸소 밭을 갈고 난 후의 노곤함에 단잠을 이룬다. 봄비 내려 앞 시냇물은 불어서 꿈속에

안석경 묘역

서도 들린다. 올해 농사는 제대로 될 것 같다. 공자의 제자 자로가 장저와 걸닉에게 길을 묻자 시대의 조류를 거슬러 혼탁한 세상을 바꾸는 것은 불가능하니 차라리 세상을 피해 숨어 사는 것이 어떻겠냐고 하였다. 이에 공자는 세상이 아무리 혼탁해도 새나 짐승 같은 야만의 상태로 되돌아가서는 안 되니 혼탁한 세상을 구하려는 노력은 끝까지 포기해서는 안 된다는 뜻을 피력하였다. 장저와 걸닉은 혼탁한 세상을 깨우치는 것이 불가능함을 알고 은둔한 은자로서, 어떻게든 혼탁해진 세상을 바로잡아 보려는 일념으로 천하의 제후들을 설득하러 돌아다녔던 공자와는 처신을 달리했던 인물이다. 장저를 꿈속에서 만났다는 것은 세상을 피해 숨어 사는 것에 대한 자기변명인 것 같다. 몽롱하여 뚜렷하지 않다고 한 데서 고민하는 모습이 보인다.

삽교는 은거 후 『삽교만록』 저술 등 작품활동을 게을리하지 않았다. 후학도 가르치고 사람과 연분도 이어갔다. 그에게 처음으로 벼슬을 할 기회가 온다. 1767년 50세에 강원도 관찰사 민백홍이 그를 천거했다. 그는 부임하지 않았고, 유유자적한 삶을 선택한다. 1774년 57살의 나이로 가홍에서 생을 마감하게 된다.

『삽교만록』은 횡성 삽교에 은거할 당시 완성된 것으로, 손수 농사를 짓는 여가에 사람들과 한 얘기를 기록한 책이다. 그러나 이 책에는 단순히 삽교에 있을 때 들은 얘기만이 아니라, 자신이 부친을 따라 원주, 제천, 홍천 등지에서 살면서 서민들의 생활상을 몸소 느꼈던 것과, 당시 사회의 문제점을 부각시킨 내용이 담겨 있기도 하다. 그밖에 『삽교집』·『삽교예학록霅橋藝學錄』 등의 책을 남긴다.

율곡의 학문을 밝히다

신범

율곡의 글을 새기다

봉서蓬西 신범辛汎, 1823~1879은 평창 봉평면 원길리에서 태어났다. 그의 가문은 대대로 학문을 숭상하는 집안이었다. 순조 34년에 있었던 사마시에서 백부인 석행錫荇과 부친 석우錫瑀가 함께 과거에 급제했을 정도였다. 그는 조선 후기에 위정척사衛正斥邪 운동을 주도했던 이항로李恒老의 제자가 되어 그의 학통을 이어받게 된다. 최익현崔益鉉의 「발신봉서유고跋辛蓬西遺稿」에 의하면, 신범의 문장은 아름다움을 추구하는 데에 빠지지 않고 인의·충신·인

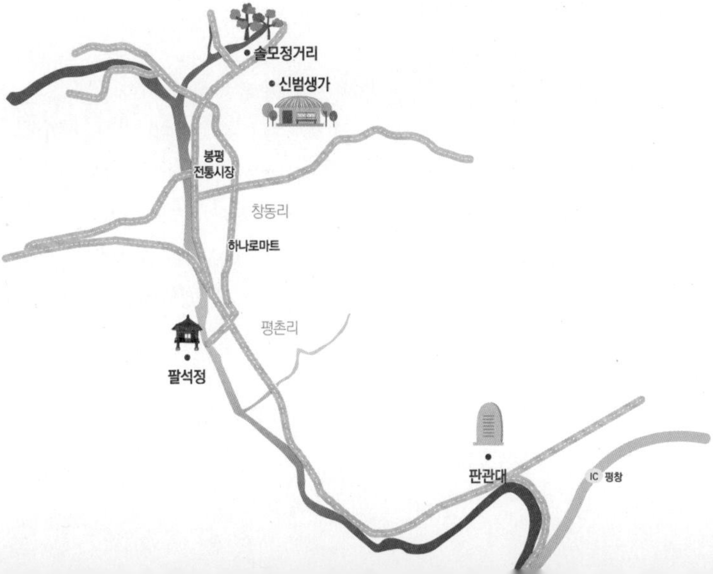

륜의 이치에서 나왔으며, 학문은 『소학』을 근본으로 하고 『주역』에 조예가 깊어서 독창적인 글을 남겼다고 보았다. 우주의 법칙을 천문학과 수학을 통해 분석하고 풀이한 기수해는 현대의 수학 못지않은 전문적인 지식을 담고 있는 것으로 평가받는다.

이용직이 쓴 「봉서유고서蓬西遺稿序」은 신범의 학문에 대하여 다음과 같이 평가하고 있다. "지금은 율곡으로부터 거의 300년이나 떨어졌는데 호걸의 선비가 계속해서 여기서 나왔다는 이야기를 듣지 못하였다. 근자에 작고한 봉서 처사 신공의 유고를 얻어서 읽고, 비로소 호걸의 선비가 보기 드물게 탄생했음을 믿었다. 율곡을 잉태한 고장에서 생장하여 일찍부터 과거 공부를 달가워하지 않으셨다. 화서의 문하에서 배웠으며 연구하여 밝힌 것은 율곡의 학문이고, 따라서 답습한 것은 율곡의 행적이었다." 율곡의 자장 안에 있었음을 알려준다.

신범은 조선 후기 개화, 보수의 갈등과 일본과 서구 열강들이 정치, 경제적으로 침투하는 격동기 속에서 고향 원길리에 봉호재蓬壺齋라는 서당을 지어 후진양성에 힘썼다. 「서당 상량문」에 서당 설립 이유와 규모 등이 자세하다.

> 마을 이름은 원길촌이니 골짜기 가운데 유명하였고 재실 이름은 봉호재니 서산西山 아래에 있다. (중략) 손으로 가리킬 만한 거리에 이판관의 옛날 유지가 있다. (중략) 근린의 아이들이 멀리 학문을 구하며, 더러는 몇 길 높이 담장을 두른 곳에까지 가려고 한다. 한 칸 방으로는 수용하기 어려운 형편이다. (중략) 재실은 동쪽에 두 채, 서쪽에 두 채이며, 긴 강당은 강의하기 좋으니 시강詩講이 한 칸이요 예강禮講이 한 칸이다.

봉호재에 율곡 선생의 학교 모범을 뽑아 새겨서 걸었다. 학교 모범은 율곡이 왕명으로 학교·가정·사회생활의 규칙을 정한 것이다. 16조로 되어 있는데 당시 청소년의 교육을 쇄신하기 위한 것으로서, 학교생활만 아니라 가정 및 사회생활의 준칙까지 제시되어 있다. 뜻을 세움[立志], 몸가짐[檢身], 글읽기[讀書], 말을 삼가는 것[愼言], 마음속에 간직하여 잊지 말아야 할 것[存心], 어버이를 섬김[事親], 스승을 섬김[事師], 벗을 택함[擇友], 가정생활[居家], 사람을 접함[接人], 과거에 응하는 것[應擧], 의를 지킴[守義], 충직함을 숭상함[尙忠], 공경을 돈독히 함[篤敬], 학교생활[居學], 글읽는 방법[讀法] 등이다. 유교 정신에 뿌리를 둔 당시의 교육목표이자 학교 교

신범 생가

육의 준칙에 해당하는 것으로서, 율곡의 가르침을 따르겠다는 신범의 다짐이기도 하다.

거처하고 있는 집이 작아 조사정操思亭을 건립하고 「조사정기」를 지었다. 맹자가 배우는 자의 병폐에 대하여 말하길, 잡고 있으면 존재하고 버리면 없어진다고 했다. 또 생각하면 얻고 생각하지 않으면 얻지 못한다고 했는데, 이를 취하여 정자의 이름으로 삼았다. 거처하는 집은 작아 오는 사람을 받아들일 수 없고, 또 혈기가 정해지지 않은 자가 흙집의 무더위에 상할까 두려워 부득이하게 지었다. 마음을 잡고 생각한다면 도움이 있는 것이 정자만한 것이 없으니, 정자에 노니는 자는 이것에 힘써 명예와 의리를 생각하기를 기원했다. 봉호재와 조사정을 운영하며 말년까지 후학들을 가르쳤다.

소나무가 군락을 이뤄 솔모정이란 이름을 얻은 원길리 솔모정 거리는 마을의 운치를 더해준다. 1780년대 신범 아버지 형제가 소나무 모종 70그루를 모종하면서 시작되었다고 「원길송백서元吉松栢序」에 유래를 자세하게 설명하였다. 마을 북쪽 오른쪽 어깨 해당하는 곳에 본체가 부족하여 잣나무를 심어 보충하였고, 남쪽은 옛날 사태로 무너져서 소나무를 심어 막았다. 오래된 잣나무 일곱 그루가 자라고 있고, 크게 자란 소나무가 백여 주에 이르는데 모두 곧게 뻗어 울창하게 들어서서 사대부의 원림으로 삼기에 족하였다. 잣나무는 옛날 강상사康上舍가 심은 것이고, 소나무는 아버지 형제가 심은 것이다. 서로 바라보며 기뻐하는 듯 무성한 숲의 형상은 단지 추위를 견디며 늦게 시든다는 마음이 들 뿐 아니라, 다른 마을 사람들도 이를 바라보며 사랑하는데 하물며 이 마

솔모정거리

을 사람이겠는가 라며 글을 마친다. 율곡이 임경당臨鏡堂 김열金說의 청으로 선대에 심은 소나무를 잘 가꾸라는 뜻으로 써준 글이 「호송설護松說」이다. 신범은 율곡이 호송설을 지은 것처럼 소나무를 보호하는 증거로 삼고자 했다. 율곡의 「호송설」에 필적할 만한 것이 「원길송백서元吉松栢序」가 아닐까.

판관대와 팔석정

원길리에서 후학들을 양성하는데 매진하던 신범은 주변의 명소들을 돌아보고 시문을 남긴다. 「판관대判官臺에 있는 최혜간崔兮

幹의 집에서 묵다」는 인근 백옥포에 있는 판관대를 읊은 시이다.

멀리서 돌아와 몸 편함 기뻐하니 自喜遠歸體粗安
달게 잘 수도 있고 달게 먹을 수도 있네 一能甘睡一甘食
본 것으로 인해 시 짓는 것 쉽고 因其所見詩容易
익힌 걸 늘 실천하니 도는 어렵지 않네 習以常行道不難
온 시내 다리 만들어 천하는 통하고 萬水成橋天下達
온 산 낙엽 지니 눈과 마음 너그러워지네 千山落木眼心寬
마을 이름 예전 같은데 지팡이 멈추고 村名依舊行笻住
돌이켜 예전의 이판관을 생각하네 却憶當時李判官

학교를 설립하여 후진양성에 힘썼고, 조사정을 세워 시회를 열고 향약을 시행하여 풍속을 바로잡는 등 봉평을 위해 크게 힘쓰던 신범은 판관대에 있는 최혜간崔兮幹의 집에서 하룻밤을 묵는다. 율곡의 아버지인 이판관李判官을 생각하니 시를 짓지 않을 수 없다. 이 지역에서 예전부터 판관대가 중요한 장소였음을 보여준다. 시뿐만 아니라 「판관대기判官垈記」를 남겼다.

어머니의 행장에 '어머니는 홍치弘治 갑자년 10월 29일에 임영에서 태어나셨다. 가정嘉靖 임오년에 아버지에게 시집오셨으며, 갑신년에 한성으로 오셨다. 그 후에 간혹 임영으로 뵈러 가기도 하고, 봉평에 거처하기도 하셨다. 신축년에 한성으로 되돌아오셨다.'라고 했다. 그러하면 봉평과 임영의 지세는 서로 마주하여 거론한 것이 된다. 간혹 뵈러 간 것과 간혹 거처한 것은 문장의 뜻에 경중이 있는 것 같다. (중략) 혹거지或居之의 거居는 곧 가거家居의 거居이다. 혹귀지或歸之의 귀歸는 곧 귀녕歸寧의 귀歸이다. 그러하면 선생이 봉평에 산 것은 임영보다 중요하지 않은가? 선현이 가거家居한 땅으로 말한다면 봉평은 단지 지팡이 짚고 밟던 곳이 아니니, 임영과 서로 마주하는 곳이 될 수 있

판관대

다. (중략) 아! 땅의 영험함으로 말한다면 수태한 땅은 태어난 땅보다 중요하다.

율곡이 쓴 어머니의 일대기는 「선비행장先妣行狀」에 자세하다. 신범은 율곡의 「선비행장」을 인용하여 「판관대기」를 썼다. 홍치弘治 갑자년은 1504년이다. 아버지에게 시집온 가정嘉靖 임오년는 1522년이다. 한성으로 온 갑신년은 1524년, 율곡을 출산한 해는 1536년이다. 한성으로 되돌아온 해는 신축년으로 1541년이다. 1524년과 1541년 사이에 간혹 임영으로 뵈러 가기도 하고, 간혹 봉평에 거처하기도 했다[或歸臨瀛或居蓬坪]. 간혹 뵈러 간 것과 간혹 거처한 것은 문장의 뜻에 경중이 있는 것 같다고 했으니 거처한 봉평에 비중을 둔 것이다. 마지막으로 땅의 영험함으로 말한다면 수태한 봉평 땅이 태어난 땅보다 중요하다는 입장을 취한다.

봉평면 평촌리 홍정천에 있는 팔석정은 봉평의 명승이다. 8개의 큰 바위가 자리를 잡고 주변의 풍치와 어울려 절경을 이룬다. 신범은 가끔 팔석정에서 노닐며 경치를 즐기곤 했다. 「팔석정기八石亭記」를 남겨 유래를 설명했다.

봉호재에서부터 물이 남쪽으로 6~7리 흘러 하봉평下蓬坪에 이르면 산 모양과 같이 돌이 섞여서 하나로 된 것이 있다. 물 가운데 모래톱에 우뚝 서 있는 것이 셋인데, 봉래蓬萊, 영주瀛洲, 방장方丈이다. 대개 신선들이 사는 땅에서 취해 이름을 지었다. 사물의 모양처럼 물의 양쪽 언덕에서 서로 마주하고 있는 것이 다섯이다. 석안石鞍은 신선이 말을 매어놓던 곳이며, 석귀石龜는 신선이 책을 보는 곳이다. 석옹石甕은 신선이 술을 빚던 곳이며, 석평石枰은 신선이 바둑 두던 곳이고, 석두石竇는 신선이 거문고를 보관하던 곳이다. 여덟 개의 돌에 모두 이름을 새

팔석정

겨 놓았다. 전해져 오길 율곡 이선생李先生의 큰 형인 죽곡竹谷 선생이 노닐던 곳으로 물의 동쪽에 정자를 세웠기 때문에 팔석정八石亭이라고 한다.

홍정천 물가에 기묘한 바위가 여기저기서 다양한 아름다움을 보여준다. 8개의 큰 바위가 절경을 이루니 팔석八石이다. 신범은 「팔석정기」에서 봉래蓬萊, 방장方丈, 영주瀛洲 이외에 석안石鞍, 석귀石龜, 석옹石瓮, 석평石枰, 석두石竇를 포함해 팔석이라 보았다. 물에서 한참 높은 곳에 새긴 글씨도 많이 마모된 것으로 보아 물결에 사라졌으리라. 율곡 선생의 형 죽곡竹谷이 노닐던 곳으로 물의 동쪽에 정자를 세우고 팔석정八石亭이라 하였다는 사실도 전해준다. 율곡이 봉평에서 서울로 떠난 이후에도 맏형이 봉평에 머물렀는지는 알 수 없으나, 율곡 집안이 봉평과 깊은 인연이 있다는 것을 보여준다.

거슬치에서 고향을 바라보다

평창에서 주천 방향으로 가기 위해선 거슬치琚瑟峙를 넘어야 한다. 나그네뿐만 아니라 장돌뱅이들이 당나귀와 함께 넘나들던 길이기도 하다. 성황당은 이제 제사를 지내지 않지만, 길손이 안녕을 기원하는 장소다. 사람들의 희노애락이 고스란히 배어 있는 고개를 넘다가 「거슬치에 올라 고향을 바라보다」란 시를 짓는다.

지팡이로 아득한 먼 곳 가르키는 곳 一筇指點杳茫間
단풍나무와 흰 구름 울긋불긋하네 紅樹白雲兩自斑
돌부리 높이 다투어 산은 칼로 깎은 듯 石角爭層山劒削
개 이빨처럼 엇물리며 물은 활처럼 굽었네 犬牙相制水弓彎
문장은 늙어가지만 예나 지금 한가지요 文章老去同今古
천지 속 헛되이 마음대로 오고 갔네 天地中虛任往還
높은 데 오르지 않아도 마음 호탕하지만 不待登高心浩浩
거두고 풀어놓는 만물 원리 속 한가롭지 못하네 卷藏放彌未能閑

* 권장방미卷藏放彌 : '방미육합放彌六合 권장어밀卷藏於密'. 중용에 나오는 철학 사상으로 우주 만물의 생성원리는 사상四象을 풀어 놓으면 천지사방을 가득 메우고, 이를 거두어 드리면 한 마음속으로 감출 수 있다는 뜻이다.

백두대간 오대산에서 시작해 평창읍의 삼방산을 지나 마지막으로 솟구쳐 오른 산이 옥녀봉이다. 『세종실록지리지』는 옥녀봉을 거슬갑산琚瑟岬山으로 보았다. 군의 서남쪽 20리, 원주의 주천현 경계에 있으며 고을 관원이 제사 지낸다고 기록하고 있다. 세종 11년에는 예조에서 전국의 영험한 곳에서 제사를 지내는 것을 국가에서 행하는 예에 따를 것을 건의하였는데, 거슬갑산이 포함되었다. 「옥녀봉」이란 시도 『봉서유고蓬西遺稿』에 실려있다. 평창과 관련된 시문은 평창학을 연구하는데 중요한 자료다.

시대를 풍자하다
김삿갓

마대산 골짜기로 스며들다

정선에서 흘러온 동강과 평창에서 발원한 서강이 영월에서 만난다. 남한강이 된 물은 몸집을 부풀리면서 충청도 단양으로 흘러간다. 남한강을 따라 달리자 오른쪽으로 고씨동굴이 보인다. 각동교차로에서 단양 방면으로 가지 않고 김삿갓면 방향으로 곧바로 달린다. 태백 봉화로 가는 길에서 빠져나와 김삿갓 유적지로 접어들면 깊은 계곡이다. 계곡을 따라 개설된 외씨버선길은 충청도 춘양면으로 이어진다. 김삿갓 유적지가 오른편에 보인다. 김삿갓의 시와 조형물이 골짜기에 가득하다.

생가는 왼쪽 골짜기 깊숙한 곳에 있다. 한참을 걸어야 닿을 수 있는 그곳은 첩첩 산골이다. 산비탈에 손바닥만 한 화전도 보기 힘든 산자락이다.

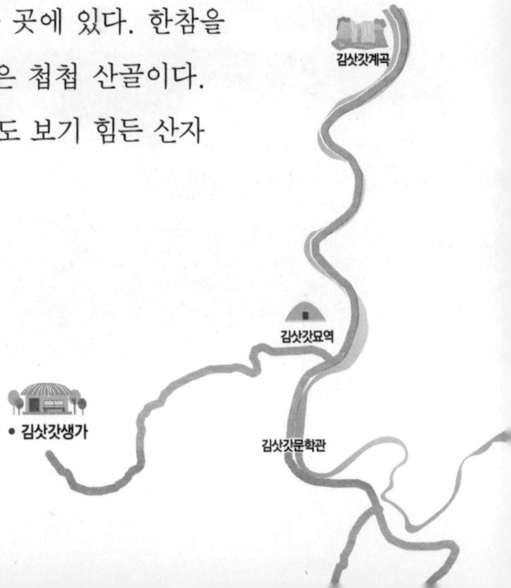

김삿갓의 본명은 김병연金炳淵, 1807~1863이다. 그는 1807년 태어난 것으로 알려졌다. 태어나니 할아버지는 김익순이었다. 할아버지는 그가 다섯 살 때 평안도 선천부사였다. 1811년 평안도 일대에서 홍경래가 주도한 농민전쟁이 일어났다. 농민군들은 가산·박천·선천을 차례로 함락시켰는데, 가산군수 정시는 항복하지 않고 거역하다가 칼을 맞아 죽었고, 선천부사 김익순은 재빨리 몸을 피했다. 그 뒤 김익순은 농민군에게 항복해 직함을 받기도 하고, 또 농민군의 참모 김창시를 잡았을 때 그 목을 1천 냥에 사서 조정에 바쳐 공을 위장하려고 했다. 김익순은 모반대역죄로 참형을 당하고 집안은 폐족이 되었다. 그의 부모는 막내 병호

김삿갓 생가

와 함께 여주와 이천 쪽으로 피신하였고, 병연은 형 병하와 함께 노비 김성수의 집이 있는 황해도 곡산으로 피신하였다. 나중에야 김병연은 부친에게로 돌아왔다. 김병연은 20세 무렵, 장자 호균이 태어나던 해, 폐족의 자손으로서 세상의 학대와 멸시가 막대함을 참지 못하여 집을 나왔다. 24세 때 집으로 돌아가 차남 익균을 낳았으나, 일생 방랑을 하다가 57세 때 전라도 동복에서 생을 마쳤다는 것이 알려진 그의 생애다.

19세기 중반 이우준은 『몽유야담』에서 김삿갓을 간단하게 기록하였다. "김병연은 대나무로 만든 삿갓을 쓰고 다녔다. 옷을 잘 차려입을 때도 있고 누더기를 입고 다니기도 하는데, 술을 즐겨 마셔서 언제나 취하지 않는 날이 없었다. 그는 자신의 성과 이름을 속이지 않았고, 글을 잘 쓰는 것으로 이름이 났다. 그는 시를 매우 빨리 정밀하게 지었으며, 자신의 시에 대해 높은 자부심을 지녔다. 언제나 정처 없이 떠돌았으며, 기껏해야 한 달 정도 머물다가는 떠났다." 성과 이름을 속이지 않았다는 것은 그의 자존감이다. 시에 대한 자부심이 있었다는 것과 연결된다. 방랑 생활을 하는 신세지만 자의식이 강했던 김병연은 시로 시대와 접촉을 하였다.

몇몇 문헌에서도 김삿갓의 모습이 보인다. 『대동시선』(1917)에 수록된 영립의 작가, 『대동기문』(1926)에 일화를 남긴 김립, 황오黃五의 『녹차집』(1932)에 수록된 김사립전金莎笠傳의 주인공이 김삿갓인 것 같다.

김병연과 같은 시대에 함경도에 '한韓삼택'이 있었으며, 김병연이 죽은 뒤에는 김병현金秉玄 · 김병현金秉鉉 등 삿갓을 쓰고 다니던 이들도 있었다. 신석우申錫愚, 1805~1865가 지은 「기김대립사記金籉笠事」는 1852년에 지은 것으로, 또 한 명의 '김삿갓'이라 할 수 있는 김란金鑾이라는 인물에 대한 기록이다. 광주廣州 향반鄕班 출신이지만 문학적 재능이 탁월하여 "장옥(과장)에 드나들며 시를 수십 편을 짓기도 하고, 혹은 한 편도 짓지 않고 나오기도 하였다. 미친 짓이 이와 같았다." 한양에 올라온 그는 신석희, 안응수 등과 교유하였으나, 출신 성분이 한미하다는 이유로 그들의 냉대를 받고 실망한 나머지 떠돌이 시인이 되었다.

폐족인 된 김병연은 과거에 급제해 벼슬을 하는 길이 막혔다. 순조 31년(1831)에 열린 과거의 소과 초시에 김정순이라는 인물이 응시해서 합격한 일이 있었다. 그런데 김정순이 김익순의 사촌 동생이라는 사실이 밝혀지면서 합격이 취소됐다. 국가에 중대한 범죄를 지은 자의 후손이나 친척은 과거를 볼 수 없다는 사실을 보여주는 사건이다. 김익순의 직계 손자인 김병연은 더 말할 필요가 없다. 김병연이 세상을 떠돌면서 풍자적인 시를 쓸 운명이었다.

김삿갓은 자신의 삶을 읊은 「난고평생시蘭皐平生詩」에서 그의 기구한 삶을 담담하게 묘사했다.

어려서는 이 몸도 넉넉한 집에 태어나 初年自謂得樂地
한북의 이름 있는 고향에서 자랐다 漢北知吾生長鄕
조상들은 부귀영화를 누려왔고 簪纓先世富貴人
장안에서도 이름 높은 가문이었다 花柳長安名勝庄
이웃 사람들 득남했다고 축하해주며 隣人也賀弄璋慶
언젠가는 출세하리라 기대했건만 早晩前期冠蓋場
머리카락 겨우 자라서 팔자가 점점 기구해져서 髮毛稍長命漸奇

가문이 멸문되어 갑자기 상전벽해가 되었노라 灰劫殘門飜海桑
세상에 의지할 친척 없고 인심도 각박한데 依無親戚世情薄
부모마저 세상을 떠 집안이 망하였다 哭盡爺孃家事荒
새벽에 남산 종소리 들으며 방랑길에 오르니 終南曉鍾一納履
생소한 객지라서 마음마저 애달프다 風土東邦心細量

유랑하며 시대를 노래하다

김삿갓의 작품들 대부분은 당대 삶의 현실에서 제기되는 사람살이의 애환, 봉건 권위주의의 불합리와 부조리, 당대의 통속적 관념의 파괴를 형상화한 것이다. 시에서 주목되는 이와 같은 면모는 그가 활동하던 19세기 중엽의 세태 양상이었다. 자신의 불우한 처지뿐만 아니라 민생고에 시달리는 백성들의 삶의 양태와 애환이 절절히 배어 있다.

밥상에는 고기가 없어 채소만 판을 치고 盤中無肉權歸菜
부엌에는 땔감이 없어 울타리가 화를 입네 廚中乏薪禍及籬
며느리와 시어머니 한 그릇에서 밥을 먹고 姑食時同器食
부자간 나갈 때에는 옷을 바꿔 입는다네 出門父子易衣行

「가난을 노래함」은 당대 백성들이 꾸려가던 삶의 단면이자 보편적인 모습을 여실히 그려낸 작품이다. 밥상에서는 고기를 구경한 지 오래여서 그저 먹느니 푸성귀일 따름이다. 그나마도 끓이려면 땔감이 있어야 하는데, 그마저 여의치 않아 마침내 울타리까지 뜯어 땔감으로 하는 상황이다. 거기에 고부간에 겨우 한 그

룻 밥을 나누어 먹는 처지이고, 출입복이 없어 문밖에 나갈 양이면 부자간에 단벌옷을 바꿔 입어야 할 만큼 사정이 열악하다. 말 그대로 '헐벗고 굶주린' 형상 그 자체다.

> 굽은 나무로 서까래 만들고 처마엔 먼지가 쌓였는데 曲木爲椽簷着塵
> 그 방 칸이라니 한 말들이 크기라 겨우 몸을 들였네 其間如斗僅容身
> 한평생 긴 허리를 굽히려 하지 않았건만 平生不欲長腰屈
> 이 밤에는 다리 하나조차 펴기가 어렵구나 此夜難謀一脚伸
> 쥐구멍으로 연기가 들어와 옻칠한 듯 검어진 데다 鼠穴煙通渾似漆
> 봉창엔 띠 풀이 엉겨 날 밝는 것도 몰랐네 蓬窓茅隔亦無晨
> 그래도 하룻밤 의관 젖는 걸 면했으니 雖然免得衣冠濕
> 떠나면서 은근히 주인에게 고마워했네 臨別慇懃謝主人

「비를 만나 시골집에서 자다」이다. 낡고 퇴락한 데다 퀴퀴하기까지 한 농가에서의 유숙을 제재로, 궁벽하기 짝이 없는 살림살이와 간난신고의 민생을 그린 작품들이다. '굽은 나무로 만든 서까래'·'먼지가 켜켜이 쌓인 처마'·'한 말들이 되를 연상시키는 방'·'쥐구멍으로 연기가 들어와 검은 옷칠을 한 듯 그슬린 방안 벽'·'띠 풀 우거져 아침이 와도 어두컴컴한 봉창' 등등은 거의 귀신이 나올 듯한 형국이자 분위기다. 이는 당대 백성들이 실제로 그처럼 열악한 환경에서 살고 있음을 생생히 보여준다. 열악하다 못해 처참한 형국이지만 '평생 긴 허리를 굽히지 않으려고 했건만 다리 하나 펴기 어렵다'와 같은 표현을 통해, 영락한 선비이기는 해도 기개만큼은 살아 있음을 넌지시 비춘다.

의식주는 인간다운 삶을 영위하는 데 있어 가장 기본적인 요건이자 절실한 사안이다. 그런데 그 어느 국면 하나 여유롭지 못한 당대 백성들의 생활상은 궁핍을 넘어서서 참담하기조차 하다. 봉건사회에서의 가난은 사회제도의 책임이지 개인의 책임이기 어렵다. 19세기 중엽의 각박한 사회현실 속에서 피폐하기 짝이 없는 삶을 살아가는 백성들의 애환을 그려낸 김삿갓의 시편들은 삶의 부조리와 불평등이 빚어낸 비참함을 보여준다. 동가식서가숙의 방랑 생활을 통해 백성들을 숱하게 접한 김삿갓은 어떤 수식이나 과장 없이 있는 그대로의 모습들을 사실적으로 그려냈다.

비싼 가죽신에 솜버선 겹으로 껴 신고 唐鞋祟襪數斤綿
서리 밟고 집 나서면 저물 때나 돌아오네 踏盡淸霜赴暮煙
연두색 두루마기 땅을 쓸 듯 치렁치렁 淺綠周衣長曳地
진홍 부채 반만 펴도 하늘마저 가리겠네 眞紅唐扇半遮天
한 권의 책을 겨우 읽고 시율을 떠벌리고 詩讀一卷能言律
천만금을 다 쓰고도 돈 쓸 곳만 찾는구나 材盡千金尙用錢
권문세가 찾아가서 하루 종일 굽실굽실 朱門盡日垂頭客
고향 사람 만날 양이면 그 기세 대단하네 若對鄕人意氣全

「진종일 머리 조아리는 양반」의 경우는, 넉넉한 재물로 화려하게 치장하고 '천금'을 주고 산 벼슬로 양반행세를 하는 모습을 그렸다. 날이면 날마다 권문세가를 찾아가 머리를 조아리며 매관매직할 궁리에 하루해를 다 보내면서도, 어쩌다 고향 사람이라도 만날 양이면 의기양양한 기세가 하늘을 찌르는 꼴불견 족속을 실감 나게 그렸다. 당대 신분제의 동요와 함께 부정과 비리가 난무하는 시대상을 적나라하게 그리면서, 어쭙잖은 행색과 행태에 깃든 양반의 허위의식를 풍자적으로 폭로한다.

김삿갓의 시 가운데는 육담풍월(한시의 형식을 하고 있으나 우리말과 한자가 섞여 있어 언어유희의 효과를 노리는 희작시. 작품에 사용된 한자는 때로는 뜻으로 풀어야 하고, 때로는 소리 나는 대로 풀어야 한다)이 상당수 있다. 어떤 서당에 들렀다가 욕을 얻어먹고 다음과 같은 시를 남겼는데, 한자의 음을 가지고 시를 읽을 때 지독한 욕설이 된다.

서당은 일찍이 알았는데 書堂乃早知
방에는 모두 귀한 분들 房中皆尊物
생도는 십 명도 안 되지만 生徒諸未十
선생은 와서 뵙지 않네 先生來不謁

김삿갓은 후대의 언문풍월諺文風月 형식의 '언문시'도 남겼다. 언문풍월은 한시 형식을 참조하면서 언문 즉 조선어 구어로 지은 4행시를 말한다. 한 끼 밥을 빌어 찾아간 절간에서 중이 '타'자 운을 부르자 한글의 글자를 칠언절구에 맞게 일곱 글자로 썼다.

사면 기둥 붉었타
석양행객 시장타
네절인심 고약타
(넷째줄 낙구)

김삿갓이 남긴 시들은 기존의 관념이나 가치를 깨뜨리면서 전혀 새로운 시적 형상을 통해 새로운 관념과 가치 의식을 창출하기도 했다. 우리 문학사에서 특별한 지위를 차지하는 것은 이러한 창작행위 때문이다.

김삿갓은 19세기 중엽을 살아가는 백성들의 곤궁한 생활에 대한 연민과 애민 의식을 바탕으로, 그들의 일상적 삶의 모습을 사실적인 수법을 통해 진솔하게 노래했다. 또 권위주의에 맞서 기존의 고착된 관념을 파괴하거나, 당대 현실에서 제기되는 불합리와 부조리에 내재된 폐단과 횡포를 신랄하게 노래했다. 사회의 통념을 분쇄하고 생활세계의 실상을 전하기 위해 정통 한시와 파격 한시를 모두 이용했다. 희작과 언문풍월(육담풍월)로 서민 대중의 문학적 열망을 채워주었다.

다시 영월로 돌아오다

금강산 유람을 시작으로 무려 30여 년에 걸쳐 방랑 생활을 한 김삿갓이 2년 만에 집으로 돌아온 것은 형 병하가 죽었다는 소문 때문이었다. 이때 둘째 아들이 태어났고, 아들을 본 뒤 어느 날 훌쩍 집을 떠났다. 이것이 아내와의 마지막이었다. 둘째 아들은 뒤에 아버지를 찾아 헤맸다. 방랑 생활 도중 아들에게 세 번이나 붙들렸지만 끝내 귀향하지 않았다. 한번은 충청도 계룡산 밑에서 거처할 때 찾아온 익균을 만나 재워놓고 도망쳤다. 1년 만에 다시 찾아온 익균과 경상도 어느 산촌에서 만났으나 심부름 보내놓고 도망쳤다. 또 3년 뒤에는 경상도 진주에서 익균을 만나 귀향하기로 마음먹었다가 또 변심하여 도망쳤다. 그러다가 1863년(철종 14)에 57세를 일기로 전라도 화순군 동복면의 어느 선비 집에서 한 많은 생을 마감하였다. 그의 유해는 익균에 의해 3년 후에 현재의 영월군 김삿갓면 와석리 노루목에 묻혔다.

김삿갓 시비

김삿갓 묘역

김삿갓과 인연을 가진 곳은 여러 곳이다. 태어났다고 알려진 경기도 양주시, 세상을 떠난 곳이라고 전해지는 전라남도 화순군, 묘소와 김삿갓 문학관이 있는 강원도 영월군. 영월군은 면의 명칭을 '김삿갓면'으로 바꾸고, 지명에 '김삿갓'의 이름을 붙였다. 매년 김삿갓 문화제를 개최한다. '난고 김삿갓 문학관'은 김삿갓의 문학적 유산을 체계적으로 관리하고 있고, 문학관의 야외에는 다양한 조형물이 전시돼 있다. 이러한 후대의 노력이 방랑하다 길에서 돌아간 김삿갓의 고단한 삶을 이해하는 데 도움이 될 것이다.

자신의 삶을 읊은 「난고평생시蘭皐平生詩」중 한 대목은 그를 기리는 축제가 열리는 왁자함 속에서 다시 읊조리게 한다.

날짐승도 길짐승도 제집이 있건만 鳥巢獸穴皆有居
나는 한평생 혼자 슬프게 살아왔네 顧我平生獨自傷
짚신에 지팡이 끌고 천릿길 떠돌며 芒鞋竹杖路千里
물처럼 구름처럼 가는 곳이 내 집이네 水性雲心家四方
사람도 하늘도 원망할 일이 못 되어 尤人不可怨天難
해마다 해가 저물면 혼자 슬퍼했노라 歲暮悲懷餘寸腸

고孤를 지키는 것은 나의 운명
이자

봉산리에 은거하다

태백의 금대봉 자락 검룡소에서 발원한 물은 이 골짜기 저 골짜기의 물을 받아들이면서 골지천이 된다. 몸집을 불린 골지천은 봉산리에서 임계천을 만난다. 수고당守孤堂 이자李䔉, 1652~1737가 은둔할 뜻을 세우고 관동의 험한 산과 계곡을 두루 찾아다니다가 이곳에 터를 잡게 된다. 험준한 준령에 둘러싸인 평탄한 땅은 그윽하고 깊으며, 비옥한 땅도 넉넉하여 농사에도 적당했다. 이자의 부친은 숙종 때 좌의정을 지낸 외재畏齋 이단하李端夏인데, 숙종

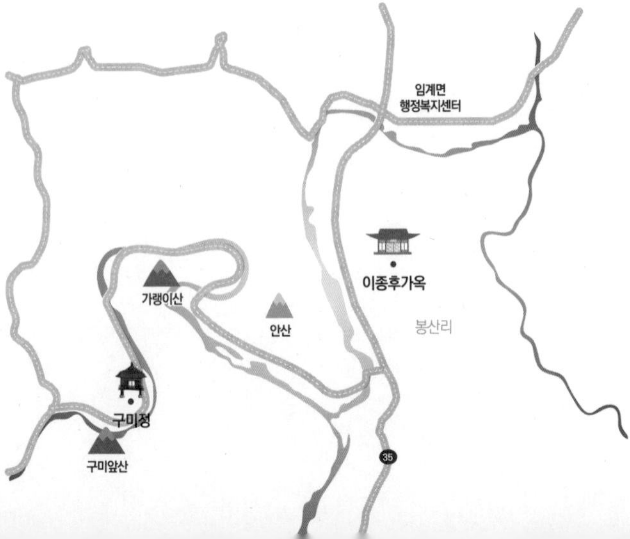

15년(1689년) 기사환국에 연루되어 지평현으로 낙향해서 별세하였다. 이조판서를 지낸 조부 택당澤堂 이식李植, 1584~1647과 부친의 많은 유고와 유품을 보존하고 평생 은거를 위한 장소로 임계군 봉산리를 택하였다. 보관해 오던 많은 장서와 유품 일부를 이곳으로 옮겨 보관했다. 별채의 당호를 '수고당守孤堂'이라고 하였고, 또한 자신의 호로 삼았다. 「양선집장산기兩先集藏山記」와 「수고당기守孤堂記」를 지었다.

어떤 사람이 물었다. 고孤는 전설상의 나쁜 괴수로 불길하고 상서롭지 못한데 어찌하여 이것을 취하여 건물의 이름을 삼는가? 대답하길, 조부님이 읊으시던 시와 간략한 서문에 이렇게 설명하였다. "옛날 별과 연관하여 운명을 추산하고 길흉을 점쳐보니 고진孤辰: 천간天干을 일日로 삼고 지지地支를 진辰으로 삼아 육갑六甲을 따지다 보면, 천간과 서로 배합되지 않는 지지가 나오게 되는데, 이를 고진이라 하여 흉하게 여겼다.)을 두 번 붙잡고 있는 상이어서 일생이 주로 고孤처럼 괴롭고 위태로웠다. 이제 노년에 접어들어 돌이켜 생각해 볼 때 평생의 사업에 고孤 아닌 것이 없었다. 이제 벼슬 또한 나의 뜻에 부합되지 않아 버리고 나왔다. 바야흐로 또 홀로[孤] 깊은 산 속 가운데 외로운 마을[孤村]에 기거하게 되니 고孤의 그림자가 끝까지 깊게 드리워져 있다. 권모술수의 정치에는 부합되지 않았으니 간사한 무리가 난무하는 조정에서 어찌 벼슬에 뜻이 있었겠는가. 부귀와 영달을 추종하는 무리와 어찌 뜻을 같이할 수 있겠는가." 고孤를 지킴[守]은 운명의 순리라 생각하여 당을 수고당守孤堂이라 하였다. 별채의 이름을 수고당이라 한 까닭이 잘 나타났다. 삼척 경계 안 중봉산重峯山 제일 깊은 골짜기에 서

고를 짓고 이곳을 주관할 화승化僧을 모집하여 단교사斷橋寺를 창건하였다.

이형진李衡鎭, 1676~1757의 『백애유고白崖遺稿』에 「수고당守孤堂」이 실려 있다.

온 세상 모두 남을 따라가더라도 擧世皆隋衆
공만이 홀로 수고당을 지켰네 惟公獨守孤
젊어서 세상 건지려던 뜻 어긋나 少違兼濟志
궁해져 스스로 보전할 것 꾀하였네 窮欲自全圖
시첩 시구는 선인의 뜻 좇으며 帖句追先意
장서들은 후학을 기르기 위함이네 藏書備後謨
방옹龐翁처럼 숨어 살고 있으니 龐君栖隱日
또 이 노인과 같은 이는 없네 亦似此翁無

방옹龐翁은 후한 때의 고사 방덕공龐德公을 가리킨다. 후한 말엽 세상이 어지러워지자, 방덕공은 세상에 나가지 않고 처자를 데리고 농사지으며 은거하였다. 수고당 고택은 처음에는 건립 연도를 정확히 알 수 없었으나, 해체 수리하는 과정에서 발견된 상량문을 통해 안채는 1677년, 별채는 1683년에 지어졌음이 밝혀졌다.

수고당이 있는 봉산에 이명환李明煥, 1718~1764이 1746년에 들린 행적이 『해악집海嶽集』 속 「해악지행海嶽之行」에 실려있다.

동남쪽으로 구미九美의 산에 갔다. 구미의 산이라 일컫는 곳은 덕수 이씨가 사는 곳이다. 여기에는 장담長潭, 활석濶石, 기이하게 생긴 봉우리가 있다. 많은 계곡의 물이 흘러 나와 내를 이루었다. 나는 쉬며 구미를 관망했다. 돌밭, 산뽕나무가 있으나 사람과 가축은 적다. 구미의 평지에 있는 봉산蓬山에는 논과 과수원이 있다.

이명환은 덕수이씨 집안의 구미정사 일대를 '구미지산九美之山'이라 지칭하고 있다. 장담長潭: 길다란 못과 활석闊石: 개방된 너럭바위, 연접된 기이한 봉우리[奇峰] 등의 주변 경관을 언급하고 돌밭과 산뽕나무 등 구미를 관망하였음을 술회하고 있다. 논과 과수원이 있는 곳은 지금의 봉산리다.

이형진도 봉산리에 들려 「봉산별업蓬山別業」을 지어 옛 풍경을 전해준다.

누가 봉산리 후미진 곳에 있다고 말하나 誰道蓬山在僻取
특별히 넓고 한가하여 진나라 골 같구나 別區閒曠似秦州
세 봉우리 나란히 중첩되어 솟아 있으며 三峰並峙重重立
두 개 물줄기 모여 멀리멀리 흘러가네 二水交會遠遠流

신범辛氾, 1823~1879도 봉산리에 들려 「수고당 이자의 집에 들리다」를 한 수 남겼다. "봉산 높은 곳에 하나의 당을 여니, 몇 세대 지나온 유풍이 얼굴을 닦아주네" 신범은 고풍스러운 수고당의 분위기가 인상적이었다. 고택에 전해지는 가풍을 직접 몸으로 느꼈다.

구미정사에서 유유자적하다

물은 임계천을 만나 본격적으로 구불구불한 골짜기를 만들며 흐른다. 깊게 협곡을 만들며 곡류한다. 몸 비틀기를 네 번째 하다가 구부러지는 곳에서 여울이 되어 암반 위로 흘러내린다. 물 건너편의 강건한 절벽 때문에 굽이쳐 흐르며 골지천에서 가장 뛰어난 경치를 빚어낸다. 다시 흘러간 물은 아우라지로 유명한 송천과 합류하며 남한강의 최상류가 된다.

숙종 때 이자가 관직을 버리고 내려와 골지천에 구미정사九美精舍를 지었다. 한가로울 때 구미정사에 나와 시를 읊으며 피서와 풍류를 즐겼다. 이곳에 앉아 언덕 아래 자연경관을 관망하면 9가지 풍치의 미를 볼 수 있어서 구미정사라 하였다. 이자의 후손들이 엮은 행장에 건물의 입지와 구조, 그리고 구미정사에서 소요하는 이자의 유유자적한 생활상이 묘사되어 있다.

봉산리

봉산에서 5리 정도 찾아가면 특별한 장소가 있는데 물과 바위가 어울린 절경의 동천洞天이다. 이로 인해 속칭 구미九美라는 이름이 있다. 아름답게 꾸며진 계곡 위에 평평한 바위가 있는데 가히 수백 평은 된다. 중앙에 구정搆精이라는 집이 맑은 강을 내려다보며 서 있다. 두 칸은 구들이 깔린 방이다. 그중 한 칸에는 기기와棄棄窩라고 쓴 편액을 달았다. 다른 사람이 써 준 시구에 말하길 '나와 다른 사람이 저절로 합쳐져 나무꾼과 어부로 늙고, 땅을 버려 객이 되고 선비로의 삶을 버린다'라고 하였고, 또 '기지기인棄地棄人: 버려진 땅, 버려진 사람을 합치고 빼서 기棄 두 글자로 별장의 이름으로 하였다.' 자연히 다른 뜻은 엄공嚴公을 말하지 않더라도 보인다. 거문고, 책상, 차 항아리를 그 가운데 놓아두고 9경을 읊고 시가 17수를 지었다. 훌륭한 경치를 탁본한 듯이 그대로 옮겨 놓았다. 봄 여름에는 주자서朱子書 한 질을 가지고 항상 그곳에 머물렀다. 저녁에 주자서를 외우고, 시간이 있으면 복건을 쓰고 청려장을 짚고 물가와 산속에서 노닐었다. 묘한 인연을 깨닫고 진정한 풍취를 얻었으며, 티끌 같은 세상을 뛰어넘어 구름을 손에 쥐고 노을을 낚고 아침저녁으로 술 마시고 시를 읊었다. 고금을 희롱하며 세월을 보낸 것이 30년이다. 청복을 누리고 하늘로 돌아갔다.

「수고당행장」에서 확인되는 점은 동천의 너럭바위 위에 지은 구미정사의 두 칸은 헌의 형태이며, 그중 한 칸은 기기와란 당호를 내 걸었다는 사실이다. 또한 구미정사의 구미 9경에 대한 단서 등을 통해 구미정사와 관련된 조영 내용을 추출할 수 있다. 첫째, 구미정사는 신선이 산다는 별천지로서의 동천으로 삼았다. 둘째, '구미계구정사'라는 본래 이름을 갖는 구미정은 '기기와'라는 편액에서 보듯이 물욕과 사람과의 인연을 배제한 은거처로 삼은 이자의 별서다. 이자는 학문에 전념하며 또한 시가를 읊었다. 봄 여름으로 주자서 한 질을 항상 비치해 놓고 아침저녁으로 암송하시며 틈틈이 시간이 나시면 골지천을 산책하였다.

봉산에서 5리 떨어진 곳에 물과 바위가 절경인 구미정사를 이자는 왕래하면서 거주하였다. 매년 봄에는 따뜻하게 하고 가을에는 서늘하게 하여, 풍류를 읊으니 그림책 속에 있는 집으로 돌아가 초연해지는 것 같았다. 이렇게 30여 년을 보냈다. 즐거워서 늙었다는 것을 잊을 정도였다.

이명환李明煥, 1718~1764은 「구미九美의 이처사 산장을 지나며」를 짓는다.

졸졸 흐르는 저 맑은 물 泌彼淸川水
그곳에서 선비 마음 넉넉하네 於焉碩士薖
구름 낀 산은 계속 겹쳐지고 雲山千萬疊
두어 집에서 연기 피어오르네 煙火兩三家
너럭바위의 꽃 누가 감상할까 盤石花誰賞
통발엔 물고기 물결치는데 笱梁魚自波
경륜에 대해 물을 곳 없고 經綸無處問
산에 뽕나무와 삼만 보일 뿐 山上有桑麻

구미정 앞으로 흐르는 맑은 물은 주인의 마음이다. 많은 수량은 넉넉한 주인 마음과 같다. 주인은 인적 드문 깊은 산 속에 살고 있다. 첩첩 산속이고 보이는 것은 집 두어 채뿐이다. 아름다운 꽃을 구경할 사람이 없고, 물고기는 많지만 잡아갈 사람도 없다. 이런 곳에서는 세상을 다스리는 경륜 따위는 필요 없다. 이곳이 바로 무릉도원이다.

구미九美는 정자 주변의 아홉 가지 아름다운 풍경을 일컫는다. 정자에 앉으면 아름다운 경치에 탄성을 지르게 된다. 흥분을 가라앉히고 차분히 주위를 둘러보면 경관이 그냥 아름다운 것이 아니라는 것을 깨닫게 된다. 각각의 아름다움이 있다. 항상 물고기가 많이 모여 있는 어량漁梁, 주위의 밭두렁이 그림보다 아름다운 전주田疇, 주위에 있는 바위들이 섬과 같이 아름다운 반서盤嶼, 주위 곳곳에 쌓아 올린 돌층대의 아름다움인 층대層臺, 정자 뒤편 바위가 뚫려 생긴 연못인 석지石池, 바위가 100평 이상 되고 평평한 평암平巖, 강물이 연못의 물같이 잔잔한 징담澄潭, 주위의 기암절벽이 바위옷 이끼로 항상 푸르게 보이는 취벽翠壁, 멀리 보이는 산봉우리가 연이어 있어 아름다운 열수列岫가 그것이다. 구미정을 사랑한 사람이 아니고는 찾아낼 수 없는 구미정의 미학이다. 징담澄潭과 취벽翠壁을 시로 그려낸 이은 이형진이다.

「징담澄潭」

푸른 연못 깊은 곳 거울같이 평평하게 빛나니 碧潭深處鏡光平
헤엄치고 뱃놀이하고 갓끈도 씻을만하구나 游可方舟濯可纓
밤이 되어 물결에 일렁이는 달을 보니 看取夜來波印月
주인 노인 마음과 누가 밝을까 비교하네 主翁心地較誰明

「취벽翠壁」

구름 이어진 벽과 시내에 둘러 쌓인 정자 連雲古壁繞溪亭
산 사이에 한 점 그림 같은 병풍 만들었네 把作山間一畵屛
때맞춰 푸른 기운이 휘감아 두르려 하니 時有翠嵐浮欲卷
매우 기기묘묘한 모양 창문에 가득하네 十分奇態獻窓櫺

구미정 주변의 아름다움을 망라한 구미 18경은 어떤 것일까. 폭포 옆 암석, 고기가 뛰어오르는 연못, 어느 쪽으로 물을 건너야 할지 몰라 왔다 갔다 하는 곳, 물살이 부딪히는 바위, 술 취한 사람이 누워 술 깨는 돌, 어두울 때 불 피우는 자리, 바위 위에 걸린 무지개(폭포 무지개), 물에 잠겼다 드러났다 하는 자갈, 배 타고 물 건너는 곳, 폭포 소리가 우레 같은 여울, 방아로 찧는 것 같은 폭포 물거품, 비를 피하는 바위 절벽, 물 나들이에 있는 돌, 돌 틈의 샘물, 난간에서 더위를 피하는 곳(정자암), 모래 위로 지팡이를 끌면 나는 퉁소 소리, 너래 위에 놓고 마시는 술동이, 건너편에 있는 서적을 두는 굴이 18경이다.

구미정

이후로도 계속 구미정의 아름다움을 칭송하는 글이 이었다. 조선 말기 의병이었던 전봉집全鳳集은 구미정이란 시를 남기기도 했고, 『관동지』는 참의 이자의 별장으로 9개의 뛰어난 경치가 있어서 구미정九美亭이라 이름했다고 기록하였다.

영동

동쪽으로 돌아간 까닭은

냇물도 갈라놓지 못한 우정
박공달과 박수량

문장으로 이름을 날리다
심언광

오죽헌에서 연마한 예술과 학문
신사임당과 이이

향호에서 노닐다
최운우와 이영부

세상을 바꾸려 하다
허균과 허난설헌

선녀와 나무꾼이 사랑하던 곳
양사언

법수치리 검달동의 황폐해진 터
김시습

산봉우리 위로 나는 가을 독수리
심동로

천은사에서 제왕운기를 쓰다
이승휴

척주를 기록하다
허목

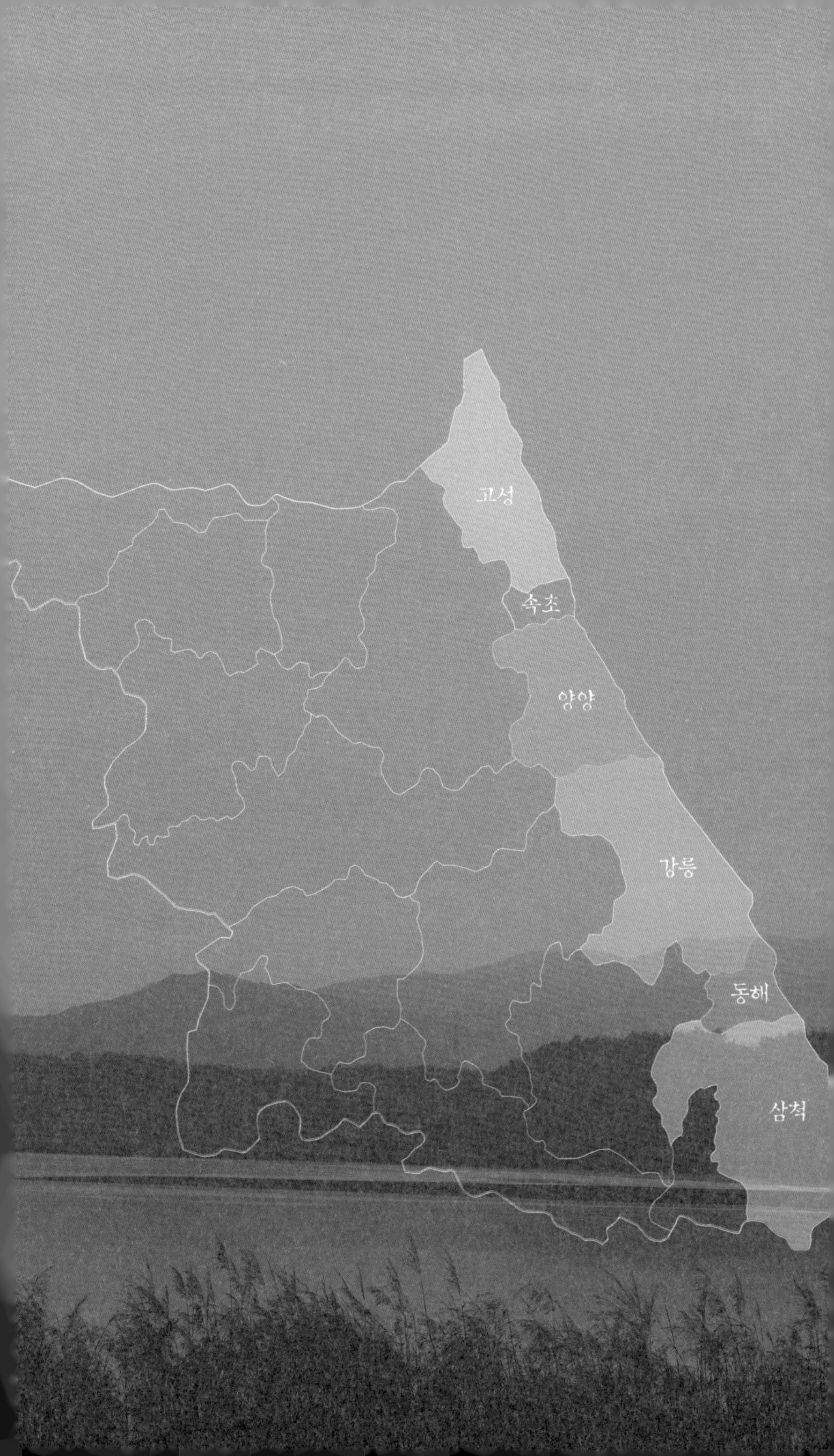
고성
속초
양양
강릉
동해
삼척

냇물도 갈라놓지 못한 우정

박공달과 박수량

언덕에 올라 술잔을 들다

교문암에서 조금 남쪽으로 언덕 하나가 있는데 가운데를 차지하고 있는 것을 쌍한정雙閑亭이라 한다. 고을 사람인 박공달朴公達과 박수량朴遂良이 노닐던 곳이라 그렇게 이름 지었다. 산수의 형세가 울창하고 깊숙하며, 기운이 힘차게 일어나 용솟음치는 까닭에 특이한 인물이 많이 났다.

허균의 「애일당기愛日堂記」에 나오는 대목이다. 1519년(중종 14) 기묘사화 때 화를 당한 사람들의 행적을 엮은 『기묘록보유』에 박

공달朴公達, 1470~1552에 대한 전기가 자세하다. 대대로 강릉에서 살았으며, 을묘년에 생원시에 합격하였다. 현량과에 천거되어 홍문관저작과 병조좌랑을 역임하였는데, 성품이 순후하고 삼가며 효성과 우애가 독실하다고 평가한다. 기묘사화가 일어나자 벼슬을 버리고 강릉으로 돌아와 박수량朴遂良, 1475~1546과 함께 술벗이 되어 항상 쌍한정에 모여서 매일 자신을 잊을 정도로 마셨다. 두 집 사이에 냇물이 있어서 혹 건너지 못하면 각자 언덕 위에 올라 마주 앉아서 술잔을 들었고, 흥이 다하면 그만두었다.

『해동잡록海東雜錄』에도 박공달에 대한 행적이 소개되어 있다. 박수량과 사귐을 자세하게 소개하면서 박수량이 박공달에게 준 시를 실었다.

삼강오륜 따위가 나에게 무슨 상관이랴 三五綱常於我何
한 고을의 아름다움 그대에게 많이 있네 一鄕專美在君多
세상 사람 한결같이 두 늙은이로 보지만 世人一樣看雙老
누가 곧은 쑥대 삼대에 힘입은 줄 알리오 蓬直誰知賴依麻

순자荀子 권학勸學편에 마중지봉麻中之蓬이란 말이 있다. 삼밭에 쑥이라는 뜻이다. 쑥은 잘 구부러지는 성질을 가지고 있으나, 이러한 쑥도 삼밭에서 자라게 되면 일부러 붙들어주지 않아도 삼이 곧게 자라남과 같이 같은 방향으로 자란다. 봉생마중불부이직蓬生麻中 不扶而直, 쑥도 삼밭 속에서 자라면 붙들어 주지 않아도 저절로 곧아진다.인 것이다. 박수량 자신은 쑥이고 박공달은 삼으로 비유했다. 술만 마시는 친구가 아니라 서로 선한 영향을 끼치는 친구 사이였다.

벼슬살이 풍파에서 宦海風波
기묘사화를 만나 遭歲黃兎
그대 이미 신을 벗었고 君旣脫屣
나도 돌아와 놀고먹네 我亦家食
주진朱陳 옛 마을에 朱陳古村
개 짖고 닭 우는도다 犬吠鷄鳴
세 칸 초가집에 三間白屋
시내가 남북을 갈랐도다 一溪南北
하늘은 어찌 돕지 않아 天胡不佑
갑자기 그대 죽었는가 奄爾云亡
쌍한정의 달은 雙閑亭月
만고에 길이 밝으리라 萬古長明

박수량이 먼저 죽으니, 박공달은 글로써 곡하였다. 기묘사화 때 화를 당해 낙향한 후 쌍한정에 모여서 매일 우의를 다지던 사이였다. 두 집 사이에 냇물이 있어도 둘 사이의 우정을 갈라놓지 못하였다. 장마가 져서 물을 건너지 못하면 각자 언덕 위에 올라 마주 앉아서 술잔을 들곤 하였다. 그러던 친구가 먼저 세상을 떠나게 되었다. 남은 것은 쌍한정 뿐이다. 쌍한정은 우리의 우의를 기억할 것이라고 슬픔을 대신했다.

상진尙震이 강원도의 감사가 되어서 쌍한정을 방문하였다. 박공달을 평하기를, "이 사람은 옥으로 만든 병에 담긴 가을 물 같다." 하였다. 송나라 시인인 포조鮑照의 「백두음白頭吟」에 이르기를 "충직하기론 붉은색 밧줄이요, 청정하기론 옥병 속의 얼음일세.〔直如朱絲繩 淸如玉壺氷〕"라고 한 표현에서 유래되었다. 옥호玉壺의 추수秋水는 청정하고 고결한 품격을 지녔다는 뜻이다.

1516년 가을에 김정金淨이 한 필의 말을 타고 관동을 유람하다가 박공달을 만났다. 두 사람은 일찍이 만난 일이 없었으나 바로 친해졌다. 며칠 동안 머물다가 돌아갈 때 박공달에게 시를 지어 주었다.

은거하던 친구 서로 만나니 相逢棲隱者
이곳이 바로 방장영주方丈瀛洲 此地即方瀛
바다에 뜬 배엔 달이 비치고 江海孤舟月
떠도는 객 홀로 별을 헤네 飄浮一客星
흥취는 금강산에 더해 가고 趣添皆骨去
눈에는 경포호 푸르름 들어오네 眼入鏡湖靑
이제 작별하면 또 천 리 길 分手又千里
말 앞에는 찬 잎새 떨어지네 馬前寒葉零

박민헌朴民獻, 1516~1586이 일찍이 강원도 관찰사로 있을 때 박공달의 옛 자취를 찾았다. 시내와 산이 그윽하고 고요한데 쌍한정만이 남아 있었다. 화가를 시켜 그 풍경을 그려 가지고 갔다.

모든 농민에게 농지를

『기묘록보유』 하권에 「박수량전」이 실려 있다. 박수량의 본관은 강릉이다. 무인년에 초야에 은거하는 선비로 뽑혀 별과로 벼슬하였다. 천거할 때 천성이 순후하고 지조가 구차스럽지 않았다. 소박하고 말이 적어 꾸밈이 없으며 효행이 있고 뜻이 독실하였다. 용궁 현감이었을 때 송사가 번다하고 백성이 많다고 일컬어지는 지역이었으나, 공이 일 처리를 물 흐르듯 하니 밀린 송사가 없었다. 이어 사섬시주부 등을 지내다가 기묘사화로 파직되어

쌍한정

고향으로 돌아왔다. 스스로 호를 삼가정三可亭이라 하고, 박공달과 쌍한정에서 매일 시와 술과 담론을 즐겼다. 허균은 『성소부부고』에서 박수량의 다른 모습을 알려준다. 김정金淨이 금강산을 유람하는 길에 그의 집에 들렀다. 일꾼들 사이에서 손수 새끼를 꼬고 있었으므로 그가 주인인 줄 몰랐다. 풀을 깔고서 술을 마셨는데 질동이에 담은 술과 나물 안주였다고 한다.

쌍한정은 사천천 하구 후리둔지 남쪽 기슭에 비각과 함께 있다. 비각 안 비석을 보니 '효자박수량지려孝子朴遂良之閭'와 '효자임영처사박수량지려孝子臨瀛處士朴遂良之閭'라 새겨져 있다. 효자인 박수량에게 내려진 붉은 칠을 한 정문旌門을 알리는 비석이다. 박수량을 이해하는 키워드가 효도라는 것을 알려준다. 『해동잡록』은 연산군 때 단상법(3년상을 1년으로 줄이는 법)이 엄했으나, 박수량은 어머니의 상을 당하여 움막에서 삼년상을 치렀고, 중종 때나라에서 정문을 내린 사실을 소개하고 있다. 『조선왕조실록』에 실린 중종 3년 때 기사와 연관 있다.

예조가 아뢰기를, "강원도 관찰사가 아뢰기를, '박수량朴遂良、고숭효高崇孝가 연산군의 단상短喪 때에 당시의 제도를 돌아보지 않고 상복을 입고 상기喪期를 다 마쳤다.'고 하였습니다. 다시 진위를 따져 사실을 밝혀서 아뢰게 하소서."하였다.

비각 옆 건물은 쌍한정이다. 박수량과 박공달이 관직에서 물러나 자연을 벗하며 함께 소요하던 공간이다. 도로가 바로 옆으로 높이 지나가면서 옛 정취는 사라진 지 오래고, 박수량의 손자인 박이인朴里仁이 노닐며 '촌옹박리인일유암村翁朴里仁日遊巖'을 새겼던 일유암日遊巖도 훼손되었다고 공간의 의미가 퇴색된 것은 아니다.

박수량의 식견은 중종 13년인 1518년 5월 27일에 기록된 사실을 통해서 알 수 있다. 박수량과 관련된 기사만 발췌하여 읽어본다.

신용개가 아뢰라 하자 박수량이 아뢰기를, "우리나라는 백성의 빈부 차이가 너무도 심합니다. 부자는 땅이 한량없이 연해 있고 가난한 자는 송곳을 세울 곳도 없습니다. 비록 정전법井田法이 훌륭하다 하더라도 지금은 시행할 수가 없으니, 균전법均田法을 시행하면 백성이 실질적인 혜택을 입을 것입니다."라고 하였다.

신용개가 이르기를, "균전법은 과연 훌륭한 것이므로 전에도 의논이 있었지마는, 지금 부자의 땅을 떼어서 가난한 자에게 준다 해도 부자의 자손이 가난하게 되었을 때 이것을 도로 뺏을 수도 없으니 이 점이 큰 폐단이다."하니, 박수량이 아뢰기를, "어진 정사는 반드시 경계를 바로잡는 일부터 시작해야 합니다. 한 읍 안에 수백 결씩 땅을 가지고 있는 자가 있으니, 이대로 5~6년만 지나면 한 읍의 땅은 모두 5~6인의 수중으로 들어갈 것입니다. 이것이 어찌 옳은 일이겠습니까? 지금 이 땅들을 고르게 분배하면 이야말로 선왕이 남긴 정전법의 뜻이 될 것입니다."라고 하였다.

단순히 책만 읽은 백면서생이 아니라 백성들을 위해 어떻게 정치를 해야 하는지 뚜렷한 주관을 보여주는 문답이다. 나라를 다스리는데 인仁과 의義를 적절하게 균형을 맞추어야 한다는 것은 당연하다고 할지라도, 토지에 대한 식견에 놀라지 않을 수 없다. 토지가 소수에 집중된 폐해를 시정하기 위한 대책은 오랫동안 모색한 결과였다. 박수량이 몸으로 체험하지 않았으면 내놓을 수 없는 대책이다. 최선의 방법은 정전법이지만 대안으로 균전법을 제시한다. 균전법은 토지의 소유, 분배 및 조세 징수 제도의 한 형태다. 토지를 국유화하고 모든 농민에게 균일하게 농지를 분배하자는 것이 주된 내용이다. 조선 후기의 실학자와 지식인들이 농촌사회를 구제하기 위한 대안으로 제안한 균전법을 박수량이 만저 주장했으니, 그의 진보적인 경세관을 알 수 있다. 이후 박수량은 1518년(중종 13) 용궁현감으로 나가게 되지만, 1519년 기묘사화 때 고향으로 돌아오게 된다.

반정으로 왕위에 오른 중종은 쫓겨난 신진사류를 등용하여 파괴된 유교적 정치 질서를 회복하려 했다. 두각을 나타낸 이가 조광조였다. 조광조는 성리학을 정치와 교화의 근본으로 삼아 고대 중국의 왕도정치를 이상으로 하는 정치를 실현하려 했고, 박수량도 현량과로 뽑혀 자신의 이상을 용궁에서 실천하였다. 그러나 조광조의 급진적이고 이상주의적 왕도정치로 인해 곧 정적들이 생기고 왕도 거리를 두게 된다. 남곤, 심정, 홍경주 등의 훈구파가 조광조, 김정 등의 신진파를 죽이거나 귀양 보내는 사화가 일어나면서 박수량은 이상을 채 펴지도 못하고 고향으로 돌아와 쌍한정에서 소요해야만 했다.

뒷날 이근원李根元, 1840~1918은 금강산을 갔다 오는 도중에 쌍한정에 들린 사실을 「동유일기」에 기록하였다.

> 가해평駕海坪을 넘어 사천에 도착하여 창석정滄石亭에 올랐다. 미노리에 도착하니 삼가三可 박수량朴遂良의 효자 정려가 있다. 연산군 시대, 단상령短喪令을 받지 않고 움막을 지어 삼년상을 치른 사람이다.

세 가지가 좋다

박수량은 삼가三可를 자신의 호로 삼았다. '세 가지가 좋다'는 의미다. 박수량은 "내가 배움도 없으면서 진사에 급제했으니 욕됨이 없어 좋고, 땅도 없으면서 날마다 두 끼를 먹으니 굶주림이 없어 좋고, 덕망도 없으면서 산수에 머무니 속됨이 없어 좋다."라고 했다. 그러나 삼가三可의 뜻만 보고 자연과 벗하며 즐겼을 거라 섣불리 판단하면 박수량의 진면목을 보지 못한 것이다. 토지제도의 폐해와 대안을 제시하고 현장에서 적용하던 그가 귀향했을 때 심정을 피상적으로만 이해해서는 안 된다. 좌절과 분노가 당연히 있었을 것이다. 쌍한정이라는 정자의 이름과 삼가三可라는 호와, 박공달과 매일 시와 술과 담론으로 즐겼다는 일화로 인해 그의 분노를 쉽게 간과한다. 「제멋대로 읊다」에서 자신의 마음 한구석을 조심스레 보여준다.

벙어리 귀머거리 된 지 오래고 口耳聾啞久
오로지 두 눈만 남아 있네 猶餘兩眼存
어지럽고 시끄러운 세상만사 紛紛世上事
볼 수는 있어도 말할 수 없네 能見不能言

조정에서 단호하게 자신의 의견을 피력했지만, 상황은 변해버렸다. 한마디 말로 자신의 목숨이 위태로울 수도 있는 광기의 세상이 되었다. 이럴 때는 입과 귀를 닫는 수밖에 없다. 매일 술로 달랠 수밖에 없다. 현실에 만족하여 날마다 술을 마신 게 아니었다. 정자 이름에 한가롭다는 '한閒'자를 넣었지만, 타의에 의해 강제된 한가로움이었다. 비록 술을 마시며 한가롭게 시를 짓고 담

박수량 묘지

론을 즐기더라도 눈은 똑바로 뜨고 현실을 직시하겠노라는 다짐이 시퍼렇다.

윤증尹拯, 1629~1714은 이곳을 지나다가 「쌍한정에서 읊다」를 남기며 예를 표한다.

푸르른 소나무 시내 따라 서 있는데 蒼松落落帶晴川
처사가 살던 곳은 한주먹 돌만 남았네 處士遺墟石一拳
애석하게 그 전통은 바닷가에 버려지고 可惜靑氈拋海上
오래된 비 앞에서 길손 고개 숙일 뿐 行人但式古碑前

박수량의 묘소는 사천면 미노리 삼가봉을 뒤로한 야트막한 야산에서 쌍한정을 바라보고 있다. 죽어서라도 넓은 토지가 한두 사람 권세가의 손에 들어가는 것을 감시하겠다는 의지가 드러나는 것 같다.

묘지 앞에 있는 묘표는 1814년(순조 14)에 세워졌으며, 비문은 영조 때 홍문관 대제학을 지낸 이재李縡가 썼다. 비문의 마지막 부분에서 눈길이 머문다. "선생은 감흥이 생기면 반드시 시를 읊었는데, 시에는 속세의 기운이 없었다. 시를 논평하는 자가, '천마가 공중을 다니는 것처럼 억지를 부리지 않았다.'라고 하였다. 내가 평소에 선생의 풍모와 절개를 사모하였는데, 향인의 청으로 비명에 시를 지어서 비석의 뒷면에 새기게 하였다. 시는 다음과 같다. 영원히 푸르른 송백의 마음 같아, 한겨울 눈과 서리도 꺾지 못하였네. 내 한번 사양의 거문고 연주하고프나, 혼을 불러도 돌아오지 않고 바다 구름만 짙게 끼었네."

문장으로 이름을 날리다

심언광

명나라 사신이 글씨를 써주다

경치 좋은 곳에서 술잔 드니 勝地逢盃酒
이 곳서 노니는 것 싫지 않네 斯遊也不嫌
어찌 알았으랴 천 리 밖에서 那知千里外
어진 주인과 손님 만날 줄 得値二難兼
바다에 안개 서서히 걷히고 海色初收霧
솔바람 솔솔 더위 삭히니 松風不受炎
어찌해서 한유韓愈의 何須韓吏部
찻잔 든 손 부러워하겠나 茗盌捧纖纖

오죽헌에서 출발한 이이李珥의 발길이 해운정에 닿았다. 마침 주인이 손님과 술상을 가운데 놓고 담소를 나누고 있다. 합석하여 시간 가는 줄 모르고 이야기를 나누었다. 술잔이 몇 순배 돌았을까. 해운정 앞 경포호에서 안개가 걷히기 시작한다. 마침 바다에서 부는 바람이 이곳까지 불어온다. 해운정 뒤에 우뚝 선 소나무가 소리를 낸다. 부채가 필요 없다. 훌륭한 주인과 손님, 담소를 나누다가 술로 목을 축이는데 시원한 바람이 부니 차를 사랑했다는 한유가 부럽지 않다.

시 제목은 「해운소정海雲小亭」이다. 정자에 걸린 '해운정' 현판은 송시열의 글씨다. 율곡은 왜 해운소정이란 제목으로 시를 지었을까? 중종 때인 1537년에 명나라 사신으로 조선에 온 공용경龔用卿이 써준 글씨는 '경호어촌鏡湖漁村'이고, 함께 사신 온 오희맹

해운정

吳希孟이 써준 것은 '해운소정海雲小亭'이다. 율곡이 이곳을 찾았을 때는 오희맹의 '해운소정'이 현판으로 걸려 있었을 것이다. 글씨는 정자 안에 걸려 있다. 글씨뿐만 아니라 해운정에 앉아 술을 마시다가 흥취를 노래한 시들이 정자 안에 가득하다. 명나라 사신인 공용경龔用卿, 송시열宋時烈, 박광우朴光佑, 김창흡金昌翕, 권숙權潚, 심순택沈舜澤, 이헌위李憲瑋, 한정유韓廷維, 윤봉구尹鳳九, 채지홍蔡之洪, 이민서李敏叙, 일완日暖, 낙중樂仲, 조경망趙景望, 김진상金鎭商, 송규렴宋奎濂, 송익필宋翼弼 등의 시가 빽빽하게 걸려 있다.

해운정은 심언광沈彦光, 1487~ 1540이 1530년(중종 25)에 강원도 관찰사로 있을 때 지은 별당 건축물이다. 겉은 소박하고 안쪽은 세련된 조각으로 장식한 건물로서, 강릉 지방에서 오죽헌 다음으로 오래된 건물이다.

웅혼하고 도타우며 풍부하고 화려하다

해운정 주인 심언광은 1507년(중종 2)에 진사가 되고 1513년(중종 8)에 식년문과에 급제한 뒤 여러 벼슬을 역임하였다. 이조판서, 우참찬, 공조판서에 등용되었다. 1537년(중종 32)에 김안로金安老의 파직에 연루되어 벼슬에서 물러났고, 1761년(영조 37)에는 문공文恭이란 시호를 받았다.

허균은 『학산초담』에서 "중종조의 어촌漁村 심언광沈彦光과 최간재崔艮齋의 문장이 세상에 유명하다"고 언급한 후, 『성소부부고』에서 "우리 강릉에는 본디 본조本朝의 명인석사名人碩士가 많이 배출되었다. 국가에 대해 공이 많아 현신賢臣이 된 사람으로는 최치운崔致雲 부자요, 학문과 조행操行으로 사림에서 칭송된 이는 박공달朴公達 · 박수량朴遂良이요, 문장으로 세상에 이름을 날린 이는 심언광沈彦光 · 최연崔演 등이니, 모두 사가史家의 저술에 기재되어 지금까지도 사람들이 그들의 이야기를 하고 있다."라고 재차 설명한다. 허균이 봤을 때 심언광은 뛰어난 문장가였다. 그러나 당시에는 제대로 평가를 받지 못한 것 같다. 아쉬움을 『학산초담』에서 적어놓았다. 어촌의 시는 웅혼하고 도타우며 풍부하고 화려하기가 정사룡鄭士龍, 1494~1573보다 못하지 않은데, 권응인權應仁이 중종 이래 대가를 평하며 뽑은 시 중에 어촌이 들지 않았으니 무슨 까닭인지 모르겠다고 불만을 나타냈다. 북쪽 지방의 정자에 지은 시를 보다가 공의 시를 읽고 눈을 씻고 장단을 치지 않은 적이 없었다며 수성역輸城驛에서 지은 시를 들었다. 이와 같은 작품이 어찌 정사룡의 무리보다 못하냐며 아쉬워하였다. 이 시는 『어촌집』에 「경성 주진촌에서 느낌이 있어」란 제목으로 실려 있다.

고향 떠나 가을 지나 변방 성에 머무니 去國經秋滯塞城
낯선 풍경 모두 고향을 그리게 하네 異方雲物摠關情
넓은 강 건너고 싶으나 뱃사공 없고 洪河欲濟無舟子
겨울나무 말라가도 겨우살이 매달렸네 寒木將枯有寄生
곧지 않은 길로 일신 도모함이 우습고 自笑謀身非直道
헛된 명성 때문에 세상 속인 거 부끄럽네 還慚欺世坐虛名
새벽에 문 열고 푸른 바다 마주하니 曉來拓戶臨靑海
아침 해 밝고 밝아 간담을 비치네 旭日昭昭照膽明

심언광의 생애에서 김안로는 악연으로 얽힌 인물이다. 김안로는 기묘사화를 통해 정계에 부상하였다가 곧 그 세력을 경계하는 인물들로 말미암아 조정을 떠났는데, 그를 다시 조정에 불러들인 장본인이 바로 심언광이다. 처음에는 사이가 좋았으나 사이가 틀어져 심언광이 1537년 함경도 관찰사로 쫓겨났을 때 지은 시이다.

허균은 『성수시화』에서 "넓은 강 건너고 싶으나 뱃사공 없고, 겨울나무 말라가도 겨우살이 매달렸네"를 인용하면서 김안로와의 만남에 대해 후회하는 마음이 싹텄다고 보았다. 이익李瀷도 『성호사설』에서 위 시를 인용하면서 군자가 벼슬길에 들어서서 자리를 옮기는데 자세히 살피지 않고, 한번 소인의 농락을 당하면서도 미련을 버리지 않는다면, 깊은 구렁텅이에 빠지게 됨은 잠깐 사이의 일이다. 이로 본다면 심언광의 후회는 늦고 말았다고 평하였다. 세 번째 연인 "곧지 않은 길로 일신 도모함이 우습고, 헛된 명성 때문에 세상 속인 거 부끄럽네."라는 구절은 심언광의 솔직함을 잘 보여준다. 자신이 처신을 잘못해서 이런 처지가 되었음을 인정하는 대목에서 그의 성품을 알 수 있다.

대화를 지나 모노령을 넘은 후 청심대 앞을 흐르는 하천을 건너니 청심대가 제대로 보였다. 대부분 시와 여행기에 묘사된 청심대는 오대천 가에 우뚝 서서 백 척 이상이 되는 듯했다. 기생 청심과 관련된 이야기가 전해지는 곳이다. 「청심대에 올라 돌 위의 고송을 보고 감회가 있어 이희정李希程에게 보이다」를 짓는다.

깎아지른 듯한 소나무 파랗게 솟았으니 頑骨巉巉聳碧岑
가파른 봉우리에 홀로 서서 숲을 이루지 못했네 危巓獨木不成林

가을이 천 번 지나도 풍상의 모습 변치 않고 秋千不改風霜面
절반이 죽어도 살아남은 것은 우로의 마음이네 半死猶存雨露心
돌에 의탁한 뿌리 있으니 산 귀신이 지키고 托石有根山鬼護
넝쿨 붙잡고 길 없는 곳에 시골아이들 찾아오네 捫蘿無路野童尋
그의 절개 하늘이 사랑해 주니 憐渠完節渾天畀
세모에 서로 보며 함께 소리를 칭찬하네 歲暮相看共賞音

청심대와 관련된 청심의 이야기가 언제부터 전해져왔는지 모르겠으나 심언광의 시에 등장할 정도니 유명한 이야기였다. 강릉대도호부 부사로 있던 양수梁需가 한양으로 돌아갈 무렵인 1418년에 이야기가 전해져왔을 것이다. 태종실록에 따르면 병

청심대

조 참의로 있던 양수가 강릉대도호부부사로 임명된 것은 1412년인 태종 12년이다. 강릉에 머물던 그는 청심이라는 기생과 정을 나누었다. 임기가 끝나 떠나는 양수를 잊지 못한 청심은 대관령을 넘어 오대천까지 배웅을 나왔다. 부사 일행이 오대천 가의 높은 바위에 앉아 다리쉼을 하는 동안 아쉬움을 달래지 못한 그녀가 벼랑 아래로 몸을 날려 불귀의 객이 되고 말았다고 전해진다.

세상일 어수선하여 백 년을 그르치니 世路紛紛誤百齡
그대처럼 은거하며 도모하기에 족하리 幽棲似汝足謀生
가사 뚫어지면 산의 구름 빌어다 깁고 衲穿騰借山雲補
창 어두우면 고개의 밝은 달로 밝히리 窓暗還憑嶺月明
돌에 얽힌 하늘 띠는 성난 폭포 보는거요 絡石天紳看怒瀑
바람으로 생긴 음악 징 소리 듣는 거 같네 得風神樂聽寒錚
아침 되어 문득 흉금 차갑게 느껴지니 朝來斗覺襟懷冷
우수수 바람 소리에 온 골짜기 울리네 地籟蕭蕭萬壑鳴

세간을 등지고 자연 속에서 숨어 사는 것은 가은假隱과 진은眞隱으로 구분할 수 있다. 파쟁을 피해 치사致仕한 벼슬아치가 향리에 잠시 몸을 숨기는 것은 은일이 아니다. 장차 오게 될 출세의 기회를 노리며 때를 기다리고 있다면 이는 가은일 뿐이다. 진은은 세속적인 욕망을 완전히 떨쳐버리고 드러나지 않게 숨는 것이다. 벼슬살이에서 상처를 입은 심언광은 진은을 꿈꾼다. 가사 뚫어지면 산의 구름 빌어다 깁고, 어두우면 고개의 밝은 달로 불을 밝히며 살고 싶었다. 「월정사에서 자다가 노스님에게 주다」란 시에서 그의 다짐을 읽을 수 있다. 오대산 월정사에 갔다가 깨달음이 있어 시로 지었다. 「오대산에서 독서 하던 세 수재秀才를 생각하다」도 마찬가지다.

헛된 이름 십 년에 높은 지위 도적질하며 虛名十載盜金貂
털끝만큼도 임금님께 보답함이 없었고 毫髮曾無報聖朝
좋은 가격에 화씨의 구슬 팔려고 했으나 善價欲沽和氏璧
그릇된 도모는 송나라 사람 싹을 뽑는 일 같았네 謬謀如揠宋人苗
남은 생 흐르는 세월 빌리고 싶지 않지만 殘生不被流年貸
완악한 몸이라 참소 쌓여 뼈를 녹일 뿐 頑骨都隨積毁銷
오대산 그윽하고 빼어난 곳 꿈속에 그리니 夢想五臺幽絶處
어디서 고기 잡고 나무하며 살아가려나 一區何地着漁樵

김안로를 등용시킨 일로 탄핵을 받아 1538년에 파직된 시기에 지은 작품이다. 벼슬살이에 대한 회한이 가득하다. 진나라 풍부馮婦라는 사람이 호랑이를 잘 때려잡았는데 뒤에 마음을 바꾸어 선비가 되었다. 어느 날 들을 지나가는데 사람들이 호랑이를 산모퉁이에 몰아 놓고서 아무도 접근하지 못하고 있다가 풍부가 수레를 타고 오는 것을 보고 달려가 맞이하였다. 풍부가 팔뚝을 걷어붙이고 수레에서 내리자 사람들은 기뻐하였으나 선비들은 옛날 버릇을 버리지 못했다고 비웃었다. 고향으로 돌아온 심언광은 벼슬길에 나가기 위해 공부했던 오대산을 그리워한다. 함께 공부하던 친구들은 험난한 벼슬살이를 잘하고 있는지 궁금하다. 청운의 뜻을 품고 용맹정진하던 그 시절로 돌아갈 수 없지만, 그곳은 늘 그립다. 오대산은 그에게 늘 이상향이었다. 구지仇池, 삼청복지三淸福地, 천간天慳 등의 시어는 무릉도원과 동의어다. 심언광만 그렇게 생각했던 것은 아니다. 대부분 시인의 시에 오대산은 이상향으로 그려졌다.

경포호에 살 곳을 정하다

외로운 섬에 머무르니 바로 청산인데 地留孤嶼卽靑山
산 밖 푸른 바다 넓게 눈에 들어오네 山外滄溟入眼寬
달이 밝으니 감호의 호수는 고요하여 月白鑑湖湖水靜
마치 다리미로 흰 비단 다림질한 것 같네 恰如金斗熨氷紈

고향에서 심언광은 마음에 평정을 얻은 것 같다. 경포호 주변에 집을 마련했다. 「경호서당에서 밤에 앉아서」를 보면 그의 담담한 마음을 읽을 수 있다. 자신이 거처하는 곳은 섬은 아니지만 섬처럼 외롭다. 그러나 외롭지 않다. 늘 꿈꾸던 이상향이기 때문이다. 바다도 보이고 호수도 보인다. 호수는 달밤에 고요하기만 하다. 시끄러운 세상사와 거리를 둔 청산이다. 다림질한 흰 비단처럼 한 점 구겨짐도 없는 원래의 순박한 경계다. 「경포호수에 살 곳을 정하다」라는 시도 보인다. "작은 섬이 호수 곁에 있고 호수는 깊어, 십 년이나 부질없이 살고 싶던 마음 등졌네. 다른 날 달 밝아 홀로 배를 타는 나그네, 응당 이는 청삼靑衫이나 옛 한림翰林이리라."

벼슬살이를 하다가 1538년에 강릉으로 귀거래한 심언광은 다음 해 숨을 거두었다. 운정삼거리에서 시루봉으로 향한다. 농로는 넓은 논을 피해 낮은 산을 따라 구부러진다. 넓은 논이 출렁이는 호수였을 것이다. 산과 나란하던 길이 논 가운데로 향한다. 건너편 야산에 촘촘한 묘역이 소나무 사이로 보인다. 오래된 신도비는 비각 안에 있고 새로 세운 신도비가 하늘을 찌를 기세다. 늠름한 문인석이 심언광의 묘역을 지키고 있다.

송환기宋煥箕, 1728~1807의 「동유일기東遊日記」를 보니 1781년 8월에 해운정을 찾아 뱃놀이한 것이 자세하다. 해운정 앞은 호수였

심언광 묘역

다. 거울 같은 맑은 물에 바람까지 없어서 뱃놀이하기에 좋았지만, 송환기는 병이 나서 뱃놀이를 하지 못하고 경포대에 있었다. 마침 해운정의 주인인 심박沈熥과 심환沈煥, 심엽沈燁 등 여러 사람이 송환기를 찾아왔다. 저녁 무렵 병세가 조금 호전되어 해운정으로 자리를 옮겼다. 사방의 벽에 시판이 빈틈없이 걸려 있다. 송환기 조상의 시 두 수도 걸려 있는 것이 아닌가. 그중 한 시의 소서小序를 보니 정자의 옛 자취가 자세하게 기록되어 있다. 저물녘에 배를 띄웠다. 물결이 잔잔하여 즐길 만했다. 중간쯤에 조암鳥巖이 보인다. 높이가 한 길 정도로 기이한 절경이다. 권정랑이 함께 배를 탔는데, '강과 바다를 유람하는 것이 장쾌하지 않은 것은 아니지만 풍파가 두려울 만하다.'라고 했지만, 깊이가 목숨을 잃을 정도에 이르지 않아 비록 바람이 분다 해도 실로 염려할 것이 없다. 뱃놀이를 온종일 즐기지 못한 것이 한스러웠다.

경전을 통했고 글도 잘 지으셨다

결혼하고 몇 달 후 아버지가 세상을 떠나자 신사임당은 친정에서 3년 상을 마치고 한양으로 올라갔다. 얼마 뒤에 시집의 선조 때부터의 터전인 파주군 율곡리에 거주하기도 했다. 한양과 친정 강릉의 중간 지점인 평창 백옥포리에 거주지를 마련하기도 했다.

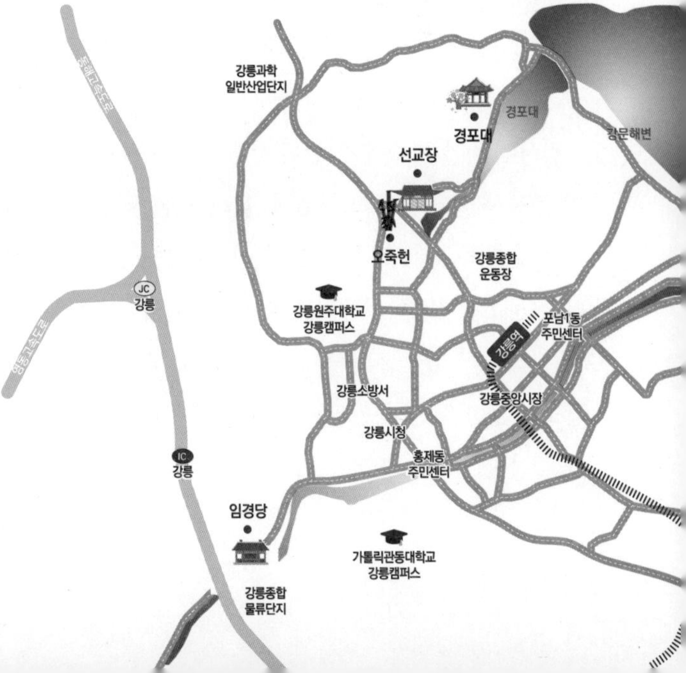

1537년 사임당은 근친을 갔다가 올 때 어머니와 울면서 작별을 하였다. 대관령 중턱에 이르러 강릉을 바라보며 쓸쓸히 눈물을 짓고 시를 지었다.

늙으신 어머님을 고향에 두고 慈親鶴髮在臨瀛
외로이 서울로 가는 이 마음 身向長安獨去情
머리 돌려 북평 땅을 바라보니 回首北村時一望
흰 구름 저문 산에 날아내리네 白雲飛下暮山靑

사임당 신씨師任堂申氏, 1504~1551는 강릉 북평촌北坪村에서 태어났다. 사임당의 형제는 딸만 다섯이었는데, 사임당은 둘째 딸이었다. 율곡은 어머니의 일대기인 「선비행장」을 지었는데 "어렸을 때 경전을 통했고 글도 잘 지었으며 글씨도 잘 썼다."라고 서두에서 밝혔다. 경전을 통했다는 말은 읽을 수 있는 정도가 아니라 경전에 대해서 깊이 이해하였다는 의미일 것이다. 글도 잘 지었다는 표현은 시와 문을 자유자재로 지었다는 다른 표현일 것이다. 글씨도 잘 썼다는 평은 전해지는 초서 글씨를 보아서도 짐작할 수 있다. 글을 잘 지었지만 한시는 두 편밖에 전해지지 않는다.

신사임당이 평소에 항상 강릉을 그리워하여 밤중에 사람 기척이 조용해지면 반드시 눈물을 흘리며 울고, 새벽이 되도록 잠을 이루지 못하였다. 하루는 친척 어른 되는 심공沈公의 시녀가 찾아와 거문고를 뜯자 신사임당께서는 눈물을 흘리며, "거문고 소리가 그리움이 있는 사람을 느껍게 한다."라고 하셨는데, 온 방 사람들이 슬퍼하면서도 그 뜻을 몰랐다. 또 일찍이 어버이를 생각하는 시를 지었는데 그 글귀에,

밤마다 달님에게 기도하노니 夜夜祈向月
바라건대 생전에 뵙고 싶네 願得見生前

하였으니, 효심은 천성에서 나온 것이었다.

사임당은 38세에 한성부에 새집을 마련하고 시어머니 홍씨와 함께 살았다. 홍씨 부인 역시 연로하여 살림을 모두 며느리에게 맡기고 며느리의 보살핌을 받았다. 친정어머니에 대한 그리움은 더해가자 「사친思親」을 지어 어머니에 대한 그리움을 담았다.

천 리 먼 고향 산은 만 겹 봉우리로 막혔으니 千里家山萬疊峯
가고픈 마음은 오래도록 꿈속에 있네 歸心長在夢魂中
한송정 가에는 외로운 둥근 달이요 寒松亭畔孤輪月
경포대 앞에는 한 줄기 바람이로다 鏡浦臺前一陣風

오죽헌 본채

모랫벌엔 백로가 언제나 모였다 흩어지고 沙上白鷺恆聚山
파도 위엔 고깃배가 오락가락 떠다닌다 波頭漁艇各西東
어느 때 강릉 땅을 다시 밟아서 何時重踏臨瀛路
색동옷 입고 어머니 곁에서 바느질할꼬 更著斑衣膝下縫

율곡의 어머니 이전에 문인이었다. 시집을 가게 되자 신사임당 아버지께서 율곡 아버지인 이원수에게 말하길, "내가 딸이 많은데 다른 딸은 시집을 가도 서운하질 않더니 그대의 처만은 내 곁을 떠나보내고 싶지 않네그려."라고 하였다. 딸 중에서도 그녀의 재능을 높이 본 아버지 신명화는 신사임당을 특별히 사랑하였다.

글씨와 그림에 뛰어나셨다

"어머니는 평소에 묵적墨迹이 뛰어나셨는데 7세 때에 안견의 그림을 모방하여 산수도를 그린 것이 아주 절묘하다. 또 포도를 그렸는데 세상에 시늉하는 사람이 없다. 그림을 모사한 병풍이나 족자가 세상에 많이 전해지고 있다.", "글씨를 잘 썼고, 바느질도 잘하고 수 놓기까지 정묘하지 않은 것이 없으셨다." 「선비행장」에 나오는 대목이다. 신사임당은 학문뿐만 아니라 예술 방면에도 뛰어났음을 율곡은 기록하였다.

일찍부터 그림과 글씨를 잘 써서 칭송이 자자했다. 명종조에 어숙권魚叔權은 신사임당의 작품을 보고 감탄하고, 자신의 저서 『패관잡기』에서 "사임당의 포도와 산수는 절묘하여 평하는 이들이 '안견의 다음에 간다.'라고 한다. 어찌 부녀자의 그림이라 하여 경홀히 여길 것이며, 또 어찌 부녀자에게 합당한 일이 아니라고 나무랄 수 있을 것이랴."라고 평하기도 했다.

송시열은 「사임당의 난초발蘭草跋」에서 "이는 이원수의 부인 신씨가 그린 것이다. 그 손가락 끝에서 나온 그림도 이처럼 자연으로 이루어져서 마치 사람의 힘이 들어가지 않은 것 같은데, 하물며 오행의 정수를 얻고 원기의 융화가 모여서 진정한 조화를 이룬 것임에랴."라고 하였다. 이긍익은 『연려실기술』에서 우리나라의 화가로 사임당을 언급하면서 율곡 이이의 어머니인데 포도와 풀벌레를 잘 그렸다고 평하였다. 율곡 형 이우李瑀에 대해서는 시 · 글씨 · 그림을 잘하였으며, 거문고도 잘 탔다는 기록이 보인다. 송상기宋相琦는 「사임당화첩발문」에서 전문가적 시각으로 품평을 한다.

> 나의 집안 어떤 사람이 일찍이 말하기를 "우리 집에 율곡 선생의 어머니가 그린 풀과 벌레의 그림 한 폭이 있었는데, 여름에 뜨락에서 햇볕을 쬐는데 닭이 쪼는 바람에 종이가 뚫어졌다."라고 하였다. 내가 듣고 기이하게 여겼으나 진본을 미처 보지 못해 한스러웠다. 지금 정종지鄭宗之의 화첩을 보니 꽃과 오이 등의 여러 물건이 하나하나 정밀하고 오묘하게 표현되었다. 벌레나 나비 등은 더욱 신묘한 경지에 들어가 마치 살아 움직이는 듯하니 붓으로 그린 물건 같지 않다. 집안사람이 소장하고 있던 그림도 이와 같았으며, 내가 그에게서 들은 말이 거짓이 아니었음을 비로소 알게 되었다.

송상기의 견해는 이어진다. "옛날에 그림을 잘 그린 사람이 얼마나 많았겠는가만 그 사람의 됨됨이가 세상에 전해질 만한 실제가 있은 뒤라야 그림이 더욱 귀하게 된다. 그렇지 않으면 그림은 그림일 뿐이고 사람은 사람일 뿐이니 어찌 그 가치의 경중을 따지겠는가. 사임당의 맑은 덕과 훌륭한 행실은 지금도 거론하는 자들이 규문의 최고 모범이 된다고 칭송한다. 하물며 율곡 선생을 아들로 두었으니 더 말할 것이 있겠는가. 선생은 세상의 영원한 스승이다. 세상에 어찌 그 사람을 스승으로 삼으면서 그 스승의 어버이를 존경하지 않는 이가 있겠는가. 그렇다면 부인이 세상에 전해질 수 있는 이유가 진실로 있는데 거기다가 이 화첩이 있어서 일조를 하는 것이다. 후대 사람들이 반드시 "이것은 율곡 선생의 어머니께서 손수 그린 그림이다."라고 할 것이니 율곡 선생으로 인해 부인에게 칭송이 미쳐서 이 그림을 한 웅큼 되는 구슬 이상으로 사랑하고 아끼며 보물로 여길 것이다. 그러니 이 그림이 후세에 전해져 장차 역사책의 기록과 함께 영원히 빛날 것을 나는 알겠다. 또한 내가 듣기로, 그림은 오백 년 간다고 한다. 지금으로부터 부인이 살았던 시대와의 거리가 벌써 오백 년의 반은 지났다. 정종지가 소중하게 보관하고 대를 이어 잘 간수하여 이후로 3백 년 동안도 때때로 꺼내 볼 것이니 어떻게 관리해야 하겠는가. 닭의 부리에 훼손되지 않게 하라." 이밖에 작품으로는 산수도山水圖, 초충도草蟲圖, 연로도蓮鷺圖, 자리도紫鯉圖, 노안도蘆雁圖, 요안조압도蓼岸鳥鴨圖와 6폭 초서 병풍 등 작품을 다수 남겼다.

몸가짐과 말을 함부로 하지 않았다

"천성이 온화하고 얌전하였으며 지조가 정결하고 거동이 조용하셨다. 일을 처리하는데 아무런 탈이 없으셨고 자상스러웠으며 말이 적고 행실을 삼가셨다. 또 겸손하였으므로 신공이 사랑하고 아꼈다. 성품이 또 효성스러워 부모가 병환이 있으면 안색이 반드시 슬픔에 잠겼다가 병이 나은 뒤에야 다시 처음으로 돌아갔다." 율곡의 어머니에 대한 회상이다.

신혼을 치른 지 얼마 안 되어 아버지가 작고하니 상을 마친 뒤에 신부의 예로써 시어머니 홍씨를 서울에서 뵈었는데, 몸가짐을 함부로 하지 않고 말을 함부로 하지 않았다. 하루는 종속들이 모인 잔치 자리에서 여자 손님들이 모두 이야기하며 웃고 있는데, 신사임당만 말없이 앉아 있자 홍씨가, "새며느리는 왜 말을 않는가." 하셨다. 무릎을 꿇고 말하기를, "여자는 문밖을 나가본 적이 없어서 전혀 본 것이 없는데 무슨 말씀을 하오리까."라고 하니 온 좌중에 있던 사람들이 부끄러워했다고 한다.

한양 수진방壽進坊에서 살았는데 홍씨는 늙어 가사를 돌보지 못하셨으므로 신사임당이 대신 가사를 돌보았다. 율곡의 아버지는 성품이 호탕하여 세간살이를 돌아보지 않았으므로 가정 형편이 매우 어려웠는데, 신사임당이 절약하여 윗분을 공양하고 아랫사람을 길렀다. 모든 일을 맘대로 한 적이 없고 반드시 시어머니에게 고하였다. 홍씨 앞에서는 노비를 꾸짖는 일이 없고 말씀은 언제나 따뜻하고 안색이 언제나 온화했다. 율곡 아버지께서 어쩌다가 실수가 있으시면 반드시 간하고 자녀가 잘못이 있으면 훈계를 하였으며 좌우가 죄가 있으면 꾸짖으니 종들도 모두 존경하며 떠받들고 좋아했다.

1550년 여름에 남편 이원수가 수운판관에 임명되고, 1551년 봄에는 삼청동으로 이사를 했다. 이 해에 남편이 조운의 일로 관서

關西에 가셨는데 이때 아들 둘이 모시고 갔다. 이때 신사임당은 수점水店으로 편지를 보내시면서 눈물을 흘리며 편지를 썼는데 사람들은 그 뜻을 몰랐다. 5월에 조운이 끝나 아버지께서 배를 타고 서울로 향하였는데, 당도하기 전에 자당께서 병환이 나서 겨우 2, 3일 지났을 때 모든 자식에게 이르기를, '내가 살지 못하겠다.'하셨다. 밤중이 되자 평소와 같이 편히 주무셔서 자식들은 모두 병환이 나을 줄로 알았는데 17일(갑진) 새벽에 갑자기 돌아가셨다. 향년이 48세였다.

경포대에 오르다

1349년에 이곡李穀, 1298~1351은 금강산을 유람한 후 강릉에 들린다. "배를 나란히 하고 강 복판에서 가무를 즐기다가 해가 서쪽으로 넘어가기 전에 경포대에 올랐다. 예전에는 건물이 없었는데 근래에 풍류를 좋아하는 자가 그 위에 정자를 지었다고 한다. 또 옛날 신선의 유적이라는 돌 아궁이가 있는데, 아마도 차를 달일 때 썼던 도구일 것이다. 경포의 경치는 삼일포와 비교해서 우열을 가릴 수가 없지만, 분명하게 멀리까지 보이는 점에서는 삼일포보다 낫다."라고 「동유기東遊記」에 남긴다. 경포대는 호수 옆에 있는 주변보다 높은 언덕을 가리키다가, 정자가 세워지면서 경포대는 정자의 이름이 되었다는 것을 이곡의 글이 알려준다.

정자는 방해정 뒷산에 세워졌다가 중종 3년인 1508년에 강릉부사 한급이 지금의 자리로 옮겼고, 여러 차례의 중수 끝에 현재의 모습을 갖추었다. 예전에는 따뜻한 방과 서늘한 방이 있었는데 오래 묵지 못하게 철거했다고 하니 뛰어난 풍광이 민폐가 될 수 있다는 것을 보여준다. 시간이 흐르며 정자의 위치와 모습도 변했고 호수도 변했다. 『신증동국여지승람』은 호수의 둘레가 20리고, 물은 깊지도 얕지도 않아 사람 어깨가 잠길 만하다고 기록하였다. 호수가 많이 매립되어서 작아졌음을 알 수 있다.

허균許筠, 1569~1618은 『학산초담』에서 이렇게 말한다. 강릉에서 구경할 만한 곳은 경포대가 으뜸이어서 구경하는 사신들이 많은데도 널리 알려진 시가 없는 것은 묘사할 절경이 너무나 많아서라고. 경포대가 강릉에서 으뜸이어서 묘사할 절경이 너무 많다는데 무엇을 가리키는 것일까? 널리 알려진 경포팔경을 말하는 것이 아닐까? 경포대에 오르니 편액들이 즐비하다. 숙종의 어제시, 강릉부사 조하망의 중수상량문과 시, 이율곡의 경포대부, 관찰사 심언광, 심성조, 심영경 등 여러 사람의 시가 걸려 있다. 몇 편의 중수기, 중건기도 기둥을 장식하고 있다. 율곡의 경포대부는 10살 때 지은 것으로 유명하다. 경포대를 들러 장문의 '경포대부'를 지었는데 여기서는 노장사상에 대한 그의 폭넓은 이해를 엿볼 수 있다.

한 기운의 유통하는 조화가 一氣流化
응결되기도 하고 융화되기도 해라 爰結爰融
그 신비함을 바다 밖의 우리나라에 벌여 놓아 開慳祕於海外
청숙함을 관동關東에 모았도다 鍾淸淑於山東
맑은 물결은 천지에서 나뉘어 分淸派於天池
한 개의 차가운 거울처럼 맑도다 湛一面之寒鏡

왼편 다리를 봉래산蓬萊山에서 잃어버려 失左股於蓬島
두어 점의 푸른 봉우리가 나열했네 列數點之靑峯
여기에 한 누각이 호수에 임하여 有閣臨湖
마치 발돋움 자세로 날 듯하다 如跂斯翼
비단 창문엔 서늘한 바람이 불어오고 引微涼於綺疏
누대의 단청丹靑엔 아침 햇빛이 비춰 주네 耀朝日於金碧 (하략)

자경문을 짓다

16세에 스승과도 같았던 어머니가 돌아가셨다. 큰 충격에 빠진 그는 3년 시묘살이 후 불쑥 금강산으로 들어간다. 불교의 허망함을 느끼고 1년 만에 환속한 그는 강릉 외가로 돌아와 약 1년 동안 오죽헌에 머물며 자신을 반성하는 시간을 갖는다. 이때 '자경문自警文'을 짓는다. 인생의 이정표를 정립하고, 목표를 실천하기 위해 스스로 경계하는 글인 '자경문'은 이렇게 시작한다.

먼저 뜻을 크게 가져서 성인을 준칙으로 삼아야 할 것이다.
털끝만큼이라도 성인에 미치지 못한다면 나의 일은 끝나지 않는 것이다.

자경문은 11항으로 구성되었다. 첫째는 입지立志다. 큰 뜻을 품고 성인이 되기 위해 끊임없이 노력하겠다는 의지다. 둘째는 과언寡言으로, 마음이 안정되면 말실수를 하지 않는다는 자기 다짐이다. 셋째는 정심定心. 자신을 멋대로 버려두지 않겠다는 뜻이다. 넷째는 근독謹獨. 혼자 있을 때도 몸가짐과 언행을 조심해야 한다는 것이다. 다섯째는 독서讀書다. 행동에 앞서 숙고할 수 있도록 책 읽기를 게을리하지 않았다. 여섯째는 소제욕심掃除慾心. 재산과 명예욕을 경계한다는 의미다. 일곱째는 진성盡誠. 무슨 일이든 정성을 다한다는 뜻이다. 여덟째는 정의지심正義之心. 천하를 얻더라도 불의를 행하지 않고, 누구도 다치게 해선 안 된다는 다짐이다. 아홉째는 감화感化로, 날 해치려는 누군가가 있다면 먼저 반성하고 그의 마음을 돌려놓아야 한다는 의미다. 열째는 수면睡眠. 마음이 항상 깨어있어야 한다는 뜻이다. 마지막은 용공지효用功之效다. 공부와 수양을 게을리하지 않되 너무 서두르지도 않겠다는 뜻이다. 자경문은 율곡의 일생에서 커다란 삶의 전환을 의미한다. 그의 사상은 이후에 다방면으로 전개되었으나 골자가 되는 기초는 이 시기에 확립되었다.

청학산과 오대산을 유람하다

1569년에 벼슬을 그만두고 강릉으로 향했다. 외할머니가 아프셨기 때문이다. 한가할 때 마을 사람들과 말하다가 산천에 대한 이야기가 나오게 되었다. 율곡이 말하길, "대관령 동쪽에서 유람할 곳으로 으레 한송정과 경포대를 일컫는데, 이는 다 강과 바다의 승경일 뿐입니다. 은자가 살만한 별천지나 계곡이 있다는 것을 듣지 못하였습니다. 혹 있어도 나는 아직 보지 못하였습니다." 라고 하였다. 박대유朴大宥가 옆에 있다가 말하기를, "내가 장여필張汝弼에게 들으니, 연곡현連谷縣 서쪽에 오대산으로부터 백여 리

뻗어 내려온 산이 있는데, 그 가운데 깊고 큰 골짜기가 있어 매우 맑으며 빼어나다고 합니다. 깊은 곳에 청학이 바위 봉우리 위에 깃들고 있다니 참으로 선경입니다. 다만 유람하는 사람이 이르지 않았기 때문에 크게 알려지지 않았다고 합니다."라고 한다. 율곡은 이 말을 듣고 유람을 계획하였다.

유산기에 등장하는 지명으로 볼 때, 산을 유람한 동선은 지금의 탐방로와 크게 다르지 않은 듯하다. 계곡으로 올라가면서 물을 피해 이리저리 올라갔다. 산길이 잡초로 막혀 있는 데다가 나뭇잎이 쌓여서 길을 분간할 수 없었다. 시냇가를 따라 돌을 밟고 가자니 힘이 들었다. 얼마 안 가서 기이한 산봉우리와 겹겹이 쌓인 바위를 만났다.

금강사 앞 겹겹이 쌓인 바위 한쪽에 '이능계二能契 영춘대詠春臺 소금강小金剛'이라 새긴 글자가 눈길을 끈다. 유산기에 나오지 않은 걸로 보면, 율곡 이후에 새긴 글씨로 추정된다. 술을 잘 마시고 시를 잘 읊는 선비들이 두 가지 모두 잘한다는 의미로 이능계라는 모임을 가졌던 것 같다. 이능계는 9월에, 영춘대는 3월에 왔다고 새겨져 있다. 율곡 일행은 바위를 지나 석문에 들어섰다. 크고 둥근 바위 밑에 구멍이 나 있다. 머리를 구부려야 겨우 들어갈 수 있는 구멍이다. 석문을 지나니 별세계가 나온다. 바로 촉운봉이고 식당암, 즉 비선암이다. 천유동이고 경담이다. 율곡은 바로 이곳이 푸른 학이 사는 신선의 세계이자 무릉도원이라고 극찬하였다.

> 아! 천지가 있은 뒤로 이 산이 있었다. 천지개벽이 이미 오래되었는데, 이 산은 아직 세상에 알려지지 않았다. (중략) 세상 사람들의 알거

나 모르거나 산은 아무런 손해와 이익이 없다. 그러나 사물의 이치는 본시 그렇지 않다. 하루아침에 우리를 만나서 후세 사람이 이 산이 있는 줄 알게 되었으니, 이 또한 운수이다. 또 신령스러운 곳이 속세 밖에 비장되어 있으면서 이 산보다 더 기이한데, 우리가 미처 알지 못하는 것을 어찌 알겠는가? 아! 세상에 지기知己를 만나고 만나지 못하는 것이 어찌 산뿐이겠는가!

율곡의 「청학산을 유람하면서 지은 기문」의 마지막 부분이다. 산은 사람을 만나서 세상에 알려지는 경우가 있다. 또한 사람을 만나지 못해 알려지지 않기도 한다. 사람을 만나고 만나지 못하고는 산의 운수이다. 사람도 산과 마찬가지다. 세상에 자기를 알아주는 사람을 만나고 만나지 못하는 것은 운수라고 보았다.

이 해에 오대산도 찾는다. 「다시 오대산에 노닐면서 골짜기에서 눈을 밟다」란 시를 남긴 것으로 보아 이전에 오대산 유람이 있었던 것 같다. "4월 산에서 눈 쌓인 비탈길 걸으니, 바람이 옷자락 스치자 허공에 날리고, 산봉우리 푸르러 소리 없이 고요한데, 소나무 밑 샘물 사람 향해 속삭이네." 강릉은 봄꽃이 만발하였으나 오대산은 아직 눈이 녹지 않은 추운 4월이다. 하지만 얼음을 뚫고 나온 샘물은 제일 먼저 봄소식을 전해준다. 율곡에게도 좋은 소식이 있을 것인가. 이해 6월 교리校理에 제수되어 7월에 조정으로 돌아간다.

명산을 저버린 지 이십 년 되었는데 辜負名山二十年
다시 와 보아도 풍광은 옛 그대로네 重來物色摠依然
찬 바위 기대자 깊은 근심 서리는데 寒巖倚遍幽悁集
두어 가닥 폭포수 저녁 못에 떨어지네 數道飛泉落晩淵

오대산 금강연

「금강연」이란 시이다. 율곡 이이는 33세 되던 1568년에 이조 좌랑에 제수되었으나 외조모의 간병을 위해 사직하고 강릉으로 온다. 이듬해 4월, 지금의 소금강인 청학산淸鶴山을 유람하고 「유청학산기遊靑鶴山記」를 짓는다. 「유청학산기」에 '지기知己를 만나고 만나지 못하는 것'에 대한 한탄이 보인다. 찬 바위에 기대 근심한 이유를 풀 수 있는 단서가 되지 않을까?

격몽요결을 저술하다

오죽헌 앞뜰에는 배롱나무가 화사하다. 옆에는 수령 600년 된 율곡매가 향기롭다. 본채 안쪽에 '어제각御製閣'이 보인다. 율곡의 벼루와 '격몽요결'이 보관되어 있다는 것을 들은 정조대왕이 가져오게 했다. 벼루 뒷면에 어제어필御製御筆을 새기고 격몽요결에도 서문을 써 내려보내며 지은 건물이다.

> 사람이 이 세상에 나서 학문이 아니면 사람다운 사람이 될 수 없다. 이른바, 학문이란 것은 이상스럽고 별다른 것이 아니다. 그저 아비 된 자는 자애로워야 하며, 자식 된 자는 효도해야 하고, 신하 된 자는 충성해야 하며, 부부간에는 분별이 있어야 하고, 형제간에는 우애로워야 하며, 젊은이는 어른을 공경해야 하고, 친구 간에는 신의가 있어야 한다. 일상의 모든 일에 있어서 일에 따라 각기 마땅한 것을 취할 뿐이요, 현묘한 것에 마음을 두어 기이한 것을 노려서는 안 된다. (중략) 내가 해산海山의 남쪽에 있을 때 한두 학생이 찾아와 학문을 물었다. 내가 스승이 될 만한 게 없음을 부끄럽게 여기면서도 처음 학문하는 사람들이 방향을 모르고, 굳은 의지도 없으면서 그냥 배우겠다고 한다면 피차에 도움 될 것이 없고 도리어 남의 조롱만 사게 될까 걱정스러웠다. 그래서 간략하게 책 한 권을 써서 마음을 세우고, 몸을 신칙[飭躬]하고, 부모를 봉양하고, 남을 접대하는 방법을 대략 서술하여 『격몽요결』이라 이름하였다.

1577년(선조 10)에 지어진 이 책은 덕행과 지식의 함양을 위한 초등과정의 교재로 근세에 이르기까지 여러 번 간행되었다. 서문에 의하면, 율곡이 해주의 은병정사에서 제자들을 가르칠 때, 초학初學의 향방을 정하지 못하여 굳은 뜻이 없는 제자들에게 뜻을 세우고 몸을 삼가며, 부모를 봉양하고 남을 접대하는 방법을 가르치기 위해서 이 책을 지었다. 본문은 입지立志 · 혁구습革舊習 · 지신持身 · 독서讀書 · 사친事親 · 상제喪制 · 제례祭禮 · 거가居家 · 접인接人 · 처세處世 등 10장으로 구성되어 있다. 제1장 「입지」에서는 처음 배우는 이가 먼저 뜻을 세워서 스스로 성인이 될 것을 기약하고, 스스로 작게 여겨 물러가려는 생각을 일으키지 말 것을 강조했다. 제2장 「혁구습」에서는 사람이 학문에 뜻을 두어 열심히 노력하여도 성취하지 못하는 것은 구습이 있기 때문임을 밝히고, 구습의 종류로서 '뜻을 게으른 데 둔 것' 등 여덟 가지를 들고 있다. 제3장 「지신」에서는 9용九容으로 몸과 마음을 지키고, 9사九思로써 학문을 진취시키는 뜻을 세울 것을 강조하였다. 제4장 「독서」에서는 이치를 연구하기 위해 먼저 독서를 해야 하며, 독서를 하되 반드시 책 한 권을 선택한 후 충분히 뜻을 헤아리며 읽어 통달한 뒤 다른 책으로 바꿔 읽을 것과, 다독에 빠져서 쓸데없이 힘을 소모하는 것을 경계하였다. 제5장 「사친」에서는 효도의 당위성을 강조하여 잠시도 효를 잊지 말 것을 밝혔고, 제6장 「상제」에서는 상례를 주희朱熹의 『가례』에 따를 것을 밝히고 있다. 제7장 「제례」에서는 『가례』에 의해서 사당을 세우고 조상의 신주를 모시며, 제전祭田을 두고 제기를 갖출 것과 사당에 대한 예의 등을 밝혔다. 제8장 「거가」에서는 부부간의 예의를 중심으로 집안 다스리는 방법을 설명하였고, 제9장 「접인」에서는 부드럽고 공경하는 마음으로 사람을 접대할 것과 학문을 믿고 스스로 교만해지는 것을 경계하라고 가르쳤다. 제10장 「처세」에서는 벼슬을 위해 학문하지 말 것과 도를 행할 수 없으면 벼슬에서 물러날 것을 깨우치고 있다. 이 책은 저술 직후부터 조선시대 초학자는 물론, 사림에서 읽혀야 할 책으로 널리 유포되었으며, 인조 때는 전국 향교에 이 책을 내려서 교재로 삼게 하였다.

소나무를 보호하는 까닭은

강릉 12향현 중 한 사람이 임경당臨鏡堂 김열金說이다. 금산리 뒷산에는 조상들이 식목한 소나무 숲이 울창하다. 집주인은 학문에 정진하여 강릉 처사로 명망을 얻고 있었다. 여름날 율곡이 임경당을 방문하였다. 임경당은 율곡을 만나 소나무 숲을 볼 때마다 선친을 생각하게 되는데, 도끼나 낫으로 베어져서 후손에

강릉 임경당

전해지지 못할까 두렵다며 교훈이 될 만한 글을 부탁하고, 사당에 걸어놓고 경각심을 갖도록 하겠다고 청한다.

> 아버지가 돌아가심에 그분이 보시던 서책을 차마 읽지 못하는 것은 그분의 손때가 묻어 있기 때문이오, 어머니가 돌아가심에 그분이 손수 쓰시던 그릇을 감히 사용하지 못하는 것은 그분의 입김이 남아 있기 때문인데, 하물며 드리워져 있는 소나무는 선대에서 손수 심은 것이 아니던가? 비와 이슬을 머금고 생장하였고 서리와 눈으로 다져져 튼실하게 되었으니, 잠깐만 눈길이 스쳐도 감회를 일으켜 어버이 생각이 불현듯 나고, 비록 한 가지 한 잎의 작은 것이라도 상처나 해를 입지 않을까 삼가고 두려워하며 전전긍긍할 터인데 어찌 가지나 줄기를 범할 수 있겠는가? 진실로 짐승의 마음을 갖지 않은 사람이라면 반드시 경계할 줄 알 것입니다.

율곡은 「호송설護松說」을 짓는다. 뒷부분에 후손들에게 경계하는 말을 남기고 있다. "선조들이 고생과 노력을 쌓아서 한 세대 30년을 기약하고서야 가업을 이루어지는 것인데, 자손이 불초하면 가업이 무너지는데 한 해를 기다릴 것도 없다. 이 소나무를 북돋아 심은 지 수 년을 기다려서야 비로소 큰 나무로 성장하였는데 도끼로 벤다면 하루아침에 다 없어질 것이다. 어찌 가업을 이루기는 어렵고 파괴하기는 쉬운 것과 같은 이치가 아니겠는가!"

사랑채 옆 임경당에 들어가니 율곡이 지은 호송설이 편액에 쓰여있다. 율곡을 뵙는 듯하다.

향호에서 노닐다

최운우와 이영부

잡은 물고기를 놓아주다

취적정取適亭 뒤쪽 낙락장송 사이에 서낭당이 보인다. 서낭당 옆에 비석 세 기가 나란하다. 신종계愼終契, 목임계睦任契, 성균관유도회 주문진유림기적비다. 유학의 전통이 최운우崔雲遇, 1532~1605이후로 면면히 계승되어왔음을 보여준다. 조선시대 강릉 지역을 중심으로 성리학적 이념을 실천했던 대표적인 열두 명의 학자들을 향현사鄕賢祠에 배향하고 있는데, 최운우는 그중 한 사람이다.

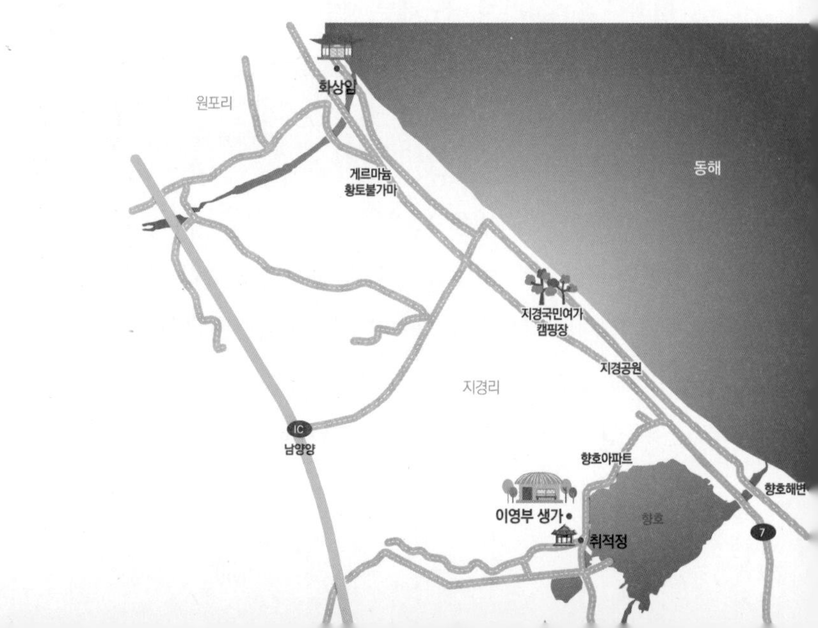

화상암

그는 1554년(명종 9)에 이황을 찾아가 학문을 물었으며, 이이와는 24살 때부터 교류하며 도의지교道義之教로 사귀었다. 이 밖에도 당대의 유학자인 성혼·정탁·정유일·양사언 등과 교유하였다. 성품이 너그럽고 순후하여 마을 사람들이 존경하고 복종하였다. 일찍이 우리나라의 서남에는 서원이 많이 세워졌으나 강릉에는 없는 것을 애석하게 여겨 1556년(명종 11)에 함헌咸軒과 함께 오봉서원 건립에 앞장서는 등 풍속 교화와 문풍 진작에 남다른 노력을 했다.

36세 때인 1567년(명종 22)에 이이가 보낸 글에 나타나듯이 실천궁행을 근본으로 하는 성리학에 심취해 있었다. 일찍이 이이가 중요한 지위에 있을 때 시무時務를 올렸는데, 이이는 그의 도움을 얻지 못한 것을 한탄하였으니, 그의 학문적 깊이를 알 수 있다. 후일 송시열이 「향호최공묘표香湖崔公墓表」를 지어 최운우의 높은 뜻을 추모했다. 글 가운데 물고기와 관련된 일화가 독특하다.

최운우가 어린 시절 외가에서 자랄 때 아이들과 냇가에서 물고기잡이를 하며 놀고 있었는데, 아이들이 잡은 고기를 몰래 놓아주었다. 지나던 스님이 그 광경을 보고 아이를 바위에 올려놓고 합장배례를 하면서, 장래에 귀하고 어진 사람이 되게 하여 달라고 축원하였다.

마을 사람들은 스님이 최운우를 앉혀놓고 합장 배례한 바위를 화상암和尙岩이라고 불렀다. 양양군의 현남면 원포리에 있으며, 마을 사람들은 해마다 화상암에 제사를 지낸다.

향호정에서 노닐다

1589년에 성혼成渾은 최운우에게 편지를 보낸다. "천 리 밖 선향仙鄕에서 누릴 편안함과 즐거움을 생각하나 부러워하고 흠모하는 마음조차도 감히 내지 못합니다. 호수와 산이 깨끗하고 고우며 향포香浦에서는 시원한 바람이 불어오고 소나무가 우거진 언덕에 초가집을 깨끗이 청소하고 앉아 있을 것이니, 이 가운데에서 책을 보고 즐거워하는 취미를 이루 다 말할 수 없을 것입니다. 동쪽으로 날아가는 구름을 바라보니, 부질없이 꿈만 수고롭습니다." 최운우를 흠모하는 마음이 가득 담긴 편지다.

향포 마을에서 조용히 살아가니 占得幽居香浦村
무궁화 울타리 초가집 도원과 같네 槿籬茅屋似桃源

책 읽는 소리 속 꽃그늘 돌아가는데 讀書聲裏花陰轉
한가로이 경전 펴 자손들 가르치네 閑把遺經敎子孫

성혼의 「최시중崔時中의 향포서실香浦書室에 부치다」란 시다. 시중時中은 최운우의 자이다. 향포香浦는 지금의 향호를 끼고 있는 향호리다. 성혼에게 향호리는 신선이 사는 마을인 선향仙鄕으로 비친다. 도연명의 「도화원기」에 나오는 한 어부가 발견하였다는 복숭아꽃이 만발한 낙원이다. 꽃그늘 속에 경전을 펼친 최운우는 별천지에 사는 신선이다.

『관동지』는 향호에 대해 "부(강릉) 북쪽 50리에 있다. 호수 둘레는 10여 리나 되고, 깊이는 잴 수 없다. 비밀을 은밀하게 적어 놓은 기록을 보면 나라 안 10개 모래톱 가운데 네 신선과 침향수沈香樹의 발자취가 있는데, 이 호수도 10개 가운데 하나이므로 이름이 붙여졌다."라고 설명한다. 예전에 마을 안 향동에 있던 천년 묵은 향나무가 홍수에 떠내려와서 호수에 잠겼다. 호수에 잠긴 향나무를 찾으면 큰 부자가 되고, 나라에 경사가 일이 있으면 호수 위에 떠 서광이 비친다는 전설이 전해져오고 있다.

최운우가 노니던 곳은 향호정香湖亭이었다. 오운吳澐, 1540~1617은 「최시중향호정차운崔時中香湖亭次韻」을 짓는다.

예부터 풍류라 하면 서호를 말했는데 風流從古說西湖
맑고 기이한 경치 더한 곳 없네 還有淸奇此景無
호수 밖에서 벼슬하느라 바쁜데 車馬宦遊湖外路
주인은 선계에서 근심 없이 늙어가네 主人高枕老仙區

당나라의 대표 시인 백거이가 항저우에서 관리로 재직할 때 쌓은 제방과 항저우의 태수였던 소식이 쌓은 제방이 있는 서호西湖는 호수 삼면을 에워싼 야트막한 산, 산 위에 세운 사찰과 탑이 어우러져 한 폭의 동양화 같은 곳이다. 서호는 중국 4대 절세 미녀 중 한 명인 서시의 미모에 견줄 정도라 하여 지어졌다. 서호의 고산孤山에 초막을 짓고 매화를 심고 학을 기르며 숨어 살았으므로 당시 사람들이 '매처학자梅妻鶴子'라고 일컬은 임포林逋가 은거한 곳이기도 하다. 그가 매화를 읊은 시에 "맑고 얕은 물 위에 성긴 그림자 가로 비끼고, 황혼 녘 달빛 속에 은은한 향기 떠도누나."라는 구절이 나온다. 두 번째 시는 임포의 시에 영향을 받은 것 같다.

집 위 푸른 산 호수에 잠기니 屋上靑山更枕湖
거문고와 술잔, 바둑돌 물에 잠기네 琴罇棋影落虛無
붕새 날고 고래 노는 걸 보니 鵬搏鯨戲看千變
바다의 달 호수의 바람 따로 선경이네 海月江風自一區

호수 위로 길게 뻗은 백두대간은 짙은 청록색이다. 백두대간 앞 야트막한 산은 푸른색이다. 호수를 보니 산이 거꾸로 비친다. 자연이 만들어 낸 데칼코마니가 선경인 듯 신비롭다. 실물과 거의 같지만 다른 듯 몽롱한 풍경이 펼쳐진다. 뒤를 돌아보니 바다 위로 달이 뜬다. 마침 호수에서 불어오는 바람에 향기가 전해지는 것 같다. 오운吳澐은 시험관의 임무를 띠고 양양으로 향하는 중이었다. 이곳에 사는 사람이 부러울 수밖에 없었다.

최운우는 오대산을 유람하고 「오대산록五臺山錄」을 남겼다. 금강산을 여행하고 「금강산록金剛山錄」을 지었다. 금강산에서 유점사 · 원통암 · 청련암 · 비로봉 등의 명승지를 돌아보며 느낀 경관의 아름다움과 함께 학자로서의 마음가짐이 묘사되어 있다.

> 산에 오르는 것은 성인의 덕德이니 위대하도다. 물을 관찰하는 것은 맹자의 가르침이니 오묘하도다. 옛사람들은 사물을 볼 적에 사물을 사물로만 여기지 않았다. 사물을 관찰하여 자신의 마음속에 간직한 바를 확인하였다. 골짜기가 깊고 크며, 높이 솟은 나무가 울창하고 푸르른 것이 개골산의 모습인데, 이와 비슷한 산을 보지 못했다. 나는 심경혼沈景混을 돌아보며 말하기를 "전에 들었던 것과 전혀 맞지 않구려."라고 하였다. 또 스스로 말하기를 "사물을 관찰하는 데에는 방도가 있으니, 단지 겉모습을 보고 속의 모습을 알았다고 하면 안 된다. 다른 세계가 한없이 들어 있다는 것을 어떻게 안단 말인가. 이로 인하여 가만히 생각해보니 군자가 도에 나아가는 것도 또한 이와 같다. 이처럼 나아가는 것도 내가 나아가는 것이요, 그만두는 것도 내가 그만두는 것이다. 금강산의 경계는 참으로 한걸음에 이를 수 있는 곳이 아니니, 노력해서 가야 할 것이다."

1595년이었다. 심장원沈長源과 동행한 여행은 고성 향교까지 이어진다. 공자는 태산에 올라 사고가 깊어지고 넓어져 세상을 보는 눈이 달라졌다고 한다. 『맹자』에 "공자께서는 노나라 동산에 올라 노나라를 작게 여기셨고, 태산에 올라서는 천하를 작게 여기셨다. 그러므로 바다를 본 사람에게 웬만한 물은 물이 되기 어렵고, 성인의 문하에서 배운 사람에게 어지간한 말은 말이 되기가 어렵다."라고 하였다. 금강산을 여행하면서 단순히 경관 구경에만 신경을 쓰지 않았다. 금강산을 구경하고 해금강으로 발길을 옮겼다. 『맹자』 「진심 상」에 "물을 관찰하는 데 방법이 있으니, 반드시 여울을 보아야 한다. 그러면 물의 근원이 있음을 알 것이다."라고 하였다. 물결에도 도가 있어서 자신의 깨달음을 이루는 데 도움이 될 수 있다는 맹자의 말을 확인하는 유람이었다. 『논어論語』에 "비유컨대 산을 만드는데 한 삼태기의 흙을 붓지 않아 이루지 못하고 그만두는 것도 내가 그만두는 것이요, 평지에 한 삼태기의 흙을 부어 산을 만들어 나아가더라도 내가 나아가는 것이다."라는 구절을 떠올린다. 도를 깨닫기 위해서는 자신의 노력이 필요하다는 것을 다시 확인하는 여행이었다.

1600년(선조 33) '연곡향약'을 시행하게 되었을 때, 최운우는 강릉부 전체를 관장하는 도약정都約正으로 향약 운영에서 주도적인 역할을 하였다. 연곡향약은 율곡의 해주일향약속海州一鄕約束과 같은 내용을 담고 있다. 최운우의 향약 시행은 기묘사류들이 성리학 보급을 통한 자신들의 입지를 강화시키기 위해 여씨향약 보급에 힘쓴 것과도 무관하지 않은 것으로 보인다.

고성겸高聖謙, 1810~1886이 향호리를 지나게 되었다. 향호 옆으로 명사鳴沙가 십 리에 걸쳐 뻗어 있었다. 걸을 때마다 발밑에서 소리가 났다. 호수를 따라 위아래로 해당화가 지천으로 피었다. 이것이야말로 명사십리해당화鳴沙十里海棠花가 아닌가. 「향호와 명사[香湖鳴沙]」를 짓는다.

호수 가까이 꽃피니 물에서 향기가 나고 名花臨水水生香
호수 미인과 같이 출렁거리며 화장하네 湖似佳姬灩瀲粧
십 리 백사장 울리는 모랫가 길을 가니 十里鳴沙沙上路
나그네 발아래 청상곡淸商曲이 울리네 行人履下發淸商

강재항은 「임영기臨瀛記」에서 "연곡 북쪽은 신리다. 북쪽에 향호, 호수 동남쪽 바닷가에 무심대無心臺, 북쪽에 명사鳴沙가 있다." 라고 증명해 준다. 명사鳴沙는 눈빛처럼 흰 모래 위에 사람과 말이 지나갈 때 서로 부딪쳐서 나는 소리가 마치 쇳소리처럼 쟁쟁한 것을 가리킨다. 향호 부근에도 명사가 십 리에 걸쳐 있었다. 청상곡淸商曲은 악부의 가곡 이름으로, 가을에 속하는 상성商聲의 맑고도 슬픈 노래를 말한다. 사각사각 모래 소리가 마치 청상곡 소리처럼 울려 퍼졌다.

새로 단장한 향호 주변은 걷기에 적당하다. 중간에 설치된 데크 옆에서 갈대가 사각사각 소리를 낸다. 길은 호수로 들어갔다가 나오기도 하고 흙길로 연결되기도 한다. 잔잔한 호수 위로 보이는 옅은 색의 백두대간이 아스라하다.

깨끗하고 아늑한 정취

김창흡金昌翕, 1653~1722이 1705년에 향호를 찾았을 때는 저녁 무렵이었다. 조그만 배를 향호에 띄웠다. 저녁이 되자 더욱 아름다웠노라고 「설악일기雪岳日記」에 적는다. 이후 「동유소기東遊小記」에서는 향호에 대한 자신의 심미관을 피력한다. "향호는 맑고 깨끗하여 사랑스러우니, 우계牛溪의 평에 부끄럽지 않다. 정자가 있는 곳이 조금 낮은 곳인 듯하다. 만약 문장에 비유한다면 경포는 대가大家이며 이곳은 명가名家이니, 왕유 맹호연과 이백 두보의 관계와 같다." 우계牛溪의 평이란 성혼成渾, 1535~1598이 향호에 대해 평가했던 것을 말한다. 대가大家와 명가名家를 어떻게 구분하고 평

취적정

가할 수 있는가. 주관적일 수밖에 없다. 개개인의 취향에 따라 달라지지 않을까.

> 집 곁의 몇 리 밖에서 경치 좋은 곳을 찾았는데, 이름을 향포香浦라 한다. 두 산이 에워싸고 앞에 호수가 있으며 백사장과 낙락장송이 우거져 별유천지別有天地이니, 참으로 선경이라 할 만하다. 깨끗하고 아늑한 정취가 경포호보다 낫다. 이 호수는 둘레가 10리 고 경포호는 둘레가 30리라 한다.

성혼은 깨끗하고 아늑한 정취가 경포호보다 낫다고 보았으나, 김창흡은 정자가 위치한 곳이 낮아서 조금 아쉬웠다.

길은 마을 입구에 있는 취적정取適亭 앞을 지나간다. 정자를 처음 지은 이는 이영부李永敷, 1644~1708다. 『강원도지』는 효익공孝翼公 이준민李俊民의 현손으로, 현종 기유년(1669년)에 사마시에 급제하여 사복시정을 했다고 기록한다. 송시열의 문인으로 숙종 정사년(1677년)에 상소를 올려 당시 폐단을 강하게 간하였으나, 당시 뜻과 크게 어긋나서 향호에 물러나 살면서 정자를 짓고 고기와 새를 벗 삼아 세상을 피해 유유자적했다.

『조선왕조실록』을 펼치니 숙종 3년인 1677년 4월 8일에 일어난 사건의 주인공이 이영부다.

> 광주廣州 사는 생원 이영부李永敷가 상소하여, 작년의 연분年分이 균등하게 되지 못하여 민원이 떼로 일어나고 있는 것과, 과거가 공정하지 못해서 인재 등용이 난잡해진 폐단을 극력 말하였다. 또한 예禮를 의논하다 죄를 입은 원통한 사람 및 최신崔愼 등은 대패大霈의 은덕을 입지 못한 것을 극력 말하여 상세히 수천 마디 말을 했다. 승정원에서 아뢰기를 "이영부의 상소는 전편의 주된 뜻이, 송시열과 그 무리가 송시열을 구원하다가 죄에 걸린 사람들을 두루 들며 놓아 주기를 청한 것에 지나지 않습니다. 조정을 추악하게 욕한 것이 한이 없으니 마음을 쓴 것이 음흉하고 참혹하며 말을 만든 것이 흉악하고 교묘하여, 차마 바로 볼 수 없습니다."라고 하니, 임금이 하교하기를, "마땅히 시급하게 벌을 내려야 하겠지만, 이미 임금의 명령에 응한다고 핑계했으니 지금은 그냥 놓아두라."라고 하였다.

상소를 올린 후 이영부는 향호로 내려와서 살았다. 이에 김간金榦, 1646~1732은 향호로 돌아가는 이영부를 보내는 글을 짓는다. 송시열宋時烈, 1607~1689은 「이영부의 취적정 운에 차운하다」를 짓는다.

이러한 풍광 얻기 쉽지 않은데 如許江山不易圖
그대의 집터 정말 신령스러운 곳이네 君家能卜此靈區

향호

침향沈香과 신선은 천년의 자취이고 沈香仙子千年跡
세상 피하는 생활 한 굽이 호수로다 避世生涯一曲湖
힘써 미친 물결 막으니 참으로 선비고 力捍狂瀾眞介士
몸소 들에 와서 밭 가니 곧 농부네 身耕荒野卽農夫
한 가닥 맑은 뜻을 뉘라서 알 것인가 一般淸意誰知道
모래사장 여기저기 갈매기만 알 뿐 惟有沙鷗點點孤

취적정에 오르니 이영부의 시가 걸려 있다. "달 밝고 물결 잔잔한 밤에, 한가로이 취적정에 올라, 창랑곡 한 곡조 부르니, 모든 세상일 욕심이 없네" 향호에서 어떻게 살고 있는지, 심리상태가 어떠한지를 담담하게 보여준다. 잔잔한 향호와 같은 삶이다.

향호 주변을 걷다 보니 향호에서 나는 향기는 향나무의 향기가 아니다. 갈대의 향기가 조금 섞여 있는 것 같다. 주변의 소나무가 바람 속에 전해주는 솔 향기도 포함된 것 같다. 거기에 최운우와 이영부의 인품에서 나는 향기가 더해진 것 같다. 향호에서는 조선 시대에 이곳에 살던 선비를 생각하며 걸어야 한다.

세상을 바꾸려 하다

허균과 허난설헌

강릉에서 태어나다

"강릉부는 옛 명주 땅인데, 산수가 아름다워 조선에서 제일이다. 산천이 정기를 가지고 있어 뛰어난 사람이 가끔 나온다. (중략) 요즘 이율곡 또한 여느 사람과 다르다. 작은형님과 난설헌도 강릉에서 정기를 타고 태어났다고 할만하다." 허균許筠, 1569~1618은 『학산초담鶴山樵談』에서 이렇게 당당하게 말하였다. 아마도 누이인 난설헌 다음에 자신의 이름을 넣고 싶었으리라. 아니 넣지

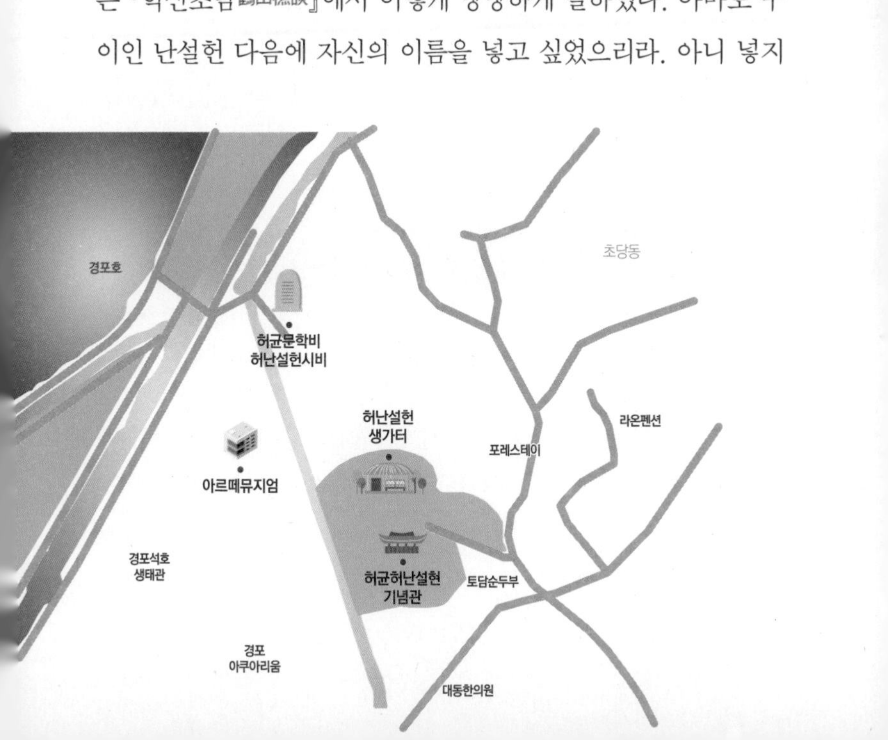

않았어도 글을 읽는 사람들은 허균을 강릉의 정기를 타고 난 사람으로 생각하였을 것이다.

허균은 1569년에 강릉에서 태어나 서울에서 성장하였다. 그가 강릉에 다시 나타난 것은 임진왜란 때문이었다. 24세의 허균은 어머니와 만삭의 아내를 데리고 강릉을 거쳐 함경도로 피난을 갔다. 아내가 아이를 낳고 병을 얻어 죽자, 아이마저 젖을 먹지 못해 죽고 말았다. 우여곡절 끝에 함경도에서 배를 타고 강릉 사천으로 돌아왔다. 외할아버지 김광철이 지은 애일당愛日堂만이 허균을 맞아주었다. 외할아버지께서 세상을 떠난 지 33년이 되자 뜰에는 덩굴과 잡목들이 무성해졌다. 담은 무너지고 집은 내려앉으려 했으며, 지붕은 금이 가고 벽은 벗겨졌다. 창문도 썩어 문드러졌다. 어머니는 애일당을 보자 대성통곡을 하였다. 허균은 깨끗이 청소하고 이곳에 머물렀다. 「애일당기愛日堂記」에 주변 형세가 자세하다.

> 강릉부에서 30리 정도 되는 곳에 사촌沙村이 있다. 동쪽으로 큰 바다를 마주하고, 북쪽으로 오대산·청학산·보현산 등 여러 산을 바라보고 있다. 큰 개울 한 줄기가 백병산에서 나와 촌락 가운데로 흘러든다. 이 개울을 빙 둘러서 거주하는 사람들이 위아래로 수십 리에 걸쳐 수백 집이 된다. 모두 양쪽 언덕에 기대고 개울을 바라보며 문을 내었다. 개울 동쪽의 산은 오대산의 북대北臺부터 용처럼 꿈틀거리면서 내려오다가 바닷가에 이르러 우뚝 솟아 사화산沙火山의 수戍가 되었다.

오대산 북대에서 출발한 산줄기가 동해를 향해 내달리다가 바다에 도달하기 직전에 솟아오르며 만든 산이 바로 사화산沙火山이다. 사화산은 예전부터 군사적으로 중요한 공간이었다. 『신증동

허균시비

국여지승람』은 '사화산 봉수'에 대해 남쪽으로 소동산所同山에 응하고, 북쪽으로 주문산注文山에 응한다고 기록하였다. 사화산에 봉수대가 있었다. 『신증동국여지승람』은 고적古蹟에서 '사화수沙火戍'를 소개하고 있는 것으로 보아, 이전에는 수戍가 있었음을 보여준다. 수戍는 주둔군의 전방 초소다. 외적의 침입에 대한 방어를 보다 효과적으로 수행하기 위하여 수를 설치하였다. 수는 적군의 동태를 탐지하여 그 정보를 본진에 보고하고, 적의 소규모 침입을 직접 격퇴하는 기능을 한다. 본진에서 교대로 파견된 병력이 상주하였을 것으로 추정되는 초소다.

오대산 줄기가 내려오다가 사화산 직전에 한 번 더 고개를 들며 산을 만들었으니 애일당이 자리한 교산蛟山이다. 허균의 외할아버지는 바다에 가까운 땅을 택해 애일당을 지었다. 새벽에 일어나 창을 젖히면 해돋이를 볼 수 있었다. 황문黃門 오희맹吳希孟이 큰 액자를 썼고 태사太史 공용경龔用卿이 시를 지어 읊으니, 일시에 여러 사람이 잇달아 화답하지 않는 이가 없었다. 이로 말미암아 애일당은 강릉에 이름을 떨치게 되었다. 허균은 그 집에서 어머니를 모시고 머물렀다. 애일당 뒷산 이름인 교산蛟山으로 자신의 호로 삼았다. 애일당 터에는 건물 대신 '누실명陋室銘'을 새긴 시비가 소나무와 대나무 숲속에 있다.

애일당에 있다가 답답하면 서쪽으로 10리 떨어진 반곡서원盤谷書院에 갔다. 장인이 거처하던 곳으로 두 산이 합쳐지는 곳에 있다. 흐르는 시내가 가운데를 돌아나가고, 위쪽에 깊은 계곡이 있다. 울창하고 깊으며 맑은 여울과 고운 바위가 아래위에서 서로 비춘다. 계곡에 들어서면 한 마장도 못 가서 비탈에 바위가 있다. 시내의 동쪽에서 물이 들이쳐 폭포를 이루는데 흩날리는 물거품이 자욱하고 소리는 우레 같다. 단풍나무 · 삼나무 · 소나무 · 상수리나무가 하늘을 찌르고 해를 가린다. 빽빽하고 깊숙하며 맑고 상쾌한 것이 은자가 노닐며 지내기에 적당한 곳이다.

임진왜란을 피해 강릉에 머물던 1593년에 25세의 허균은 주로 당시의 문인들과 당대 중국 문인들의 시를 논한 『학산초담』을 지었다. 애일당에 있을 때 낙산사에 가기도 했다. 여러 스님과 주고받은 시가 여러 편이다. 낙산사에 머무르며 예전에 지었던 시를 적었다. 『교산억기시』의 서문이다.

> 나라가 안정되어 아무 걱정이 없고 평안한 때에 『북리집北里集』、『섬궁뢰창록蟾宮酹唱錄』이 있었는데 난리 통에 소실되었다. 관동에 와서 『감

호집鑑湖集』을 지었는데 친구들이 돌려보다 잃어버리고, 『금문잡고金門雜稿』는 아이들이 보다가 망가뜨려 버렸다. 수염을 꼬부려가며 애를 무진 쓴 것들이 거의 다 유실된 셈이다. 어찌 아까운 생각이 없을 수 있으랴. 접때 낙가사洛迦寺에 있으면서 우연히 기억난 것이 있었는데 이미 열에 일여덟은 잊어버린 나머지였다. 세월이 오래가면 기억난 것마저도 차츰 잊게 될 것이므로, 책자에 써서 심심함을 없애기 위한 것으로 삼으며 이름을 억기시라 했다. 기억나는 대로 따라 썼기 때문에 날짜 순서대로 써 순서 매기지 않았다. 보는 자는 헤아려주심과 동시에 이로써 장 항아리나 덮지 않았으면 다행이다.

젊은 시절 허균의 시에 대한 열정을 보여준다. 작품 하나하나 수염을 꼬부려가며 애를 무진 쓴 작품이었다. 얼마나 열과 성을 쏟았는지, 창작물이 얼마나 많았는지를 보여준다. 장 항아리나 덮지 않았으면 좋겠다는 겸손은, 장 항아리를 덮을 만한 쓸모없는 원고라는 『성소부부고惺所覆瓿藁』에 다시 쓰였다.

탄핵과 파직의 연속인 벼슬길

벼슬길에 오른 그는 내내 탄핵과 파직 등 정치적 시련을 겪었다. 31세 되던 해인 1599년에 황해도 도사를 제수받았다가, 그해 12월 기생을 많이 데리고 다닌다는 이유로 사헌부의 탄핵을 받고 파직되었다. 35세엔 사복시정에 있으면서 춘추관 편수관을 겸직하다가 벼슬이 떨어졌다. 강릉으로 돌아오는 길에 금강산을 구경하고 사천 애일당에 들렀다.

사촌沙村에 이르자 얼굴 문득 풀리니 行至沙村忽解顔
교산蛟山은 주인 오길 기다린 것 같네 蛟山如待主人還
홍정紅亭에 오르니 하늘에 닿은 바다 紅亭獨上天連海
멀리 아득한 봉래산에 내가 있네 我在蓬萊縹緲間

사촌沙村은 지금의 사천이다. 사천에 오자 긴장했던 얼굴이 풀린다는 것은 그에게 사천은 어머니의 품과 같다는 것을 보여준다. 애일당 뒷산인 교산蛟山이 오길 기다리는 것과 같다는 것에서 허균에게 사천이 위안을 주는 공간임을 알려준다. 홍정紅亭에 올라 바다를 보곤 봉래산을 떠올리며 그곳에 내가 있다고 한 것은 현실을 초월하고 싶은 허균의 속내가 투영된 것이리라.

1561년(명종 16년) 가을, 시내가 무너지는 홍수가 나자 사화산 수戍 아래 바닷가 큰 바위 밑에 있던 이무기가 바윗돌을 깨뜨리고 사라졌다. 두 동강 난 바위는 문처럼 뚫려 있어서 교문암蛟門岩이라고 부르게 되었다. 뒷날 사람들은 교문암을 보면서 그의 뛰어난 학문과 사상이 용처럼 승천하지 못하고 그의 호처럼 이무기로 남았다면서 아쉬워한다. 대부분 허균을 시대의 이단아, 자유와 파격을 사랑했던 사상가, 시대를 풍미했던 개혁가로 평가한다. 또한 천재적 문학가이자 이상세계를 꿈꾼 혁명가로 본다. 그가 이러한 평가를 받도록 영향을 준 것이 교문암이 아닐까? 깨어진 바위를 보고 허균은 질식할 것 같던 조선을 깨뜨리겠다고 영감을 얻은 것이 아닐까? 교문암을 보면서 기존 질서에 순응하지 않고 균열을 일으키는 사람을 떠올린다. 허균의 혁명을 본다.

“서얼 출신이라고 어진 인재를 버려두고, 어머니가 개가했다고 그의 재능을 쓰지 않는다는 것을 듣지 못했다. … 하늘이 낳아주셨는데 그걸 버리니, 이건 하늘을 거역하는 짓이다.” 허균은 「유재론遺才論」에서 이렇게 역설한다. 신분에 의해 인간을 차별하는 것은 천리를 거역하는 것이란 생각은 신분제 질서 속에서 특권을 누리던 기득권층을 뜨끔하게 하였다. 그가 걸어야 할 길이 순탄치 않을 것임을 짐작할 수 있다.

“천하에 두려워해야 할 존재는 오직 백성뿐이다.”라는 말로 시작되는 「호민론豪民論」도 당시 집권층의 등골을 오싹하게 하고도 남았다. “자신의 자취를 푸줏간 속에 숨기고 몰래 다른 마음을 품고서 세상을 흘겨보다가, 어떤 큰일이라도 일어나면 자기의 소원을 실행해 보려는 사람들이 호민豪民이다. 호민은 몹시 두려워해야 할 존재이다.” 백성의 힘을 강조하는 그의 주장은 당시 사회에서 너무 불온한 사상이었다.

‘불여세합不與世合’은 허균의 이해하는 키워드 중의 하나다. 현실과 타협하지 않고 세상을 자신에게 맞게 바꾸려 했다. 『논어』에 등장하는 영무자甯武子의 삶과 허균은 궤를 같이 한다. “영무자는 나라에 도가 있으면 지혜로웠고, 나라에 도가 없으면 어리석었다. 그의 지혜로움은 따를 수 있지만, 그의 어리석음은 따를 수 없다[甯武子 邦有道則知 邦無道則愚 其知可及也 其愚不可及也]” 도가 있는 것은 정치가 올바른 것이고, 도가 없는 것은 정치가 잘못된 것이다. 세상에는 지혜로운 사람과 어리석은 사람이 있다. 지혜로운 사람은 자신을 세상에 잘 맞추는 사람이고, 어리석은 사람은 자신에게 세상을 맞추려는 사람이라는 견해에 고개가 끄떡여진다. 역사를 바꿔온 것은 세상에 자기를 잘 맞추는 변화무쌍한 지혜로운 사람이 아니다. 잘못된 세상을 자신이 생각하는 이상적인 기준에 맞추어 변화시키려는 어리석은 사람이다.

세상을 자신에게 맞추려는 어리석은 허균의 관직 생활은 탄핵과 파직 등 파란의 연속이었다. 31세 되던 해에 황해도 도사를 제수받았다가, 탄핵을 받고 파직되었다. 39세 때인 1607년에는 삼척부사로 내려갔다가 부처를 섬긴다고 벼슬을 잃기도 했다. 광해군 10년인 1618년 8월 24일, 허균은 역모 혐의를 벗지 못한 채 극형으로 파란만장한 삶을 마감했다.

허난설헌 허균 기념관

허난설헌 허균 기념관으로 향하는 발걸음이 무겁다. 그의 삶과 죽음이 가볍지 않기 때문이다. 고택 앞에 초당草堂 허엽許曄, 1517~1580, 악록岳麓 허성許筬, 1548~1612, 하곡荷谷 허봉許篈, 1551~1588, 난설헌蘭雪軒 허초희許楚姬, 1563~1589와 허균許筠, 1569~1618의 시비가 세워져 있다. 울분과 슬픔이 그 사이로 흐르는 것 같다. 허균의 시비에 경포호를 노래한 「호정湖亭」이 새겨져 있다.

안개 푸르고 호수 빛 넘실대는데 煙嵐交翠蕩湖光
국화꽃 밟고서 대숲 방에 들어가네 細踏秋花入竹房
머리 희고 팔 년 만에 다시 오니 頭白八年重到此
그림배에 홍장紅粧 실을 뜻 없네 畫船無意載紅粧

1603년 8월에 벼슬에서 물러나 강릉으로 오던 길에 금강산을 유람하며 지은 시를 모아 「풍악기행」을 엮었는데, 마지막 시가 「호정湖亭」이다. 경포호에 있는 홍장암은 강원도 안찰사 박신朴信과 기생 홍장紅粧의 사랑 이야기가 전해진다. 박신이 강릉 기생 홍장을 사랑하여 정이 자못 두터웠는데, 임기가 차서 돌아가게 되자 부윤府尹이 거짓으로, "홍장은 이미 죽었습니다."라고 하니 박신은 슬퍼하여 어쩔 줄 몰랐다. 그 후 부윤이 안렴사를 청하여 경포대에서 놀면서 몰래 홍장에게 곱게 단장하고 고운 의복 차림을 하고 놀잇배에 타게 했고, 박신은 나중에서야 홍장을 알아보게 되었다고 한다. '그림배에 홍장紅粧 실을 뜻 없네'는 박신과 홍장의 이야기를 떠올리며 지은 것이다. "남녀 간의 정욕은 하늘이 주신 것이요, 인륜과 기강을 분별하는 것은 성인의 가르침이다. 하늘이 성인보다 높으니, 나는 차라리 성인의 가르침을 어길지언정, 하늘이 내려주신 본성을 감히 어길 수 없다."라고 힘주어 말했지만, 금강산을 유람하고 나서 잠시 생각이 바뀐 것은 아닐까?

허균에게 강릉은 푸근한 어머니의 품 같았다. 벼슬길에서 입은 상처를 강릉에서 치유하곤 했다. 「대관령」에서는 "닷새 동안 아스라한 잔도를 타고서야, 오늘 아침 대관령을 벗어나자, 내 집 어느새 눈에 보이니, 먼 나그네 갑자기 얼굴 풀리네."라고 안심하였다. 타향에 있어도 늘 강릉 생각이었다. 「명주를 추억하여 희서戲書의 운을 쓰다」에서는 "언제나 생각나네, 동해 나의 고을, 풍속도 순박한데 해마다 풍년이네. 봄바람 곳곳마다 꽃은 다퉈 피어나고, 좋은 계절 집마다 술이 향기롭네."라며 그리워했다.

호서장서각터

한시를 통해 고향을 그리워하는 마음을 보여줬다면, 산문으로는 고향의 역사를 기록했다. 1596년엔 강릉 부사였던 정구鄭逑와 함께 『강릉지』를 엮었다. 『성소부부고』에선 1603년에 강릉 사람들이 해마다 5월 초하룻날에 대령신大嶺神을 맞이한 뒤 5일에 온갖 놀이를 베풀어 신을 즐겁게 해주는 풍속인 강릉 단오제를 기록하였다.

경포호를 한참 바라보다가 다시 소나무 숲길을 걷는다. 중간에 '호서장서각터' 안내판이 서 있다. 「호서장서각기湖墅藏書閣記」에 의하면 호서장서각은 허균이 경포호 주변에 설립했던 사설도서관이다. 호수 가에 별장 누각 하나를 비우고 책을 수장하고서 고을의 여러 선비가 빌려 읽게 하려는 의도였다. 글 끝에 자신의 꿈을 적는다. "장차 인끈을 내던지고 동녘 지방으로 돌아가서 만 권 서책 속에서 좀 벌레 되어 남은 생애를 마치고자 한다." 그러나 시대는 그가 좀 벌레가 되도록 내버려 두지 않았다.

우리 집은 강릉 땅 갯가

석양 속에 생가터 옆 소나무 숲속 길을 따라 걸었다. 오래된 소나무 숲이 끝나자 허난설헌의 「죽지사」가 보인다.

> 우리 집은 강릉 땅 갯가에 있어 家住江陵積石磯
> 문 앞 흐르는 물에 비단옷 빨았지요 門前流水浣羅衣
> 아침이면 한가롭게 목란 배 매어 놓고 朝來閑繫木蘭棹
> 짝지어 나는 원앙새 부럽게 보았지요 貪看鴛鴦相伴飛

마지막 구절이 계속 마음에 남는다. 그녀의 범상치 않은 삶 때문이다. 허난설헌은 1563년 허엽의 셋째 딸로 태어났다. 그의 이름을 초희楚姬, 자를 경번景樊이라 하였고, 난설헌蘭雪軒은 그의 호다. 1570년 여덟 살의 어린 나이로 「광한전백옥루상량문廣寒殿白玉樓上樑文」을 지어 신동이라 이름이 났다. 그 뒤 작은 오빠 허봉의 친구인 이달李達에게 동생 허균과 함께 시를 배웠다. 임상원任相元, 1638~1697의 「교거쇄편」은 허균이 어렸을 때 같이 시를 공부할 때 이야기를 들려준다. 허균이 일찍이 시를 써서 난설헌에게 보였다. "여인이 흔들어 그네를 밀어 보낸다."라는 시구를 보고, 난설헌이 말하기를 "잘 지었다. 다만 한 구가 잘못되었구나."하였다.

동생이 "어떤 어구가 잘못되었는가?"라고 물으니, 난설헌이 "문 앞에는 아직도 애간장을 태우는 사람이 있는데, 백마를 타고 황금 채찍질하면서 가버렸다."라고 고쳐주었다.

자식으로는 아들과 딸이 하나씩 있었는데, 둘 다 전염병으로 어린 나이에 요절하였다. 딸이 죽은 바로 다음 해에 아들이 죽었고, 배 속의 아기마저 유산했다. 허난설헌이 두 아이를 잃은 설움에 시를 썼다. 기념관 옆에 세워진 동상과 「아들 딸 여의고서」란 시에 가슴이 먹먹하다.

작년에는 사랑하는 딸을 잃었고 去年喪愛女
금년에는 사랑하는 아들을 잃었다 今年喪愛子
슬프구나 광주 땅 언덕 위에 哀哀廣陵上
한쌍 무덤을 서로 마주하여 만들었구나 雙墳相對起
(중략)
마땅히 형제간에 혼을 알아보고 應知弟兄魂
밤마다 정겹게 어울려 놀겠지 夜夜相追遊
비록 어미 배속 아기가 있으나 縱有腹中孩
어찌 장성하기를 바라리오 安可冀長成
부질없이 황대사黃臺詞 읊으며 浪吟黃臺詞
슬픔을 머금고 피눈물을 흘리노라 血泣悲呑聲

딸과 아들의 무덤을 자신이 사는 광릉 땅 양지바른 언덕에 나란히 만들고, 훗날 그녀는 자신이 죽으면 두 아이의 무덤 뒷자리에 묘를 쓰라고 했다. 남편과 금슬도 원만하지는 않았던 것으로 보인다. 시어머니와 관계가 좋지 않았다. "돌아가신 나의 누님은 현숙하고 문장도 지녔으나, 시어머니의 사랑을 얻지 못하였고 또

두 자식까지 잃어 마침내 한을 품고 세상을 떠났다. 늘 생각하면 몹시 슬프다." "누님의 시문은 모두 천성에서 나온 것들이다. 유선시遊仙詩를 즐겨 지었는데 시어가 모두 맑고 깨끗하여, 음식을 익혀 먹는 속인으로는 미칠 수가 없다. 문장도 우뚝하고 기이한데 사륙문이 가장 좋다. 백옥루상량문白玉樓上樑文이 세상에 전한다." 『성소부부고』에 전하는 글에서 누님에 대한 사랑을 읽을 수 있다. 또한 그녀의 범상치 않은 삶도, 시와 문도 뛰어났음을 알 수 있다.

시문뿐만 아니라 그림에도 재능을 보였다. 「앙간비금도」, 「묵조도」, 「작약도」 등이 전한다. 아버지와 소녀가 손을 잡고 날아가는 새를 바라보는 그림은 등장하는 인물이 여성이라는 점에서 흥미롭다. 머리를 젖혀 멀리 산 위로 날아가는 새를 바라보는 소녀는 허난설헌의 또 다른 자아라고 미술사가들은 지적하고 있다. 글씨에도 남다른 재능을 엿볼 수 있다. 그림 옆에 써진 글씨는 힘이 있고 대범함이 엿보인다.

허난설헌은 죽을 때 유언으로 자신이 쓴 시를 모두 태우라고 하였다. 유언에 따라 유작들을 모두 태웠으나, 허균은 누이의 작품들이 불꽃 속에 스러지는 것이 안타까워 그녀가 친정집에 남겨놓고 간 시와 자신이 암송하는 시들을 모아 『난설헌집』을 펴냈다. 1606년 허균은 그 시집을 조선에 온 명나라 사신들에게 보였다. 당시 명나라 사신 주지번은 허난설헌의 시를 보고 매우 경탄하였다. 중국에 가져가 중국에서 『허난설헌집』을 발간하였다. 그녀의 시는 일약 중국에서 큰 인기를 끌게 되고 중국의 문인들이 앞을 다투어 그녀의 시를 격찬하게 되었다.

신사임당 동상

생가로 다시 돌아왔다. 낙락장송이 병풍처럼 에워싼 기와집은 단아한 사대부의 집이다. 이곳저곳에 허균과 허난설헌의 작품을 전시해놓았다. 집 앞 안내판은 생가인지 확실하지 않다고 하지만 시대를 바꾸려고 했던 어리석은 이의 뜨거운 마음을 충분히 느낄 수 있다. 저승에 가서는 자유롭고 편안하게 살고 있을까? 허균의 파직되었다는 소식을 듣고서 지은 시가 계속 귀에 들린다.

예교가 어찌 자유를 구속하겠는가 禮教寧拘放
인생의 부침을 다만 정에 맡기노라 浮沈只任情
그대는 그대의 법을 따르라 君須用君法
나는 나의 삶을 살겠다 吾自達吾生

선녀와 나무꾼이 사랑하던 곳

양사언

선녀와 나무꾼

고성군은 동해안을 따라 도로가 발달했기 때문에 벼슬아치와 문인의 왕래가 빈번했다. 대강리에는 대강역大康驛이 있어서 잠시 쉬거나 하룻밤을 보내며 시를 남기거나 여행기에 남겼다. 북쪽에는 감호鑑湖가 있어서 지나가는 사람들의 발길을 멈추게 했다. 감호 호숫가에 양사언楊士彦, 1517~1584이 지은 비래정飛來亭은 한시의 소재가 되곤 했다.

『강원도지』는 구선봉九仙峯에 대해 "군 남쪽 감호 가에 있다. 옛날에 신선들이 떼지어 내려와 춤을 추었다"라고 기록하고, 감호鑑湖 항목에는 "구선봉 아래에 있다. 동쪽으로 큰 바다에 임해 있다. 흰 모래가 주위를 빙 둘러싸고 있고 푸른 소나무들이 울창하여 참으로 아름답다. 호수 가에 양사언이 살던 집터가 있다."라고 알려준다. 호수는 동쪽으로 모래 둑을 사이에 두고 동해와 이웃해 있다. 둘레는 3㎞이고 깊이는 2~3m 정도다. 호수의 모양은 원형이며, 속초 영랑호보다 더 넓다. 옛사람들은 시중호, 삼일포 등 관동지역 이름난 호수와 비교하곤 했다.

감호에 대한 홍경모洪敬模의 기문記文이 남아 있다.

> 감호는 고성군 15리 구선봉 아래에 있다. 넓이는 4~5리, 동그란 모양으로 맑고 잔잔하여 비단을 펼친 듯하다. 깊이는 겨우 무릎을 넘어 바지를 걷고 건널 수 있다. 서쪽으로는 선봉仙峯을 잡아당기고 동쪽으로는 큰 바다를 이웃한 채 흰 모래와 푸른 소나무로 둘려 몹시 요염하고 아름다워 세 호수(삼일포, 경포호, 시중호)와 뛰어남을 다툰다. 호수 가에 비래정 옛터가 있으니, 바로 양봉래가 살던 집터이다. 봉래는 관동의 여러 명승지를 두루 돌아다녀 발길이 닿지 않은 곳이 없는데, 이 호수에 이르러 거처했다. 호수가 알려지게 된 것이 이때부터다. 정자를 비래라고 하고, 고래수염을 묶어 붓을 만들어 손수 편액을 썼다. 비飛자가 먼저 써졌는데, 래정來亭 두 글자는 몇 번을 거듭 써도 잘 써지지 않아 겨우 비飛자로 족자를 만들어 정자 서재의 벽에 걸었다. 얼마 후에 봉래가 귀양 가게 되었다. 하루는 갑자기 큰 바람이 일어 정자 서재의 문이 저절로 열리고 벽 위의 비飛자가 바람에 날려 하늘로 솟구쳐 가버렸는데, 간 곳을 알지 못했다. 뒤에 그날과 시간을 따져보니 바로 봉래가 귀양 간 곳에서 돌아간 날이었다. 사람들이 봉래의 생전의 정력이 이 한 글자에 있어 그와 함께 갔다고 말을 했다. 정자의 위에 천서암이 있고 바위 위에 올챙이와 같은 모양이 있어 봉래가 이것을 보고 서법을 깨우쳤다고 한다.

감호의 지리적 위치와 특징을 잘 보여준다. 요염하고 아름다워 삼일포, 경포호, 시중호와 뛰어난 경치를 다툴 만하다고 보았다.

뛰어난 경치도 원인이겠지만 홍경모는 양사언 때문에 이름이 알려지게 되었다고 보았다. 산은 높다고 명산이 아니고 신선이 살아야 명산이라고 했듯이 이름답기만 해서는 유명한 호수가 될 수 없다. 신선 같은 뛰어난 사람이 그곳에 살아야 한다. 신선이 바로 양사언이라고 보았다.

양사언은 조선 중기의 문신이며 석봉 한호, 추사 김정희와 더불어 조선 3대 서예가로 꼽힌다. 1546년(명종 1) 식년 문과에 급제했으며, 1556년을 전후로 대동현감을 비롯 삼등 · 함흥 · 평창 · 회양 등지를 다니며 역임했다. 회양에 나간 것은 금강산을 따라 스스로 택한 것으로 이때 금강산에 관한 시를 많이 남겼다. 그의 호인 봉래는 금산산의 여름 산 이름인 봉래산에서 따온 것이다. 1564년에 고성군의 구선봉 밑 감호 가에 비래정을 짓고 풍류를 벗 삼았다. 1582년에 다시 안변 군수로 나갔으나 다음 해 오랑캐의 변란을 당해 책임을 지고 해서에 귀양 가서 68세로 죽었다.

경치가 뛰어난 감호 주변에는 예전부터 정자와 별장이 많았다. 호수를 바라보며 시를 짓기도 했지만, 별장과 정자의 내력을 소재로 삼아 기문을 남기기도 했다. 최일경崔一卿 소유의 초당에 대한 기문인 「감호장기鑑湖莊記」도 그중 하나다.

영동의 땅은 모두 바다를 마주한 황폐한 곳으로 연안은 척박하여 사람이 살 수 없다. 그곳의 호수와 산, 논과 밭에 뒤섞여 정자와 별장을 지었는데, 숲에 가려져 바다가 있는 줄 모르는 곳은 오직 최일경 군의 감호장鑑湖莊만이 그러하다. 처음 최군의 선조 상사공上舍公이 강릉 경포에서 왔고, 봉래 양사언은 영해嶺海의 신선으로, 사랑四郎의 집

김응환, 감호

을 골라 역시 이곳으로 왔다. 이에 감호의 이름이 비로소 우리나라 승경의 으뜸이 되었다. 이 호수는 천 이랑 넓이의 둥근 원 모양이라 마치 거울과 같다. 모래섬과 물가, 물굽이는 모두 물결에 잠겼다 나와 만들어진 것이요, 그 나머지 물결이 논과 밭에 물을 대어 사는 사람이 배불리 먹게 된다. 사방의 너비는 4,5리 정도 되는데 3백 리나 되는 하지장의 호수와 같은 형세가 있다. 구선봉의 짙은 빛깔이 구름 그림자와 함께 드리우니, 별도로 거울 속에 금강산이 있는 것과 같다. 이는 또 강원도 지방에 없는 것이다. 이 때문에 양사언은 일찍이 하늘 끝의 묶어 올린 머리 같은 산과 거울 속의 연꽃 같은 봉우리를 자기 집의 병풍이라 하였으니, 본디 삼일포를 가리킨 것은 아니었다.

저 억지로 이름 지은 서른여섯 봉우리가 어찌 구선九仙의 무리이겠는가? 비래정이 있는 땅은 양사언의 것이 되었으나, 감호는 일정한 주인이 없었다. 감호당에서 손님과 즐기니, 사람들은 어진 주인이 있다는 것을 알게 된다.(생략)

1717년 6월 상순에 조유수趙裕壽가 지은 작품이다. 거울 속에 금강산이 있는 것과 같은 감호와, 화정선생和靖先生 임포林逋의 산수에 중장통仲長統의 전답까지 겸비하기는 예로부터 염라대왕도 어려운 일이라며 소유하게 된 것을 부러워한다. 조유수는 호수 절반을 차지하여 몇 년 동안 살고 싶다며 글을 마친다. 최일경 소유의 초당에 대한 최대의 찬사다.

동해안 최북단인 강원도 고성군에 통일전망대가 있다. 민통선 입구에서 출입 절차를 밟아 들어갈 수 있는 곳이다. 그곳에서는 DMZ 너머로 '선녀와 나무꾼'의 전설로 유명한 감호가 어렴풋하게 보인다. 감호는 북한 지역이다.

감호의 흥취

감호와 감호 주변을 기록한 기문이 여러 편 있지만, 이 지역을 노래한 한시가 양적으로 압도한다. 감호의 주인이었던 양사언의 「감호당鑑湖堂」을 살펴본다.

어찌하여 한가히 여기서 사냐면 問余何事卜閑居
천하의 명승보다 나은 탓이지 天下名區盡不如
흰 모래 푸른 바다 푸른 솔 우거진 길 沙白海靑松翠路
연꽃 만 송이는 온통 나의 집이네 芙蓉萬朶盡吾廬

천하명구天下名區는 천하의 뛰어난 곳이다. 양사언이 감호에 터를 잡은 이유 중의 하나는 감호가 명구名區였기 때문이었다. 무엇 때문에 명구가 되었는가? 명사십리 같은 모래가 호수 동쪽에 펼쳐진 것이 명구의 한 요소다. 흰 모래 바깥으로 펼쳐진 푸른 바다는 호수와는 다른 풍경이다. 호수와 바다를 함께 감상할 수 있는 것은 명구의 또 다른 조건이다. 바다와 호수 사이로 소나무가 울창하다. 소나무 아래 길을 따라 걷노라면 신선이 된듯하다. 또 다른 명구의 조건이다. 주변이 온통 연꽃이 피어있는 것 같다. 감호가 명구 중의 명구인 것을 알 수 있다.

감호에서 일어난 흥취를 작품 하나로 다 표현할 수 없었다. 「새로 관동에 거처를 정하다」에서도 양사언의 마음을 읽을 수 있다.

도연명의 마음 귀거래사에 있고 淵明心事歸來賦
왕유의 생애 망천도에 보인다 摩詰生涯輞口圖
초연히 먼 길 밟아 금강산 오니 超然遠蹈蓬山路
금강산 그림에도 이런 경치 없네 萬二千峯畫也無

마힐摩詰은 당나라 시인 왕유다. 망구도輞口圖는 왕유가 만년에 은거하던 망구라는 곳의 별장을 중심으로 그렸다. 그림을 통해 그의 삶을 조명해 볼 수 있다. 감호는 망천도와 금강산도에서도 찾아볼 수 없을 정도로 빼어나다고 보았다.

간성군수를 역임한 이식李植, 1584~1647도 감호에 들려 「감호당鑑湖堂에서 제공의 시에 차운하다」를 짓는다.

고성 능파대에 있는 양사언 글씨

귀밑머리엔 흰 서리 두 눈엔 허공 꽃 오락가락 雙鬢添霜兩眼花
한 해도 넘긴 지루한 타향 괜스레 고향 생각 倦遊經歲謾思家
일찍 독점한 호산의 주인 얼마나 대단한가 多君早作湖山主
금강산 한쪽 얼굴 문밖에 삐딱이 엿보이네 一面金剛戶外斜
백 이랑 평평한 못 마름꽃 둥실둥실 平潭百頃漾菱花
회계산會稽山 하로의 집과 어찌 흡사한지 髣髴稽山賀老家
아침에 술 깨어 오니 서늘한 기운 자리 가득 卯醉醒來凉滿榻
바람 부는 대나무숲 사람을 보고 갸우뚱 一林風竹對人斜

하로賀老는 이태백을 적선謫仙이라고 일컬었던 당나라의 하지장賀知章을 높여 부르는 말이다. 비서감으로 있다가 고향인 회계산 경호鏡湖의 도사道士로 나가게 해 줄 것을 청하였다. 현종이 경호 1곡을 하사하였으므로, 경호를 하감호賀監湖 혹은 감호鑑湖로 부르게 되었다. 감호당이라는 당호堂號 역시 여기에서 비롯된 것이라 보았다.

이민구李敏求, 1589~1670는 1635년 7월에 강원도 관찰사가 되어 순행하다가 발길이 감호에 닿았다.

땅은 명사鳴沙로 가는 길에 닿았고 地接鳴沙路
호수에는 정씨鄭氏 정자 있구나 湖開鄭氏亭
흥취에 이끌려 올라서 登臨牽謾興
조금 술 깬 눈빛으로 바라본다 眺望屬微醒
고요한 물결에 가을 구름 이르고 浪靜秋雲到
열린 처마로 석양이 지나누나 簷虛落日經
오늘 밤은 붉은 난간에서 굽어보며 今宵俯朱檻
하나하나 차가운 별이나 세련다 歷歷數寒星

명사鳴沙는 간성읍 남쪽 18리에 있다. 모래색이 눈 같고, 사람과 말이 지날 때면 부딪쳐서 소리가 나는데, 쟁쟁하여 쇠소리 같다. 대개 영동 지방이 그렇지만 그중에서도 간성과 고성 간에 제일 많다고 한다. 옛날 양사언이 호숫가에다 비래정을 짓고 살았는데, 이것을 정씨 정자라고 한 것은 정씨 소유가 되었거나 비래정 이외의 정씨 정자가 있었던 것 같다.

금강산으로 오고 가는 길목인 간성 땅은 흥취를 맘껏 표현한 한시 속에 생생하게 살아있지만, 오고 가는 여정을 묘사한 여행기에도 자세하게 그려져 있다. 윤휴尹鑴의 「풍악록楓岳錄」이 대표적이다.

해산정에서 이관해의 절구 몇 수를 읽어보고, 베끼고 또 차운까지 해보려 하였으나 때마침 주수가 왔기 때문에 미처 못하고 말았으니 한스러운 일이다. 지나고 나서 생각을 더듬어 보았으나 기억이 나지 않는다. 바다를 따라 남으로 내려가다가 중도에 길을 잃고 되돌아왔는데, 한 호수를 지나다 보니 물은 굽이쳐 흐르고 바위는 기이한데 바다 어구에 임해 있어 뛰어난 경치가 삼일포에 못지않았다. 들에 있는 동자에게 호수 이름을 물었더니 감호鑑湖라고 한다. 구경하고 세상에 알린 자가 아직 없었기 때문에 이름이 전해지지 않고 그렇게 묻혀 있는 것이니 이 역시 서글픈 일이었다. (생략) 대강역大康驛에서 잤는데 오늘 온 길은 25리쯤 되었다.

뛰어난 경치가 삼일포에 못지않다는 호수는 감호였다. 윤휴는 이름이 전해지지 않고 묻혀 있는 것이 못내 가슴 아팠다. 능력이 있으나 세상에 쓰이지 못한 인재를 바라보는 듯한 입장이었을 것이다.

법수치리 검달동의 황폐해진 터
김시습

양양 바닷가 낙진촌에서

강릉을 떠난 김시습은 양양으로 향한다. 바다를 따라 올라가다가 낙진촌樂眞村에서 봇짐을 내렸다. 마을 이름은 낙진당樂眞堂이란 집에서 유래했을 것이다. 「낙진당」이란 시에 의하면 집주인은 중앙에서 후설喉舌을 맡은 신하였다. 후설은 목구멍과 혀를 가리킨다. 왕과 가까운 신하로 승정원에서 근무했음을 알 수 있다. 그는 연로하신 부모님을 모시기 위해서 바닷가로 왔다. 중앙정계에서 벼슬을 했던 그에게 부모님을 모시며 유유자적 사는 것이 '참됨

을 즐기는[樂眞]' 생활이었다. 김시습은 마을 이름이 마음에 들었던 것 같다. 「낙진촌거사경樂眞村居四景」에서 그의 일상을 엿볼 수 있다. 봄날 그는 어떻게 보냈는가.

집 둘러 듬성듬성 소나무와 대숲 繞屋扶疏松竹林
가끔 때맞춰 새소리 들리네 間關時聽語幽禽
해 길어 깨어나 경서 역사 보다가 日長睡罷披經史
뜰에 가득 꽃비가 내린 걸 몰랐네 不覺滿庭花雨深

시속에 마을 모습이 멀리서 보인다. 소나무와 대나무로 둘러싸인 집. 동해안에서 쉽게 볼 수 있는 촌가의 모습이다. 이따금 나무로 이루어진 울타리로 새가 날아든다. 날이 길어지다 보니 낮잠에 빠졌다가 새 소리에 깨어난다. 경서와 역사책을 읽다가 잠에 빠졌나 보다. 다시 책을 읽는다. 한가롭기 그지없다. 바람 부는 길에서 늘 떠돌았다. 이제는 멈추고 한껏 게으름을 만끽하는 중이다. 낮잠을 자는 사이에 봄비가 내렸는지 꽃잎이 비처럼 떨어져 뜰은 온통 붉은색이다. 낙진촌에서 김시습은 오랜만의 느긋함을 만끽한다. 아니 그렇게 살려고 노력했던 것 같다.

나이 이미 50 되었는데 年已知天命
남은 생 가련하기만 하네 餘生足可憐
세상인심 가볍기 물결 같은데 世情輕似浪
나의 도는 줄처럼 곧기만 하네 吾道直如絃
얻음을 보면 의를 생각하고 見得唯思義
편안하게 살며 천명 즐기며 居安只樂天
물러나 편안한 곳에 숨으니 退藏寬穩處
물욕이 흔들어도 도도할 뿐 物撓我陶然

「스스로 경계하다」를 읽어본다. 50줄에 드니 만감이 교차한다. 아무것도 이루지 못한 삶이 불쌍하기조차 하다. 여태 어떻게 살아왔는가? 세상 사람들은 조그만 바람에도 찰랑거리는 물결 같지만, 그는 곧게만 살아왔다. 부끄럽지 않은 삶이다. 삶의 좌표를 바꾸고 싶지 않다. 단 천명을 즐기며 편안하게 살고 싶다. 외부에서 유혹하는 물욕이 있다 하더라도 도연陶然하게 살고 싶다. 스스로 경계하는 시이기 때문에 그렇게 살려고 다짐한 것이다. 그가 추구한 삶의 모습은 도연陶然에 함축되어 있다. 도연은 술에 취하여 즐거워하는 상태를 형용한 말이다. 도잠陶潛의 「시운時運」에, "이 한 잔 술 마시고, 도연히 스스로 즐긴다네[揮玆一觴 陶然自樂]"에서 온 말이다. 취하여 홍이 돋는 모양, 편안하고 즐거운 모양이다. 이렇게 살고 싶었다. 가끔 그러한 상태가 되기도 했다. 「자연自然」에서 이렇게 노래한다. "바야흐로 얻음이 있나니, 나 자신이 편안함을 그저 즐기네[坐忘方有得, 樂我自家便]"

마을 사람들하고도 잘 어울렸다. 의심하던 청년은 마음을 열고 웃고, 온화하고 예의가 있는 청년과는 저녁 내내 해 지는 줄도 모르고 담소를 나눈다. 낙심한 이와 술을 함께 마시며 원통함을 씻었고, 윷놀이하며 큰소리로 외치기도 한다. 동네 사람들과 어울리면서도 현실에 대해 눈을 감고 있지 않았다. 백성들을 착취하는 탐관오리를 「막비莫匪」에서 신랄하게 비판한다. "대낮에 마음껏 날아올라, 한껏 난폭하게 구는구나. 뭇 새들도 그 뒤를 따라, 남의 집을 함부로 쪼네. 담장의 여우는 또 무슨 일로, 앞다투어 이리 달리고 저리 달리나. 교활한 쥐는 그 틈을 노려, 구멍에 숨었다가 들창을 뚫네. (중략) 아아 불쌍한 백성들이여. 어찌해야

안도할지 모르겠네. 이 생각에 공연히 뒤척이며, 나도 모르게 눈물을 줄줄 쏟네."라고 표현한다.

양양 바닷가 낙진촌에서 마을 사람들과 어울리며 천명을 즐기며 도연陶然하게 살려고 했고 실제로 그렇게 살았다. 그러나 노년의 깊은 회한을 씻어주지는 못한다. 잊은 줄 알았으나 불현듯 시대를 잘못 만난 천재의 고독과 번뇌가 살아난다. 다시 바닷바람 부는 길에 섰다.

법수치리 검달동에 머물다

발길은 몇 년 동안 양양 법수치리 산속에 머물렀다. 산속에 터를 잡았지만, 그의 심사가 완전히 풀린 것은 아니었다. 씻기지 않고 덕지덕지 붙어있는 번민을 조금이나마 만져주던 곳이 이곳이었다. 앉은 자리가 따뜻해질 만하면 방랑벽이 느닷없이 나타나 이끌곤 했던 적이 얼마나 많았던가. 시 저변에는 늘 슬픔이 깔려 있지만 조금은 따뜻한 시 한 수가 보인다.

아침에 강릉 떠나 양양에 도착하니 江陵朝發到襄陽
오랜 풍류 느닷없이 가볍게 일어나네 千古風流取次情
꽃밭에 들어가 한 떨기 꽃을 보니 偶入花叢看一朶
싱긋 웃자 온갖 애교 우러나네 嫣然欲笑百媚生

「현산의 꽃떨기를 노래하다[詠峴山花叢]」이다. 현산은 양양군을 지칭하기도 하고 양양 읍내에 있는 야트막한 동산을 가리키기도 한다. 독립만세운동을 기리기 위한 기념비와 체육시설 등이 자리를 잡은 공간으로 변한 현산은 봄철에 벚꽃이 활짝 피어 장관을 이룬다. 김시습이 읍내에 있는 현산을 찾았을 때 꽃이 지천이었다. 강릉에서 옥살이를 했으나 꽃을 보자 자신도 모르게 마음이 풀어진다. 어느덧 눈빛은 부드러워진다. 이것이 꽃의 힘 아니겠는가.

김시습은 양양 읍내에서 남쪽 법수치 계곡으로 들어간다. 『관동읍지』에 검달동黔達洞에 대한 기록이 눈에 들어온다. "관청에서 남쪽으로 80리 되는 곳에 있는데, 김시습이 살던 곳이다. 자지紫芝가 있는데 오세동자가 캐던 것이라고 한다." 양양부사를 지낸 적 있는 이해조李海朝, 1660~1711의 「현산삼십영峴山三十詠」에도 비슷한 설명이 있다. "검달동은 관청 남쪽 80리 되는 산과 계곡 험한 곳에 있다. 겹겹이 쌓인 가파른 산이 에워싸고 있어 사람의 발자취가 온 적이 드물다. 이곳은 매월당이 예전에 은거하던 곳으로 남겨진 터가 아직도 있다. 오세동자의 터라고 전해져온다." 「검달동의 황폐해진 터[黔洞荒墟]」란 제목을 설명한 글이다.

당신 본래 청한자淸寒子인데 知君本淸寒
어찌해서 검달동에 살 곳을 정했는가 卜地焉取黔
아직도 오세동자터라 전해져 猶傳五歲童
변치 않는 마음 사라지지 않았지만 不死千年心
구슬피 고사리 캐는 노래를 悽悽采薇歌
뒷날 누가 알아주겠는가 後世誰知音
빈터 조그만 매화에 달 뜨자 空餘小梅月
버드나무 그늘에 가려지누나 掩暎五柳陰

법수치리 대승폭포

법수치리로 가는 계곡은 계속 이어진다. 어성전을 지나면서 사잇길로 빠져 또 달린다. 마치 불가佛家의 법수法水와 같다는 법수치리 길옆에 폭포가 보인다. '대승폭포'라 한다. 양양부사가 법수치리 대승폭포의 숫대빼기라는 곳에 일산을 높이 꽂고 천렵을 하였다. 마침 스님이 지나가는 것을 본 부사가 생선국을 권했다. 희롱조의 권유에 못 이겨 생선국을 다 먹고 갈 때 폭포에 앉아서 대변을 보면서 말하기를 "소승은 죽은 고기 먹고 산 고기를 싸놓고 갑니다."라고 말하면서 변을 보니, 물고기들이 펄펄 뛰었다고 한다. 그때부터 검달동 폭포를 대승폭포라 하였다는 이야기가 전해진다. 구라우교 옆에서 검달동에 대해 물으니 이곳이 '검달골'이라 한다.

어김없이 찾아오는 슬픔

유몽인柳夢寅, 1559~1623의 『어우야담』에 김시습과 관련된 일화가 보인다. 도가 쪽에서 많이 인용하는 글이기도 하다. 김시습은 우리나라 도교의 도맥에서 중시조격인 지위를 차지하고 있으며, 신선이 되는 이치를 터득한 사람으로 추앙된다. 『어우야담』 속으로 들어가 본다.

> 최연崔演은 강릉 사람이다. 김시습이 설악산에 중이 되어 은거한다는 소식에 젊은 동지들과 김시습에게 가서 배우기를 청했다. 시습은 모두 사양했으나 최연만은 가르칠 만하다고 여기고 머무르게 했다. 최연은 반년 동안 사제의 도리를 다하여 잠시도 곁을 떠나지 않

았다. 달이 높이 뜬 깊은 밤마다 잠에서 깨어보면 김시습의 잠자리는 비어 있었다. 연은 마음속으로 이상하게 여겼으나 감히 쫓아가지는 못했다. 김시습은 여러 차례 이와 같은 행동을 했다. 어느 날 달 밝은 한밤중이었다. 시습은 의관을 갖추어 가만히 나갔다. 연은 골짜기와 고개를 넘어 그 뒤를 따라갔다. 수풀 속에서 가만히 엿보니, 아래쪽에 넓고 편편한 큰 바위가 있었다. 두 손님이 있었는데, 어디서 온 사람인지 알 수 없었다. 서로 읍을 한 뒤 바위 위에 마주 대하고 앉아 이야기를 나누었다. 거리가 멀어 무슨 이야기를 하는지 살필 수 없었다. 한참 이야기하다가 헤어지는 것을 보고 연은 먼저 돌아와 이전처럼 누워 잠들었다. 다음날 김시습이 말했다. "너를 가르칠 만하다고 여겼는데, 이제 살펴보니 조급하고 참을성이 없구나. 더 이상 가르칠 수 없다." 마침내 작별하고 떠났는데, 김시습과 말을 나누었던 자들이 사람인지 신선인지 끝내 알지 못했다.

이 일화를 '조급하고 참을성이 없다[覺其煩燥]'에 주목하기도 한다. 느긋하게 일을 해야지 빨리하려고 하면 도리어 일을 그르친다는 교훈으로 읽어낸 것이다. 일리가 있다. 이 이야기를 김시습의 결벽증으로 해석하기도 한다. 그의 시 「와서 공부하겠다는 사람을 거절하다[拒來學]」를 예로 든다.

경전과 역사서를 오래도록 공부했건만 硏窮經史久
구두와 해석이 모두 다 잘못이네 句語儘差訛
눈 어두워 줄 따라 읽기 잘못하고 眼暗循行誤
마음 어두워 잘못된 이해가 많아라 心昏錯會多
용 잡는다고 헛되이 힘만 허비했고 屠龍空費力
시구 다듬다가 시마詩魔 되었네 琢句便成魔
가죽나무처럼 쓸모없기를 좋아하니 正好爲樗散
강호에서 짧은 도롱이나 입고 지내리 江湖荷短蓑

『장자』에 이런 대목이 있다. 혜시가 장자에게 말했다. "내가 있는 곳에 큰 나무가 하나 있는데, 사람들은 그것을 가죽나무라고 부르더군요. 큰 줄기는 혹이 많아 먹줄을 칠 수 없고, 가지는 비비 꼬여서 자를 댈 수조차 없기에, 길가에 서 있지만 목수가 거들떠보지 않습니다. 지금 그대의 말도 크기만 했지 소용되는 게 없어 사람들이 거들떠보지 않을 거요." 장자가 말했다. "선생은 삵이나 너구리를 보지 못했나요? 몸을 낮게 움츠리고 엎드려 있다가 돌아다니는 작은 짐승을 노려 이리 뛰고 저리 뛰고 높고 낮은 데를 가리지 않다가 결국 덫에 걸리거나 그물에 걸리어 죽고 말지요. 그런데 이우라는 큰 소는 크기가 하늘에 드리운 구름과 같아 큰일을 얼마든지 할 수 있지만 쥐는 잡을 수가 없습니다. 지금 그대는 큰 나무가 있음에도 쓸모가 없다고 걱정하는 듯한데, 어째서 그것을 아무것도 없는 곳, 드넓은 들판에 심어 놓고 하릴없이 그 곁에서 왔다 갔다 하거나 그 아래에서 노닐다가 드러누워 잠을 잔다거나 하지 않는 거요? 그 나무는 도끼에 찍혀 일찍 죽지도 않을 것이요, 어떤 사물도 그것을 해코지하지 않을 것이니, 아무 데도 쓸모가 없다는 것이 어째서 괴로움이 된다는 것인가요?" 배우겠다는 사람을 거절한 이유가 명확하지 않을지 몰라도, 그는 가죽나무처럼 쓸모없기를 바랐는지도 모른다.

유자한柳自漢, ?~1504이 1486년에 양양부사로 오면서 김시습과 친분을 쌓았다. 안주와 술을 보내고 쌀을 보내자 김시습은 감사의 편지를 보낸다. 유자한은 흉년의 구황책과 관련된 상소문을 김시습에게 부탁하기도 한다. 친분이 두터워지자 유자한은 양양에 정착하여 『장자』를 가르쳐달라고 부탁을 한다.

저와 더불어 노니는 자 가운데는 머리 깎은 이가 두세 사람 있는데다 세상 밖에 노니는 사람들입니다. 바야흐로 저와 더불어 산수에서 배회하고 소요하여 각각 즐기는 바를 즐기려던 참이었습니다. 영공이 저를 초대하여 동구를 나오라 한다는 말을 듣고는 어찌할 바를 몰라 갈팡질팡하고 있습니다. 어떻게 처신해야 할지 모르겠습니다.

김시습의 대답은 완곡하다. 평소 함께 산수를 즐기던 스님과 헤어지기 섭섭하므로 동구를 나갈 수 없다고 밝힌다. 다만 산에 들어가 부처님께 예불을 드린 후 다시 양양으로 돌아와 『장자』를 찾아놓고 기다리겠다고 약속한다. 유자한은 자식들을 가르쳐줄 것과 과거를 권유하기도 한다.

저의 천성이 본래 예법을 차리지 않고 호탕하여 산이 밝고 물이 아름다움을 즐깁니다. 마침 마음을 알아주는 사람을 사랑하여 선비를 좋아하는 분을 만나 그림자를 혼미하게 하여 이 먼지 세상에 떨어지고 말았기에 산림에 묻혀 지내는 취미가 썰렁해졌습니다. 하지만 상공의 자제와 함께 뜻을 다하고자 하기에 이미 늦었습니다. … 더구나 선비의 몸이 세상과 모순되면 은퇴하여 살면서 스스로 즐거워하는 것이 대체로 그 본분일 따름입니다. 어떻게 남의 비웃음과 비방을 받으며 억지로 인간 세상에 남을 수 있겠습니까?

김시습은 자신의 처신이 지극히 어려워 인간 세상에서 살아갈 수 없는 이유를 다섯 가지 든다. "세상 사람들은 남을 복식으로 판단하고 심지로 판단하지 않는데, 나는 더러운 옷을 빨고 기운 곳을 꿰매는 일이 없어 불가하다. 처나 첩을 두면 살림 살 계획을 세우고, 그렇게 되면 생계를 꾸리느라 빈부의 문제에 자유롭지 못해서 불가하다. 처와 첩을 얻더라도 현모양처를 얻을 수 없어 불가하다. 벼슬에 천거되더라도 관직이 낮고 봉급이 박하면 뜻과 기운을 펼 수가 없으며, 성질이 정직하고 평범하여 무능한 무리에게 받아들여질 수 없어 불가하다. 산수가 좋아 산에서 농사를 짓는데 흉년이 들어 동구 밖에 나간다면 곤궁 때문에 나왔다고 주변 사람들이 말하기 때문에 불가하다." 김시습은 자신이 세상에 나간다면 남의 비웃음이나 사고 비방을 들을 것이라며 산간에 사는 것을 즐기겠다고 잘라 말한다.

득도한 듯 세상을 초월한 듯 호탕하게 세상을 살아왔다. 가끔 다시 속인으로 돌아오니 부귀는 아니더라도 공명 없이 늙어가는 자신이 초라해 보인다. 인간적인 모습이라 더 친근해 보이지만 그는 나이가 들수록 더 조바심이 난다. 늙음에 대해서 「노경老境」에서 넋두리를 한다.

노년기 차츰차츰 다가오는데 老境侵尋近
인생사 아는 것 적음을 탄식하네 還嗟識事稀
눈 어두워 물건 분별하기 어렵고 眼昏難辨物
귀 어두워 조롱해도 알지 못하네 耳聵不知譏
구들이 따뜻하면 자는 것만 즐겁고 炕煖惟耽睡
나물이 달아야 요기도 할 수 있네 蔬甘可療飢
인간 세상의 수많은 일 가운데서 人間多少事
서로 틀리는 줄 이제야 알겠네 方覺頗相違

번민을 읊은 시에서는 이렇게 읊조린다. "마음과 일이 서로 반대되어, 시 빼놓으면 즐길 일이 없어라." 늘 생각과 달리 어긋나는 세상을 횡단하는 유일한 방법은 시 짓는 일이다. 어찌 보면 김시습이 할 수 있는 유일한 일인지도 모른다. 기뻐도 시를 짓고 슬

법수치리 검달동

펴도 시를 짓는다. 특히 근심에 휩싸이면 붓을 들곤 한다. 시가 김시습을 구원해줬다고 말해도 과언은 아닐 것이다. "땅이 외져서 사람의 일 없어, 봄을 맞은 마음 슬프고도 차가워라. 바람은 천 길 나무를 흔들고, 구름은 만 겹 산을 지나가네" 따뜻한 봄날에도 어김없이 슬픔이 찾아온다. 바람에 흔들리는 나무는 김시습의 마음이다. 흐르는 구름을 보면서 다시 유랑을 생각했는지도 모른다.

산봉우리 위로 나는 가을 독수리

심동로

노인이 동쪽으로 돌아간 까닭은

심동로沈東老, 1310~?는 어려서부터 글을 잘하여 한림원사翰林院使 등을 역임하였다. 고려 말기에 혼란한 국정을 바로잡으려 하였으나 여의치 않자 벼슬을 버리고 낙향하게 해달라고 공민왕에게 간청했다. 왕은 여러 차례 마음을 되돌리고자 했으나 의지가 워낙 굳어서 어쩔 수 없이 귀향을 허락하였다. 그의 뜻을 높이

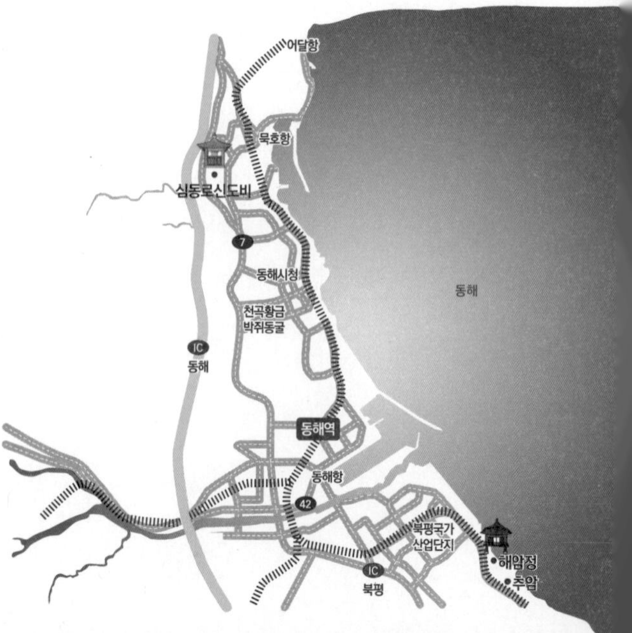

사 '노인이 동쪽으로 돌아간다.'는 뜻의 동로東老라는 이름을 하사했다. 이때부터 심한沈漢이란 이름 대신 심동로라는 이름을 썼다. 왕은 그를 진주군眞珠君으로 봉하고 삼척부를 식읍으로 하사하였다.

이색이 학사승지學士承旨가 되었을 때 왕에게 '심동로는 신보다 학식이 높고, 나이도 신보다 많으며, 벼슬길도 먼저 올랐으니 신의 직책을 그에게 내려주십시오.'라고 청할 정도로 심동로는 조야의 신망이 높은 인물이었다. 김구용이 안사按使가 되어 삼척에 왔을 때 심동로의 집을 방문하여 그의 호인 신재愼齋를 직접 써 편액을 걸어주기도 했다. 이처럼 삼척으로 오는 관리와 시인 묵객들은 심동로의 집을 방문하였고, 그럴 때면 으레 죽서루와 해암정에서 시흥에 젖곤 하였다.

1282년(충렬왕 8) 예빈시승에 오른 이구李球가 심동로에게 지어준 시에서도 그런 분위기를 읽을 수 있다. 「조부령趙副令이 관동에 관찰사로 나갔으므로 관동의 군자를 기억하며」란 시는 심동노와 최복하를 떠올리며 지은 시다.

삼척의 관루는 바로 죽서루인데 三陟官樓是竹西
누대 가운데 아름다운 손님은 심중서이네 樓中嘉客沈中書
지금의 흰 머리로도 시와 술을 잘하니 而今白首能詩酒
틈 있는 날이면 서로 모여 놀며 날 이야기하오 暇日相遊爲說予

동로를 예찬하는 시다. 심동로는 시에도 능했고, 술도 잘 마셨던 모양이다. 관동의 군자는 심동노와 최복하 두 사람이라고 평할 정도였다.

심동로의 작품 중 전해지는 것이 많지 않다. 여러 사정으로 인해 전해지지 않을 뿐이지 시는 다수 있었던 것 같다. 민사평閔思平, 1295~1359이 지은 「좌랑 심동로 시에 차운하다」는 심동로의 시를 보고서 시의 운자에 맞춰 시를 지은 것이다.

거리낌 없이 종횡하는 기세로 조정에서 치달리니 縱橫逸氣騁廉隅
화악의 높은 산봉우리 위로 나는 가을 독수리일세 華岳峯高一鶚秋
때때로 술을 싣고 아름다운 경치를 찾아가니 載酒時時迎好事
날마다 시를 쓸 뿐 무슨 걱정이 있으랴 題詩日日有何虞
녹야당에서 거문고 타고 바둑 두는 배유수裴留守요 琴棋綠埜
청산에서 시 읊조리는 심은후沈隱侯로다 風月靑山沈隱侯
관리의 재능 문장의 재주는 모두 오묘한 솜씨 吏用文才三昧手
달존의 덕목을 모두 갖춘 이 아마 없으리라 達尊俱備算來無

심동로의 됨됨이를 생생하게 보여준다. 당나라 명재상 배도裴度가 만년에 벼슬을 그만두고 동도東都에 녹야당을 짓는다. 유우석劉禹錫, 백거이白居易 등을 초청하여 시를 짓고 주연을 가졌다는 고사가 전한다. 심동로를 배도에 견준 것이다. 심은후沈隱侯는 남조南朝 양나라 심약沈約의 시호이다. 심약은 시문을 잘 지은 것으로 유명했다. 시를 잘 지은 심동로를 비유한 것이다.

삼척 심씨의 시조

전해지는 심동노의 시는 『동문선』에 실려 있다. 「황근黃瑾 선생을 보내며」에서 그의 사람됨을 읽을 수 있다.

바닷속의 명월주는 海中明月珠
그 값이 헤아릴 수도 없어 其價難比數
이 어찌 늙은 조개에서 나온 것이랴 此豈老蚌生
용의 토한 것이지 是實驪龍吐
세속 사람들 얻고 잃는 사이에 世俗得失間
뭇 원숭이 기뻐하고 노하는 것 같도다 衆狙紛喜怒
고기 눈을 아름다운 구슬이라 해 反以魚目美
서로 다투어 부고에 채우는구나 爭相充府庫
값없는 보화 끝내 버리지 못하나니 至寶終不棄
때가 오면 반드시 알아주리라 時來必遭遇
내 일찍이 추천을 받아 我曾被汲引
한림원翰林院에서 붙어 있었는데 金坡忝攀附
뱁새는 보잘 것 없거니 斥鷃徒區區
난새와 곡새가 어찌 돌아나 보겠나 鸞鵠肯相顧
우선 이 전별하는 시를 지어서 且作送行詩
은근히 소박한 정을 쏟아 놓노라 繾綣倒情素

『고려사절요』에 우헌납右獻納 황근黃瑾 등이 글을 올렸다는 기사가 보인다. "백성의 물이 임금의 배를 띄우는 법을 알려고 하면, 반드시 충성을 다하여 높이 하는 것을 간할 것이거늘, 간원에서 능히 약석을 드리지 못하였으니, 장사로 귀양 가는 것 불평할 것 없다"라는 시도 『동문선』에 실려 있다. 혼란한 당대와 그 속에서 고결하게 자신을 지켜가던 외로움이 배어난다.

심동로는 만년에 삼척에서 후학들을 가르치며 인재를 양성했다. 조정에서는 그에게 예의판서禮儀判書와 집현전제학集賢殿提學을 제수하였으나 사양하고 부임하지 않았고, 산수와 시를 벗하면서 일생을 마쳤다. 심씨가 삼척을 본관으로 한 것은 심동로의 유언에 따른 것이다.

그의 덕행과 문장은 해동명신록海東名臣錄에 수록되어 있다. 『신증동국여지승람』에도 삼척도호부에 대한 기사에서 고려시대의 인물로 심동로를 들고 있다. "과거에 뽑혀서 시문詩文으로 이름났다. 벼슬이 내서사인지제교內書舍人知制敎에 이르렀다."라는 기사 내용이 보인다.

공민왕 때 강원도 관찰사로 내려온 원재圓齋 정추鄭樞는 삼척에 들렀다가 죽서루에 올라 「삼척 죽서루에서 자옥산紫玉山 심내사沈內舍에게 드리다」를 지었다. 심내사沈內舍는 심동로를 가리킨다.

누가 큰 나무를 구부려 누각을 세웠나 何人起樓俯喬木
저녁 무렵 나 홀로 서서 한바탕 웃노라 黃昏一笑立於獨
처마 앞에는 쭉쭉 뻗은 수많은 대나무 簷前修竹數千竿
난간 밖에는 굽이굽이 흐르는 맑은 강 檻外澄江五十曲
두타산 높고 높은 곳에 황홀하게 기대 頭陁山高倚恍忽
옛 관음사 울창한 숲속에 자리 잡았네 觀音寺古多蓊鬱
먼 하늘엔 새들이 무심하게 오고 가고 長空淡淡鳥往來
맑고 잔잔한 물엔 물고기들 왔다 갔다 微波粼粼魚出沒

정추는 당대의 병폐를 바로잡고 새로운 문풍을 일신하려고 노력한 이제현, 이색과 뜻을 함께한 전형적인 고려 말의 사대부였다. 정추의 치열한 정치의식은 직언을 서슴지 않다가 정치적 핍박을 받았던 아버지 정포와 이제현의 영향을 받았다. 정포는 이곡과 깊은 교유 관계를 맺었으며, 이색과도 정치적 사상적으로 깊이 연결되어 있었다. 정추는 이존오李存吾, 1341~1371, 한수韓修, 1333~1384 등과도 친밀하게 교류했다. 이처럼 정추는 고려 후기 대표적인 신흥 사대부였다. 시는 두 수인데 두 번째 시 중에 "자옥산 농부의 말 칭찬할 만도 하다[紫玉首陁言可賞]"가 있다. 자옥산紫玉山 농부는 심동로를 가리킨다. 은거하고 있던 당시의 상황을 알려준다.

심동로가 언제 세상을 떴는지 정확히 알 수 없다. 동해시 동호동의 향로봉 서쪽에 묘소가 있으며, 발한동에 신도비가 세워졌다. 본관을 삼척으로 하면서 삼척 심씨의 시조가 되었다. 해암정 서쪽 신재공이 은거했던 터를 "신대감터"라고 부른다. 심동로가 은거하던 곳은 지금의 동해시 추암동 산기슭이다. 이곳을 휴산休山 또는 퇴평退坪이라 하며 1931년 후손들이 그 자리에 유허비를 세웠다.

해암정 뒤 석림

해암정에서 소요하다

조선 후기 현종과 숙종 시기에 상복을 입는 기간을 두고 서인과 남인 사이에 두 차례에 걸쳐 논쟁이 일어났다. 그 유명한 예송논쟁이다. 효종이 계모인 자의대비보다 먼저 죽자, 자의대비가 상복을 얼마 동안 입어야 하는지의 문제를 둘러싸고 논란이 벌어졌다. 『주자가례』는 어머니보다 장남이 먼저 죽으면 어머니는 3년 상복을, 차남부터는 1년 상복을 입는 것으로 되어 있다. 문제는 효종이 인조의 장남이 아닌 둘째 아들이라는 것에서 비롯되었다. 서인은 왕도 사대부와 같은 예를 적용해야 한다고 하며 1년을 주장하였다. 반면 남인은 왕은 최고의 예로 대우해야 한다고 하면서 3년을 주장하였다. 1차 대결에서 서인이 승리를 거두었다. 효종의 왕비가 죽으면서 자의대비의 상복 입는 기간을 놓고 다시 대결하였다. 이 예송에선 남인이 승리하였다.

2차 예송논쟁의 패배로 송시열은 1675년 1월에 함경도 덕원으로 유배되었다. 그해 6월에 경상도 장기로 유배지를 옮기게 되었다. 함경북도 덕원에서 경북 장기로 향하던 송시열의 동선을 증명해주는 증거들이 동해안 여기저기에 남아 있다. 속초 영랑호 바위에 '영랑호'란 글씨를 남겼다. 강릉에서도 잠시 머물렀다. 경포호 주변 해운정 현판에 남아 있고, 호수 옆 홍장암과 호수 가운데 섬에 새겨진 '조도鳥島'에도 글씨를 남겼다. 추암 옆에 있는 해암정海巖亭에도 1675년에 쓴 현판이 가운데를 차지하고 있다. 해암정 안에 들어가니 김창흡의 시가 걸려있다.

해암정

바위 숲 에워싼 둔덕에서 푸른 물결 바라보니 萬石環臺瞰碧瀾
험준한 품새 금강산 한 자락일세 衆香餘脉落孱顔
자라가 머리에 인 듯 바윗돌이 촘촘한데 鰲兒小戴雲根窄
늙은 신선 웅크린 발 차갑고 僊叟孤蹲玉趾寒
파도 부딪혀 허공으로 솟아 종소리 울려 퍼지는데 浪漱嵌空鍾律會
해초 일렁이는 둔덕에는 이끼가 얼룩지고 藻延嶢屼蘚花斑
온갖 형상 다 헤아리려면 천 일도 모자라겠네 描躬萬態須千日
생각이 안 떠올라 이른 아침 말 탄 채 바라만 본다 意短崇朝立馬看

해암정은 심동로가 고려 공민왕 10년인 1361년에 낙향해 건립한 정자다. 이후 소실되자 조선 중종 25년인 1530년에 심언광沈彦光이 중건하고, 1794년에 다시 중수하였다. 해암정 왼쪽 바위에 중수한 것을 기념하기 위해 글씨를 새겼다. 심희沈熺와 민양○閔養○의 이름이 희미하게 보인다.

정자 왼쪽으로 전서체로 쓴 '해암정'이 걸려있고, 오른쪽에는 힘찬 기세로 쓴 '석종함石鐘檻'이 균형을 맞추고 있다. '석종함'이란 이름이 절묘하다. 정자 뒤에 높게 솟은 바위를 돌로 만든 종으로 보았을까. 아니면 바위에 부딪히는 파도 소리가 마치 종소리를 내는 것 같아서 석종이라고 했을까. 바위를 자세히 보니 다양한 종의 모습이 보인다. 정자 안에 들어가 눈을 감고 있노라니 파도 소리가 종소리로 들린다.

천은사에서 제왕운기를 쓰다

이승휴

두타산 아래 은거하다

고려는 유교를 정치적 이념으로 삼고, 불교를 정신적 지주로 하였으므로 유학자라고 하더라도 불교와 깊은 관련을 맺고 있었다. 고려 후기에 거사불교가 유행하여 스스로 거사로 칭하는 사람들이 많았다. 동안거사動安居士라 부른 이승휴李承休, 1224~1300의 경우가 대표적이다.

고려 후기에 이르러 충렬왕 측근의 권세가들과 이들을 비판하는 신진사류 사이에 갈등이 있었다. 국왕의 측근 세력이 토지를 독점하면서 신진사류가 경제적 타격을 많이 입었을 뿐만 아니라, 정치적 입지도 미약해졌기 때문에 국왕의 측근 세력과 첨예하게 대립할 수밖에 없었다.

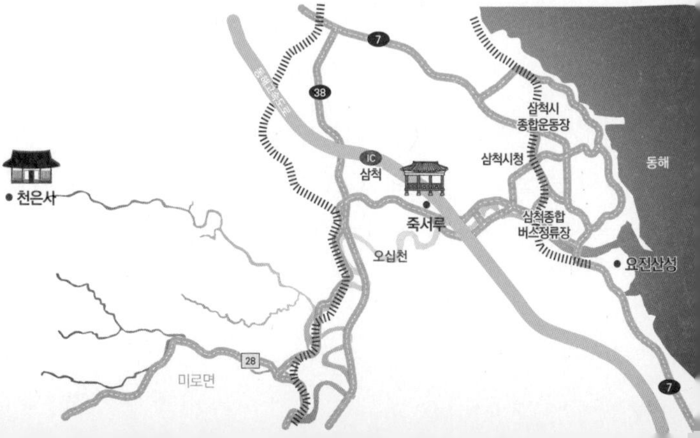

이승휴는 고려 고종 11년(1224)에 태어나서 충렬왕 26년(1300)까지 살았다. 그가 활동하던 시기는 무신 집권기이면서, 몽골의 침략을 받은 시기였다. 무신정권이 무너진 이후에는 원의 간섭 아래에서 권문세족들이 등장하여 고려를 움직였다. 시대적 격변기에 그의 생활은 파직과 은둔의 연속이었다. 관직 생활을 한 것은 약 17년에 지나지 않는다. 29세 되던 해 봄에 벼슬길에 오를 수 있게 되었다. 급제의 기쁨을 안고 홀어머니가 계시는 외가인 삼척으로 내려왔을 때, 몽골의 침입으로 수도인 강화도로 돌아가는 길이 막혀 10여 년 동안 관직에 나가지 못하였다. 이때 이승휴는 삼척 주민들과 함께 요전산성에 들어가 몽골 침입에 대비하였다. 두타산 아래 구동에서 어머니를 모시고 12년간 머무르던 이승휴가 비로소 관직에 나선 것은 그의 나이 41세 때였다. 경흥도호부의 판관 겸 서기를 시작으로 원행 사신의 서장관, 충청도 안렴사 등의 요직을 두루 거쳤다.

서장관으로 임명되어 원나라에 갔을 때 다음과 같은 이야기가 전해 온다. 당시 이승휴는 억울한 누명을 쓰고 관직에서 물러나 있을 때라서 재주가 뛰어남에도 불구하고 사행 명단에서 빠졌다. 원종은 예전에 이승휴의 충성스러운 일을 보고 그의 이름을 벼루갑에 적어두었던 적이 있었다. 친히 술과 안주를 내리며 집이 가난함을 아시고 백금 3근을 여비에 보태라며 하사하였다. 당시 원나라 황제에게 올린 글을 이승휴가 지었는데, 원나라 황제가 세 번이나 칭찬하였다. 원나라의 최고 학자들도 입을 모아 문장에 대해 극찬을 아끼지 않았다. 일행이 돌아오자 원종은 몹시 기뻐하며 집무실로 불러들여 잔치를 베풀었다. 이승휴가 지은 글을 직접 읽어보시고는 도병마녹사로 임명하는 파격적인 대우를 하였다.

전중시사로 있던 1280년에는 충렬왕의 실정과 세력가들의 횡포를 비판하는 상소를 올렸다가 파면되었다. 이승휴는 미련 없이 관직을 버리고 외가인 삼척으로 돌아와 두타산 아래 구동에 머물렀다. 도연명의 시 「귀거래사」의 구절에서 따온 '용안당容安堂'을 짓고 『제왕운기』를 지었다. 낙향한 지 7년 뒤인 64세 때의 일이었다.

대장경을 읽다

충렬왕 때 고쳐야 할 폐단 10개 조를 올린 후 파직된 이승휴는 삼척에 내려와 두타산 자락에 용안당을 세우고, 약 10년간 삼화사에서 1000상자의 대장경을 빌려 읽는다. 경전 공부와 함께 참선에도 열중하여 출가자 못지않게 수행에 정진하였다. 불경을 읽었던 '용안당'을 '간장사'라 고쳤다.

삼척에 은거하였다고 하여 완전히 세상을 등지고 숨어서 산 것은 아니었다. 충렬왕 13년(1287)에 『제왕운기』를 찬술하였던 것도 현실에 대한 관심에서 비롯된 일이었다. 찬술한 목적이 고려 왕조가 처한 현실에서 비롯된 일이었음을 스스로 밝혔다. 『제왕운기』는 1280년에 저술하여 1287년에 왕에게 올린 상 · 하 2권 1책이다. 상권은 반고로부터 금나라까지 중국의 역사를 7언시로 읊었고, 하권은 1 · 2부로 나누어 단군부터 충렬왕까지의 역사를 서술했다. 1부 「동국군왕개국연대」는 전조선 · 위만조선 · 삼한 · 신라 · 고구려 · 백제 · 발해 등의 사적을 엮었다. 2부 「본조군왕세계연대」는 고려 건국부터 충렬왕까지의 역사를 엮었다.

동안사

이 책을 쓸 당시 고려는 원에 복속한 상황이었다. 이러한 현실을 극복하기 위해서 왕의 선정이 절대적이라고 보았고, 이를 위해 역사의 교훈을 시로 기록했다. 단군을 민족의 공동시조로 삼은 점은 가장 큰 특징이다.

> 「본기」에 이르기를, 상제 환인桓因에게 서자가 있었는데 이름을 웅雄이라고 하였다. 말하기를, "삼위태백三危太白에 내려가 인간을 널리 이롭게 할 수 있겠는가?" 하였다. 그리하여 환웅은 천부인天符印 3개를 받고 무리 삼천을 거느리고서 태백산 정상 신단수 아래로 내려왔다. 이가 환웅천왕桓雄天王이다. 손녀를 약을 먹고 사람이 되게 하였다. 그녀가 단수신檀樹神과 혼인하여 아들을 낳으니 단군檀君이라 하였다. 단군은 조선의 땅을 차지하여 왕이 되었다. 신라, 고구려, 남북 옥저, 동북 부여, 예맥이 모두 단군의 후손이다. 단군은 1038년 동안 나라를 다스리다가 아사달阿斯達로 들어가 산신이 되어 죽지 않았다.

『제왕운기』를 저술한 2년 후인 1289년(충렬왕 15)에 용안당 남쪽에 '보광정葆光亭'을 지었다. 옆에 '표음정瓢飮亭', 정자 아래에 '지락당知樂塘'이란 연못을 축조해서 별장을 완성하였다. 지락당은 장자 제물편의 말을 취하여 지었다. 당시에 만들었다는 용안당과 보광정 터를 정확하게 확인할 수는 없으나, 「간장사기」를 통해 이승휴가 주석하였던 용안당이 간장사라는 것을 확인할 수 있다. 「보광정기」의 내용은 이러하다.

> 구산동을 가로질러 서북쪽에서 동남으로 콸콸 흘러가는 물줄기가 용계다. 용계를 따라 양쪽 가에 밭이 있으니, 이것은 동안거사 외가에서 전해오는 토지이다. 땅은 비록 메말랐지만 몇 식구의 집안이 의지해서 먹고살 만하다. 이에 시내 서쪽 밭의 잘록한 언덕 위에 집을 짓고 도연명의 「귀거래사」에 나오는 '심용슬지이안審容膝之易安'이란 구절의 글귀를 취하여 용안당容安堂이라 하였다. 용안당 남쪽에 차가운 물이 솟아오르는 샘이 있다. 가물어도 더 줄지 않고, 비가 와도 더 많아지지 않으며, 차고도 차가워서 시원한 기운이 사람을 엄습하여, 손으로 움키기도 전에 몸이 이미 청량해진다. 그 위에 정자를 짓고 소나무, 대나무를 섞어서 심고 화초를 빙 둘러 심어 놓으니 비록 소박하여 화려하지는 않으나, 누추한 데까지는 이르지 않았다. 장자의 제물편에 나오는 글귀인 "물은 주입해도 가득해지지 않고, 퍼내도 마르지 않으며 나오는 근원을 알 수가 없는데 이것을 보광이라 한다."를 취하여 이름을 '보광정'이라 하였다.

이승휴가 거처할 때 만들었다는 표음정 터를 정확하게 확인할 수 없다. 이에 대하여 「보광정기」는 이렇게 표현하고 있다. "보광정 가운데에 엷은 돌을 깔아서 자리를 만들고, 그 가운데 작은 우물을 파서 음식 짓는 데 사용할 수 있도록 해놓았다. 설당거사 소동파의 '한 번 배부름은 기약할 수 없으나 한 바가지 물은 기필할 수 있다.'라는 시구를 취하여 '표음정'이라 하였다." 구동龜洞의 용계에서 신선처럼 살던 그는 71세인 1294년(충렬왕 20)되던 해에 홀연히 용안당 간판을 간장암看藏庵으로 바꾸어 별장을 중에게 희사했다. 밭을 희사하여 상주의 자본으로 삼게 하였다.

진주부 서루에 오르다

죽서루는 1275년(충렬왕 1)에 창건했으며, 현재의 건물은 1403년(태종 3)에 부사 김효손金孝孫이 중수한 것으로 알려졌다. 허목許穆도 자세한 창건 연대를 알 수 없었다. "관청 기록을 살펴보면 누대를 어느 때 세웠는지 알 수 없으나 대략 다음과 같은 사실을 엿볼 수 있다. 명나라 영락永樂 원년(1403)에 부사 김효종金孝宗이 옛터를 다듬어 죽서루를 세웠다. 옛날 누대 밑에 죽장사竹藏寺란 절이 있었는데, 죽서루라고 이름 붙인 것은 아마도 이 때문인 듯하다. 이것을 기록하여 죽서루기로 삼는다." 죽서루란 이름을 갖게 된 까닭을 알려준다.

관동지방에서 제일이라는 죽서루의 자부심은 '해선유희지소海仙遊戱之所'라는 현판에서 읽을 수 있다. 바다의 신선이 노니는 곳이다. '제일계정第一溪亭'도 죽서루의 특징을 요약하였다. 층층 바위의 벼랑이 천 길이나 되고 맑은 못과 긴 여울이 밑을 휘감아 도는 이곳은, 큰 바다의 볼거리와 차별화된다. 그곳에 죽서루가 자연과 조화를 이루며 하나가 되었다. 시냇가에 있는 정자 중에 제일이라는 이름에 걸맞다.

난간에 기대 서쪽을 바라보면 백두대간과 우뚝한 두타산이 장대하다. 정철은 "진주관 죽서루 오십천의 흘러내리는 물이, 태백산 그림자를 동해로 담아 가니"라고 「관동별곡」에서 노래할 수밖에 없었다. 태백산 그림자를 담아 흘러온 물은 죽서루 밑에 쌓이고 쌓여 짙푸른 응벽담이 되었다.

이승휴는 안집사安集使 병부시랑兵部侍郎 진자사陳子俟를 모시고 진주부 서루西樓에 올라 현판에 쓰인 시를 보고 차운한다. 진주부는 삼척의 옛 이름이다. 굳이 서루라고 한 이유가 있을까. 관아 서쪽에 있으니까 서루다. 이승휴가 시를 지을 때는 아직 죽서루란 이름을 가지기 전 아닐까.

죽서루

하늘 중간 울긋불긋한 절벽에 높이 얹혀서 半空金碧駕崢嶸
햇볕 가린 구름은 용마루 기둥에서 춤추네 掩映雲端舞棟楹
푸른 바위에 기대 날아가는 고니 바라보고 斜倚翠岩看鵠擧
붉은 난간에서 노니는 물고기 헤아려 보네 俯臨丹檻數魚行
들판을 둘러싼 산은 둥근 경계 만들었는데 山圍平野圓成界
높은 누각으로 인해 이 고을 유명해졌구나 縣爲高樓別有名
문득 은퇴하여 편안한 노년 보내고 싶으나 便欲投簪聊送老
미력한 지혜로 임금의 밝은 정사 돕고 싶네 庶將螢燭助君明

지식인의 길은 고독하고 외롭다. 세상에 대한 근심과 걱정을 끊임없이 하며 살아간다. 우환의식憂患意識이 떠나질 않는다. 맹자는 이것을 내 몸이 다할 때까지 즉 종신토록 잊지 말아야 할 숙명 같은 근심이라고 하였다. 군자는 죽을 때까지 근심해야 한다. 바로 이웃과 함께 고민하는 우환의식이다. 소인은 한나절 짧은 고민으로 개인의 출세나 영달을 추구한다고 말한 바 있다. 이승휴는 바람 잘 날 없는 정계가 싫어 벼슬살이에서 물러나 여생을 편안하게 보내고 싶지만, 우환의식 때문에 작은 힘이나마 임금이 바른 정사를 펴는 것을 돕고 싶다고 읊조린다.

울릉도를 바라보며

원덕읍 노곡3리로 들어서면 소공대召公臺로 가는 길이 시작된다. 지금은 좁은 길이지만 예전에는 관동대로였다. 삼척과 울진 사이를 여행하는 이들은 반드시 거쳐야 했던 고개였다. 와현瓦峴이라고도 불렀다. 고개 정상에 소공대가 있어 고개 이름 대신에 소공대라 부르기도 했다. 여행기에 자주 등장한다. 권섭權燮 1671~1759은 「유행록遊行錄」에서 "삼척 원수대에 올라 고래 싸움을 보고 소공대에 올라 울릉도를 보았다."라고 기록했다. 안경점安景漸, 1722~1789은 「유금강록遊金剛錄」에서 "소공대에 올라 우산도牛山島를 보았다."고 밝힌다. 우산도는 울릉도다. 권섭과 안경점은 소공대에 올라 울릉도를 보았다고 밝힌 것처럼, 소공대는 황희 정승의 덕행을 기리는 소공대비로 유명하지만 맑은 날 울릉도를 볼 수 있는 곳으로도 유명했다. 옛날부터 문인들이 울릉도를 바라보며 시를 읊은 곳이다.

이승휴는 울릉도를 바라보고 「무릉도를 바라보며[望武陵島行]」를 지었다. 계축년(1253) 가을 몽골의 침입을 삼척 요전산성蓼田山城에서 지킬 때였다. 성의 동남쪽으로 넓은 바다가 하늘 끝까지 이어져 사방이 끝이 없었다. 그 속에 산이 구름 낀 파도 사이 출몰했다. 아침저녁으로 더욱 아름다워 누군가 꾸민 듯하였다. 옆 사람이 말하길 무릉도(울릉도)라고 한다. 부사가 내게 시를 지으라 재촉하여 시를 지었다.

구름안개 속 출몰하는 산 있어 有山出沒雲煙中
안개구름 걷히면 온통 푸르네 煙消雲散山彌翠
둘로 나뉘어 푸른 점이 생긴 듯 雙分寸碧生
둥근 눈썹 거울에 비치는 듯하네 婉轉蛾眉橫鏡裏
홀연히 우뚝 만 길이나 솟아나니 忽大嶷然立萬丈
푸른 구슬 따라서 하늘을 받치고 蒼璧隨以撑天起
혹은 멀리 빼어나 아득하여 或遠挺杳茫
푸른 봉황 하늘로 솟구쳐 바람 앞 멈춘 듯 翠鳳沖天暫向風前止

또 내 앞으로 다가오니 又近當我前
빼어난 빛 창가 의자에 쏟아지는 듯 秀色崩騰落窓几
때로는 얼마나 잠기는지 時復沒何許
만 리 아득한 하늘 멀기만 하다 萬里蒼蒼空遠耳

삼척과 울릉도는 약 160km 떨어져 있다. 태풍이 지난 후 청명한 날씨면 아침저녁에 맨눈으로 볼 수 있다고 한다. 삼척시 오분동에 있는 해발 99m의 고성산에 흙으로 쌓은 흔적이 남아 있는 성이 요전산성이다. 고성산 주변 동남쪽은 해안, 서쪽은 가파른 절벽이 둘러싸고 해안 절벽은 험한 지형이다. 북쪽으로는 태백산맥에서 발원한 오십천이 발아래로 흐른다. 하구 폭이 넓어 건너편 정라진과 간격이 멀다. 넓은 강폭은 성곽에서 해자 역할을 한다. 사면이 하천과 바다, 협곡, 절벽으로 둘러싸인 만큼 천혜의 요새다. 이곳에서 몽골의 침입에 대비하다가 울릉도를 보며 시를 지었다.

척주를 기록하다

허목

척주동해비를 세우다

바다와 밀접한 삼척의 역사를 알려주는 곳은 육향산六香山이다. 육향대六香臺라고도 부르는데 외침을 막기 위한 삼척포진성이 있었던 곳이다. 영동 9개 군의 수군을 관장하던 진영이었다. 성곽은 1916년 삼척항 축조공사로 인해 헐리게 되었고, 산 정상에 설치된 '삼척포진성지' 표지석만이 옛날의 역사를 들려준다. 삼척시 정라삼거리에서 정라동주민센터로 향하면 주민센터 뒤에 있는 야트막한 산이 육향산이다.

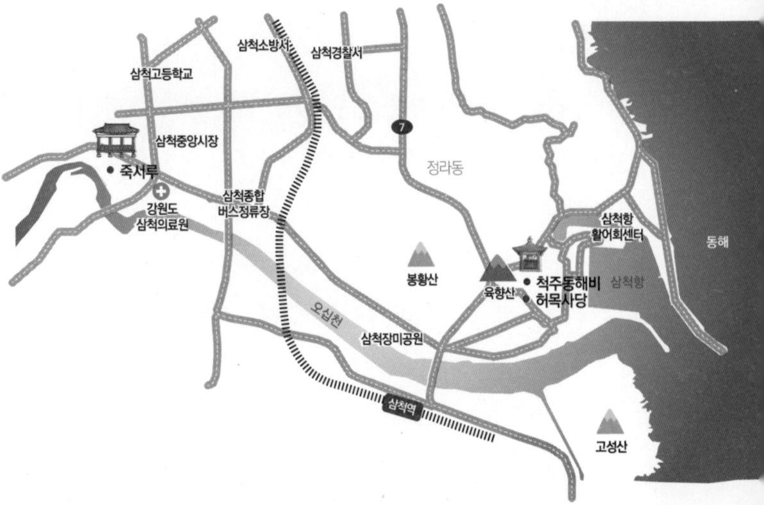

척주동해비가 이곳에 있었다는 안내판이 보인다. 1661년에 세워진 비석이 풍랑에 의해 부서지자 1709년에 복원하면서 현재 선정비가 있는 곳에 세웠다가, 1969년에 산 정상으로 옮겼다. 계단을 올라 정상에 이르니 '삼척포진성지'임을 보여주는 안내석이 보인다. 1384년에 시작한 삼척포진의 역사는 1898년에 종지부를 찍었고, 유적은 일제강점기 때 삼척항을 축조하면서 사라지게 되었다.

삼척포진성지 옆에 '우전각禹篆閣'이 있다. 안에 '대한평수토찬비大韓平水土贊碑'가 세워져 있다. 허목許穆, 1595~1682은 중국 고대 우禹 임금이 썼다는 '형산신우비衡山神禹碑'를 보고 48자를 골라 글을 지은 후 목판에 새겨 군청에 보관하였다. 형산신우비를 대면했을 때의 충격을 허목은 이렇게 표현했다. "글씨는 천지의 조화를 모사하여 새가 높이 나는 듯, 들짐승이 빠르게 달리는 듯, 용이 승천하는 듯, 호랑이가 표변하는 듯, 각양각색의 신령스럽고 상서로운 모습에 찬란히 빛나고 위엄이 있으니 필력으로 모사할 수 있는 것이 아니다." 고종은 1904년에 칙사 강홍대康洪大와 삼척군수 정운석鄭雲晳에게 돌에 글씨를 새겨 세우게 하였다. 비의 내용은 우 임금이 물을 잘 다스려 사람들이 안심하고 잘 살 수 있게 된 것을 찬양하는 것이다. 허목은 우 임금이 한 역할을 자신이 삼척에서 했다고 자부하면서 지었을지도 모른다.

조선시대에 삼척포진을 찾거나 육향대에 오른 사람들의 목적은 하나였다. 척주동해비를 보기 위해서였다. 유휘문柳徽文, 1773~1827은 「북유록北遊錄」에서 비석을 오랫동안 어루만지자 바르고 크며 강직한 기운을 생각할 수 있었다고 실토했다. 척주동해비는 허목이 1661년(현종 2)에 삼척부사로 부임해서 세웠다. 동해를 예찬하는 동해송東海頌을 짓고 독특한 전서체로 써서 비에 새겼다. "척주는 옛날 실직씨의 땅으로 예 지역의 남쪽에 있어 서울과의 거리가 700리쯤 되는데, 동쪽으로 바다를 임하고 있다. 다음과 같이 기린다."라고 시작한다. 그는 비석에 대해 이러쿵저러쿵 말이 많으리라고 생각하지 못하였을 것이다. 동해비에 대한 논의는 크게 양분되어 회자 되었다.

우호적인 입장에서 평한 대표적인 사람은 이익李瀷, 1681~1763이다. "두자미의 시는 학질 귀신을 내쫓고, 한퇴지의 글은 악어를 몰아냈으니, 문장이란 조화에 참여할 수 있는 것이다. 근세로 말하더라도 허미수許眉叟의 전서체 글은 종정鍾鼎과 비슷하다. 세상에 참된 안목을 가진 자가 없으니, 역시 신神에 이르지 않았다는 것을 어찌 알랴? 공이 동해비를 지어 자필로 쓴 일이 있었는데, 어떤 사람이 귀신에게 홀려 병들었을 적에 비문 한 본을 가져다 곁에 두었더니, 귀신이 감히 접근하지 못하였다. 또 가져다 문과 병풍 사이에 두었더니, 귀신이 또한 문밖에 그치고 문안을 넘지 못했다고 한다." 이익은 추가로 말한다. "미수 선생의 전서체는 사방에 널리 퍼져 집마다 병풍으로 만들어 보관하였는데, 재상 아무개가 조정에 아뢰어 그 글자체를 금지하였다. (중략) 선생이 삼척 부사로 나가 동해비를 세웠는데 시어가 예스럽고 글자체가 기이하여 귀신까지도 조종할 정도였다. 선생을 좋아하지 않는 자들이 이마저도 부수어 버려 나중에 다시 새겨 놓았다. 내가 그 탁본을 얻어다가 마주하니, 그때마다 경건한 마음이 들곤 하였다. 아, 저들 몇몇은 도대체 무슨 마음으로 그런 짓을 하였단 말인가."

이러한 논의는 비를 세운 이후 바다가 잠잠해지고, 아무리 심한 폭풍우에도 바닷물이 넘치는 일이 없어졌다는 단계로 발전한다. 퇴조비退潮碑나 척조비斥潮碑란 명칭이 나오게 된 배경이다. 동해비가 파손되었다는 이익의 음모설에, 탁본하기 싫은 사람들이 의도적으로 비를 파손시켰다는 이야기까지 추가된다. 이러한 주장은 대세가 되어 조선 땅에 널리 알려지게 되었다.

반대하는 사람들은 동해비의 신이한 능력에 대한 의심에서 시작된다. 강헌규姜獻奎, 1797~1860는 「유금강록遊金剛山錄」에서 이렇게 반론을 편다. "이른바 척조비斥潮碑를 찾으니 비는 진영 앞 조그만 섬 가에 있다. 주전籒篆으로 글을 썼는데 문장을 읽으니 말할 수 없는 것이 많다. 비 위에 '척주동해송陟州東海頌'을 쓰고 비음碑陰은 예서로 현종 2년(1661년)에 새겼다. 선생이 이곳에 수령으로 와서 동해비를 짓고 전서로 써서 정라도에 세웠는데 풍랑에

척주동해비

의해 부딪쳐 물에 잠기니 선생이 듣고 다시 쓰고 새겨서 죽관도에 세웠다고 한다. 곁에 고을 사람이 있어, 내가 이것이 척조비냐고 물으니 그렇다고 한다. 어찌해서 '척조斥潮'라 하는가 하니, 동해에 예전에 조수가 있었는데, 선생이 송頌을 지어서 물리쳤다고 한다. 그 후에 다른 생각을 하는 사람이 수령이 되었는데 끌고 가서 넘어뜨렸고, 다시 조수의 환난이 있자 백성은 편안히 살 수 없었다. 고을의 늙은 관리가 말하길, "선생이 진실로 이미 이러한 것을 염려하여 하나의 비석을 새겨서 고을의 관아 건물 밑에 묻었고, 고을 사람이 비석을 취하여 세우자 조수는 다시 물러갔으니 선생은 이인異人이라고 말 할 수 있습니다." 내가 말하길, "이것은 진실로 지금 아이들의 익숙하게 들었던 것이고 나도 또한 일찍이 들은 바다. 그런데 지금 비음碑陰에 기록된 것을 보니 조수의 진퇴를 말하지 않았고, 단지 비석이 파도에 부딪혀 물에 잠겼다는 것을 말하였다. 또 선생이 듣고 다시 썼다고 말했으니 비석을 묻었다는 말이 어찌 허망한 것이 아니겠는가? 심하다 사람이 귀를 믿고 눈을 믿지 않음이여! 비석의 전서를 탁본해서 돌아와서 『기언記言』 속의 글을 비교해 보니 '동북쪽의 사해라서[東北沙海], 밀물도 없고 썰물도 없네[無潮無汐]'는 있지만 '조수의 환난[潮患]'을 말하지 않았다."

장지완張之琬, 1806~?도 동해는 본래 밀물이 없어서 허목의 글에 '밀물도 없고 썰물도 없네[無潮無汐]'란 구절이 있고, 현종 2년(1661년)에 선생이 척주에 수령으로 와서 동해비를 짓고 전서로 써서 정라도에 세웠는데, 풍랑에 의해 부딪쳐 물에 잠기니 선생이 듣고 다시 쓰고 새겨서 죽관도에 세웠다고 하니, 이것을 읽는다면

'퇴조退潮'했다는 의혹을 깨뜨릴 수 있다고 말한다.

척주동해비의 신이함에 대해서는 의견이 갈리지만 글자체의 미학에 대해선 의견이 일치한다. 중국의 영향에서 완전히 벗어난 독창적인 서체로, 품격 있고 웅혼한 아름다움이 있다는 평이다. 숙종은 허목의 제문에서 "틈틈이 익힌 전서는, 서체가 꾸불꾸불 웅건했다."라고 평가했다. 이유원은 『임하필기』에서 "글씨는 주나라 태사太史를 본받아 스스로 새로운 글씨체를 창출하였는데, 빳빳하면서도 꿈틀거리는 듯한 획이 꾸불꾸불해서 마치 천년이나 된 마른 등나무 같다."라고 하였다. 이덕무는 『청장관전서』에서 "동해비는 뛰어나고 기이하고 괴상하여 분명히 기이한 작품이다."라고 평하였다.

삼척을 기록하다

육향산에서 내려와 왼쪽으로 향하니 허목을 기리는 사당이 산 밑에 있다. 허목은 남인의 영수로, 1659년 효종이 죽자 인조의 계비인 자의대비慈懿大妃의 복상기간을 1년으로 할 것인가 3년으로 할 것인가에 대한 서인과 남인의 대립이 빚어졌다. 예송논쟁에서 서인의 영수인 송시열과의 싸움에 밀려 삼척부사로 좌천되었다. 1660년(현종 1) 삼척 부사로 부임할 때 허목의 나이는 예순여섯이다. 삼척으로서는 행운이었다. 부임하는 즉시 어르신을 초청해 지방 풍속과 옛 사적을 묻고 부지런히 행정 활동을 시작했다. 당시 삼척 사람들은 지방 풍속대로 비유교식 제사인 음사陰祀를

허목 사당과 육향산

선호했는데, 유교식 제례를 보급하는 일에 힘썼다. 또한 각 고을에 향약을 보급하고 이사里社, 마을에서 지신(地神)을 위해 마련한 집를 설치해 풍년을 비는 제례를 올렸다. 허목은 삼척의 명승지를 돌아보고 건물을 증축하기도 했다. 허목이 삼척 부사로 성실하게 일하며 남긴 업적 중에 삼척 지역의 지리지인 『척주지陟州誌』를 편찬한 것도 빼놓을 수 없다. 허목은 일하는 틈틈이 고을의 노인들을 찾아다니며 이야기를 수집하고 관아에 있던 고문서들과 『동국여지승람東國輿地勝覽』 등의 기록을 대조하면서 관련 자료들을 정리했다. 1662년에 완성된 척주지는 삼척 지방의 공간과 자연, 인문에 관한, 체계적이고 종합적인 기록이며, 17세기 후반 삼척 지방의 중요한 문화 업적의 하나이다. 중앙의 요청에 따라 보고서 형식으로 작성된 것과 달리 관할 구역 내의 정확한 파악을 위하여 작성된 것으로 당시 삼척도호부의 현황을 파악하는 데 중요한 자료가 된다. 나이 든 몸으로 좌천되어 간 자리였음에도 현지 사정을 부지런히 살피며 최선을 다했고, 틈틈이 주변을 여행하며 기록을 남기는 일도 게을리하지 않았다. 이것 이외도 지역의 곳곳을 기록하고 노래하여 삼척의 오랜 역사에 문화를 추가하였다.

죽서루에도 허목의 흔적이 남아 있다. 죽서루에 오르기 전에 먼저 시선을 끄는 것은 여기저기 펼쳐진 괴석怪石이다. 허목은 「서별당중작기西別堂重作記」에서 "동산 숲에는 괴석이 많고 그 앞에는 깎아지른 듯한 절벽이 창연한 빛으로 우뚝하여 정취가 사랑스러웠으니, 유자후柳子厚가 말한 '깊숙이 자리한 장소가 노닐기에 적당하다.'는 곳이라 할 만하다."라고 할 정도로 괴석의 미학에 주목하였다. 「서별당중작기」는 후대 사람들에게 죽서루에서 질펀한 연회를 즐길 때 읽어보라는 의도를 갖고 지은 것 같다. 그는 관아의 일이 끝나 일이 없을 때는 항상 서별당에서 책을 읽었고, 나른해지면 거문고를 퉁기며 즐겼다. 거문고에 명문銘文을 다음과 같이 새겼다.

> 현 소리 엄절하되 교만하지 않도다 絲聲切廉而不誇也
> 한번 차면 한번 비는 것은 천지의 조화로움이니 一盈一反天地之和也
> 아, 금琴은 금禁한다는 뜻이니 사특한 마음을 금하라 噫琴者禁也禁其邪

바위는 죽서루 밑으로 이어진다. 죽서루 아래층은 17개의 기둥이 있는데, 9개는 자연 그대로의 바위 위에 세웠다. 인공적인 주춧돌도 모습이 일정하지 않고 다듬지 않았다. 자연 그대로의 모습을 존중할 뿐만 아니라, 자연에 인공을 가미해서 미안해하는 마음까지도 읽을 수 있다. 누대 마루는 바위와 자연스럽게 연결

된다. 맞은편은 마루보다 바위가 더 높아 자연 속에 앉은 듯하다. 죽서루를 대표하는 미학 중의 하나가 자연스러움이다.

현판들이 보여주는 죽서루의 역사와 문화와 풍류에 입이 절로 벌어진다. '관동제일루關東第一樓'라는 현판은 죽서루의 위상을 압축적으로 보여준다. 허목은 「죽서루기」에서 관동제일인 이유를 설명한다.

> 관동지방에는 이름난 곳이 많다. 그중에 경치가 뛰어난 곳이 여덟 곳인데, 유람하는 사람들이 유독 죽서루를 제일로 손꼽는 이유는 무엇 때문인가. 죽서루의 경치는 동해 사이에 높은 산봉우리와 깎아지른 벼랑이 있으며, 서쪽으로는 두타산과 태백산이 우뚝 솟아 험준하며, 이내가 짙게 깔려 산봉우리가 아스라이 보인다. 큰 내가 동으로 흐르면서 꾸불꾸불 오십천이 된다. 사이에 울창한 숲도 있고 사람 사는 마을도 있다. 누각 아래에는 층층 바위의 벼랑이 천 길이나 되고 맑은 못과 긴 여울이 그 밑을 휘감아 돈다. 석양이면 푸른 물결이 반짝이며 바위 벼랑에 부딪혀 부서진다. 이곳의 빼어난 경치는 큰 바다의 볼거리와는 매우 다르다. 유람하는 자들도 이런 경치를 좋아해서 제일가는 명승지라 한 것이 아니겠는가.

바다의 볼거리와 다른 특이함이 죽서루를 관동제일이란 이름을 만들었다고 허목은 보았다. 관동지방에서 제일이라는 자부심은 '해선유희지소海仙遊戲之所'라는 현판에서도 읽을 수 있다. 바다의 신선이 노니는 곳이다. 바다의 신선은 아마도 바다에 싫증이 닌 것 같다. 바다보다 더 아름다운 곳을 찾다 죽서루에서 놀았다는 뜻일까? '제일계정第一溪亭'도 죽서루의 특징을 요약하였다. 층층 바위의 벼랑이 천 길이나 되고 맑은 못과 긴 여울이 그 밑을 휘감아 도는 이곳은, 큰 바다의 볼거리와 차별화된다. 그곳에 죽서루가 자연과 조화를 이루며 하나가 되었다. 시냇가에 있는 정자 중에 제일이라는 이름에 걸맞다.

두타산을 유람하다

허목은 1661년에 두타산을 찾았다. 당시에 삼화사는 무릉계곡 입구에 있었는데 임진왜란 중에 불타버린 후였다. 가시덩굴이 우거진 속에 허물어진 옛 탑과 철불만 남아 있었다. 삼화사에 있던 철불은 절이 불타 중대사로 옮겼는데, 장마가 들어 중대사도 무너지고 땅에 묻혔다. 밭을 갈던 농부가 발견하고 골동품상이 밀반출해서 묵호로 가져갔다. 묵호에 주재하던 기자의 꿈에 나타나 현장을 가니 꿈에서 본대로 숨겨져 있었다. 경찰이 골동품상을 체포하고 철불은 다시 돌아올 수 있었다. 영험이 있는 철불은 지금까지 삼화사에 모셔져 있다.

산으로 들어가니 계곡 위로 온통 무성한 소나무와 거대한 바위뿐이다. 여울을 굽어보며 서로 마주하여 우뚝한 바위를 '범바위[虎巖]'라고 한다. 그 밑은 호암소다. 옛날 도술에 능한 스님이 호랑이가 해치려 하자 신통력을 발휘하여 소沼를 훌쩍 건너뛰었는데, 호랑이가 뒤따라 건너뛰다가 소에 빠져 죽었다는 전설이 전해진다. 암벽에는 호암이라 글씨가 새겨져 있다.

위로 올라가 '사자목[獅子項]'에 섰다. 앞에 넓게 펼쳐진 너럭바위는 '마당바위[石場]'다. 시냇물은 맑고 바위는 희다. 바위 위로 물이 흐르는데 맑고 얕아 건널 만하다. 날이 저물자 소나무 그림자가 길게 늘어진다. 1600년에 무릉계를 유람한 김효원金孝元은 마당바위를 '버린 바가지 바위[棄瓢巖]', 북쪽 벼랑을 '반학대伴鶴臺'라 했다. 허목은 두타산을 유람하고 「두타산기」를 남긴다.

'6월에 두타산으로 들어갔다. 삼화사는 두타산에 있는 옛 절로 지금은 폐사가 되어 연대를 알 수 없는데, 가시덩굴이 우거진 속에 허물어진 옛 탑과 철불만 남아 있다. 산속으로 들어가 보니 내 위로는 온통 무성한 소나무와 거대한 바위이다. (중략) 바위가 긴 여울을 보며 서로 마주하여 층대를 이루고 있으니, 이 바위를 범바위[虎巖]라고 한다. 층대 위를 따라 서쪽으로 가서 바위 벼랑을 오르면, 그곳

무릉계곡

이 사자목[獅子項]이다. 내 위의 작은 고개와 바위 벼랑 아래는 물이 맑고 바위가 희니, 그 너럭바위를 마당바위[石場]라고 한다. 바위 동굴이 넓게 확 트여 물이 바위 위로 흐르는데 맑고 얕아 건널 만했다. 북쪽 벼랑의 석대를 반학대伴鶴臺라고 한다. 이곳을 지나면 산이 온통 바위이다. 높고 거대한 바위가 깎아 놓은 듯하고, 앞에 있는 미륵봉은 더욱 진기했다. 마당바위를 지나 서북쪽으로 올라가면 중대사가 있다. 삼화사가 가장 아래에 있고, 중대사는 산 중턱의 내와 바위가 엇갈리는 지점에 있어서 가장 아름다운 절이다. 앞의 계곡을 무릉계武陵溪라고 한다.

너럭바위는 김홍도의 그림에 되살아났다. 금란정에서 바라본 경치다. 가운데 넓게 펼쳐진 너럭바위와 와폭, 그리고 와폭 옆의 반학대가 실경 그대로다. 용추폭포 옆에 겸재 정선의 이름이 새겨진 것으로 보아 조선의 화가들이 이전부터 무릉계를 들렀던 것으로 보인다. 빼어난 경관을 화가들이 그대로 지나치지 않았을 것이다. 화가들의 묘사 이전에 허목은 글로 무릉계를 묘사하였다.

찾/아/보/기

찾/아/보/기